JN064130

# 伊東静雄 ── 戦時下の抒情

青木由弥子
yumiko aoki

土曜美術社出版販売

伊東静雄——戦時下の抒情＊目次

三章 『夏花』を読む

## 四章　伊東静雄とその時代



## 五章　〈わがひと〉を巡って

## 凡例

＊伊東静雄は作品の初出時、詩集やアンソロジー掲載時、戦後の自選詩集『反響』に再録する際など、その都度、作品に微細な修正を加えている。本書ではそれぞれ『わがひとに與ふる哀歌』、『詩集 夏花』、『春のいそぎ』に掲載時の詩篇を引用した。その際、仮名遣いはそのまま歴史仮名遣いを残し、漢字のみ原則として新漢字に改めた。雑誌発表時の詩も全て同様。

＊難読と思われる漢字には（ ）付きのルビを付けた（「酣（たけなわ）」、「忝（かたじけ）なさ」等。なお、補ったルビは現代仮名遣いにしている）。

＊単行本の題は『 』、雑誌、作品の題は「 」、引用文は〈 〉、省略箇所は～で表示した。

# 伊東静雄

——戦時下の抒情

カバー写真／紫衣

# 序章

## 曠野の歌

わが死せむ美しき日のために
連嶺の夢想よ！　汝(な)が白雪を
消さずあれ
息ぐるしい稀薄のこれの曠野に
ひと知れぬ泉をすぎ
非時(ときじく)の木の実熟(う)るる
隠れたる場しよを過ぎ
われの播種(ま)く花のしるし
近づく日わが屍骸(なきがら)を曳かむ馬を

この道標（しめ）はいざなひ還さむ
あゝかくてわが永久（とは）の帰郷を
高貴なる汝（な）が白き光見送り
木の実照り　泉はわらひ……
わが痛き夢よこの時ぞ遂に
休らはむもの！

（初出「コギト」昭和十年四月号）

硬質、孤高、凜冽な抒情……伊東静雄の詩を評する時にしばしば用いられる形容詞は、冷たく光を跳ね返す氷壁や刃の切っ先のような美を想起させる。それは伊東静雄の詩を〈傷ついた浪漫派〉〈惨忍な恋愛詩〉〈永劫の寂寥〉を歌う〈希望のない魂のリリック〉と呼び、同時に〈今日以後に有り得べき〉〈あらゆる現実的世相の地下から、石を破りぬいて出る強い変貌の歪力詩〉を歌う〈真の本質的な抒情詩人〉だと強い期待を寄せた萩原朔太郎が最初にとらえた特徴であった。

昭和十年の秋に刊行された伊東静雄の第一詩集『わがひとに與ふる哀歌』に対する「コギト」誌上での朔太郎の絶賛は尋常ではない。〈ひさしく抒情詩が失はれてゐた〉日本に〈尚一人の詩人があることを知り、胸の躍るやうな強い悦びと希望をおぼえた〉朔太郎は、欧米の象徴派詩人たちが〈実証主義〉と〈懐疑思潮〉によって悲しく傷つけられ〈醜く歪められた浪漫派〉であらざるを得なかったように、〈社会そのものが希望を失ひ、文化そのものが目的性を紛失し、すべての人が懐疑と不安の暗黒世相に生活してゐるところの、まさしく昭和十年代の現代日本を表象して居る〉詩人だと伊東静雄を位置付ける。

　当時、第一次大戦後の経済不況とロシア革命の影響が日本にも押し寄せ、農産物価格の下落と冷害の打撃によって荒廃した農村から、人々が都市へと流入してきていた。新天地に活路を見出そうとするかのように日本は帝国主義的拡大政策を続け、昭和七年には〝満州国〟が成立する。朔太郎が伊東静雄の表現上の屈折や死後の世界、荒涼とした冷たい岩礁のイメージを捉えて〈ニヒルの宿命的な長い影が、力のない氷島の極光（オーロラ）に向つて、幽霊のやうな郷愁を訴へて〉いると見たのは、前年に刊行した『氷島』――口語自由詩の隆盛とモダニズム詩の流行の中で自らのリリックの在処を見失っていた朔太郎が、懐古的に立ち戻ろうとした不在の場所――の後継として伊東静雄に過度の期待を寄せていたゆえの強引な見立てであったかもしれない。とはいえ伊東静雄の登場が人々に与えた期待を代弁する評として、今も朔太郎の評価は鮮明に息づいている。

　しかし伊東静雄の全作品を読み通してみると静雄の抒情の質はもっと懐が深い。全作品といっても、生前に詩集に収録された作品は百篇に満たないのだが――第一詩集『わがひとに與ふる哀歌』二十八篇、第二詩集『詩集　夏花』（以下、適宜『夏花』と略す）二十一篇、第三詩集『春のいそぎ』二十八篇。戦後に戦前の詩集から自選、再録した作品と、戦後の新作を十篇ほど加えた『反響』を合わせても約九十篇。小品の多い拾遺詩篇や訳稿を含めても百八十篇ほどである――一人で冷たい岩礁の中に立って飛沫（しぶき）を浴びているような〝厳しさ〟、世相を皮肉なまなざしと観察眼でとらえた〝鋭さ〟、嵐の中を耐えて海洋を渡って来た燕に寄せる讃嘆や炎天に灼かれて死んでいく蝶、台風の中で潰えていく薔薇を見つめる〝激しさ〟と同時に、名も知れぬ野花を照らし、無心に遊ぶ幼子たちを包み込む夕刻の光を乞う〝優しさ〟、薄闇の中に最初の星が輝き始める瞬間、あるいは夜の水の面に蛍の光が映りこむ様子などをとらえる〝繊細さ〟、蠟燭の火に目をこらしたり、街灯の照らし出す市井の人々をそっと見つめる〝静けさ〟というように、動から静まで穏やかな広がりを見せる。

卒業論文で子規の写生論を批判し、芭蕉の心象風景の叙述に軍配をあげた伊東静雄の観察の鋭さは、目に見える世界を描きながら、その向こうからやってくる見えないものに心眼、あるいは心の耳を傾けるという姿勢からもうかがえる。たとえば口語でそっとつぶやくように綴られた一篇。

## 夜の葦

いちばん早い星が　空にかがやき出す刹那は　どんなふうだらう
それを　誰れが　どこで　見てゐたのだらう
とほい湿地のはうから　闇のなかをとほつて　葦の葉ずれの音が　きこえてくる
そして　いまわたしが仰見るのは揺れさだまつた星の宿りだ
最初の星がかがやき出す刹那を　見守つてゐたひとは
いつのまにか地を覆うた　六月の夜の闇の余りの深さに　驚いて
あたりを透かし　見まはしたことだらう
そして　あの真暗な湿地の葦は　その時　きつとその人の耳へと
とほく鳴りはじめたのだ

（「コギト」昭和十三年八月号）

あるいは太平洋戦争開戦の直前、やわらかい表現と美しい形式を模索する中でうまれた一篇。

## 春浅き

あゝ暗と　まみひそめ
をさなきものの
室に入りくる

いつ暮れし
机のほとり
ひぢつきてわれ幾刻をありけむ

ひとりして摘みけりと
ほこりがほ子が差しいだす
あはれ野の草の一握り

その花の名をいへといふなり
わが子よかの野の上は
なほひかりありしや

（略）

（「四季」昭和十六年五月号）

憂鬱に閉ざされる静雄の前に、野花を手に現れた娘。……父は今、闇の中にいる。お前の遊ぶ野の上には、まだひかりは残っていたかい？ ……全篇を通していえるのは、パセティックに歌い上げるというよりも、内省的に思いを述べたり、数人あるいは一人の友に対して語りかけるような個の声、小さな声を守り通した詩人という印象である。

伊東静雄の穏やかで繊細なまなざしに光をあてていくこと。伊東静雄が留まり続けた〝個〟の領域について考えること。十年ほど伊東静雄を精読してきて浮上してきたふたつの課題について、これから考えていきたいと思う。

詩篇の個人的な鑑賞や味読を超えて考えていく際に、小高根二郎や富士正晴、小川和佑らによって積み重ねられてきた充実した評伝や詳細な年譜、多少の遺漏があるにしても定本とみなしてよい全集の恩恵をどれほど被っているかわからない。伊東静雄についての単著による詳細な論考、鑑賞も既に田中俊廣、溝口章、米倉巌など数多の詩人、批評家、研究者たちによって行われている。昭和十年代の抒情詩、日本浪曼派や戦争詩との関係の中で伊東静雄を論じたものとしても、桶谷秀昭、高橋渡、大岡信や北川透、藤井貞和、瀬尾育生、坪井秀人などの重要な論考が多数提出されている。愛読する詩人として伊東静雄を挙げる人も多く、多数の鑑賞や批評が蓄積されている。改めて私が何か語る余地が、果たして残されているだろうか、そんな茫然とした気持ちになることもあったが、現代に生きるひとりの読者として、伊東静雄の作品と生き方、残された随想や思索の跡から感得した〝わたしの伊東静雄像〟を、ささやかながら提示してみたいと思う。そのために、一般的な詩人論の順序とは異なるが、第三詩集の『春のいそぎ』を読むことから始めてみたい。続いて第二詩集の『夏花』、二冊の詩集を刊行した当時の詩人とその時代について考える。そして第一詩集――これは既にあまりにも多くの論者によって論じられてきていることもあり――『わがひとに與ふる哀歌』の詩のモデルを巡るエピソードについて少し触れた後、伊東静雄研究史への小さな貢献として、伊東静雄の新発見稿(随想)の報告と検討、先学による全集の補完についての整理稿を付すことにしたい。

*

一人の詩人の人生の中で〝世界との向き合い方〟、詩作についての考え方や態度は変化していく。激情から沈静までの幅があるというのも、ことさら不思議なことではない。しかし伊東静雄の評価史を参照しつつ、そこに私自身が感じる伊東静雄の豊かさを重ねていくときに感じる違和感――特に第一詩集に強く表れる〝硬質、孤高、凜冽な抒情〟、第二詩集に強くみられる〝パセティックな抒情〟が、あまりにも高く評価され過ぎてはいないか。対照的に伊東静雄が素地のように持つ穏やかな抒情——第三、第四詩集に至るにつれて音韻や響きの洗練と共に深みを増していく滋味が、過小評価されているのではないかという疑問を考えるために、特に中期から後期にかけての、日常の中から掬い上げられた穏やかさや静けさを読み直してみたい。

また、中期から後期にかけての〝平穏、沈静な抒情〟を考えていくとき、避けられない問いとして〈戦争詩〉問題が浮上してくる。伊東静雄が生きた時代を重ね、同時代の作品と比較しながら読み直していくとき、〝私〟の思う／想うところからうたい始め、〝私〟の求める文学とは何か、という領域に踏みとどまった伊東静雄と、〝国家〟の求める文学とは何か、という方向に一歩踏み出した詩人たちとの間に表れる差異を抜きにして、当時の伊東静雄を語ることはできない。日中戦争が始まるのは昭和十二年七月だが、その年の「日本浪曼派」八月号に載った「水中花」。

水中花

水中花（すいちゆうくわ）と言つて夏の夜店に子供達のために売る品がある。木のうすい〱削片を細く圧搾してつくつたものだ。そのまゝでは何の変哲もないのだが、一度水中に投ずればそれは赤青紫、色うつくしいさまざまの花の姿にひらいて、哀れに華やいでコップの水のなかなどに凝としづまつてゐる。都会そだちの人のなかには瓦斯燈に照しだされたあの人工の花の印象をわすれずにゐるひともあるだらう。

今歳(ことし)水無月(みなづき)のなどかくは美しき。
軒端(のきば)を見れば息吹(いぶき)のごとく
萌えいでにける釣(つり)しのぶ。
忍(しの)ぶべき昔はなくて
何(なに)をか吾の嘆きてあらむ。
六月(ろくぐわつ)の夜(よ)と昼のあはひに
万象のこれは自(みづか)ら光る明るさの時刻(とき)。
遂(つ)ひ逢はざりし人(ひと)の面影
一茎(いつけい)の葵(あふひ)の花の前に立て。
堪へがたければわれ空に投げうつ水中花(すいちゆうくわ)。
金魚(きんぎよ)の影もそこに閃(ひらめ)きつ。

すべてのものは吾にむかひて
死(し)ねといふ、
わが水無月(みなづき)のなどかくはうつくしき。

(「日本浪曼派」昭和十二年八月号)

――〈哀れに華やいで〉まるで生きたもののように咲く人工の花。(一時の生を与えられた、死すべきさだめの私たちのようではないか?) あらゆるものが美しく見えるのは、滅びを目前とした最後の輝きだからなのか。ついに思いを遂げることの出来なかった人の面影が幻のように現れる。堪らなくなって投げ打った水中花は、地に落ちる一瞬にほんとうの生を得たのかもしれない、私は死んだ花ではなく生きた金魚の影を見たのだ――

文学者として、伊東静雄も他の詩人たちも〝時代〟の求める文学とは何か、という課題を共有していた。しかし後に自ら〈戦争詩〉として除外する作品においても伊東静雄は〝私〟の領域に踏みとどまっていて、その時代の典型ともいうべき当時の声高なプロパガンダ的表現に陥ることを免れているように見える。それは静雄が、頭では〝公〟に奉仕せねばと考え、そのことに気力を回復したような思いに駆られてはいたものの、心を従わせることがどうしてもできないジレンマに苦しむことと引き換えだった。日中戦争が始まり、戦時色が強まっていくにつれて高らかに日本の勝利を祈願したり、勇壮な漢文調の美文で兵士を讃えたりする〝讃歌〟も生まれてくる中で、自分は花や鳥をどうして歌おうとするのだろう、と静雄は自らをいぶかしむ。家族の困難事なども重なってはいたものの、憂鬱の度が増し内面的に引き裂かれていくのをどうすることもできぬまま、美しい日本語、人々を支えていた言葉を古い歌謡に求める日々を送っていたことが日記や手紙から推察される。

アメリカと開戦したら日本は絶対に負ける。伊東静雄の親友の小高根二郎の回想などを見ても、当時の青年たちは戦争の行く末を予測してはいたようだ。しかし、真珠湾の奇襲が成功し、その後の海戦でも日本軍が勝利を収めた報が続くと、一気に気持ちが高揚する。戦後のアンソロジーで〈戦争詩〉として静雄が自ら省いた一篇、第三詩集『春のいそぎ』冒頭の作品を見てみよう。

わがうたさへや

おほいなる　神のふるきみくにに
いまあらた

大いなる戦ひとうたのとき
酣（たけなわ）にして
神讃（ほ）むる
くにたみの高き諸声（もろごゑ）

そのこゑにまじればあはれ
浅茅がもとの虫の音の
わがうたさへや
あなをかし　けふの日の忝（かたじけ）なさは

（「文芸世紀」昭和十七年四月号　初出時は「讃歌」のち改題）

意訳するなら、市井の片隅でひっそり歌う私の粗歌ですら、大いなる戦いを前にして沸き起こる讃歌に和して、優れた歌であるように感じられることよ、なんと忝いことか、というような意味にとれるだろうか。詩集の自序の末尾には〈大東亜の春の設けの、せめては梅花一枝でありたいねがひは、蓋し今日わが国すべての詩人の祈念ではなからうか〉と記し、さらに〈この小集の出版は、桑原武夫・下村寅太郎両氏の懇な斡旋があつて出来たのである。その他にもひとの好意を有難く思ふことが多くあつた〉と添えている。どちらも当時の静雄の真情だろう。「わがうたさへや」が冒頭に置かれることによって、一篇の〈うた〉についての詩がこの詩集全体を指すものともなっているが、同時に〈くにたみの高き諸声〉の中に没入しきれない〈わがうた〉の性質、どうしても〈高き〉声ではなく〈浅茅がもとの虫の音〉として歌うことしかできない〝私〟の姿をもとらえている。

この詩集が刊行された折、井上靖は毎日新聞の書評で〈近来多くの詩人の言葉がいたづらに調子高くて、その反面ますます光を失つてゆく中にあつて、著者は美しい言葉だけが強く天地を貫く詩の掟のきびしさを作品を通してみごとに示してゐる〉と評した。人を鼓舞するような詩や潔く死ぬことを煽る詩、愚弄するような下卑た言葉まで持ち込んで敵を侮蔑する詩……いわゆるアジテーションやプロパガンダの詩が〈いたづらに調子高く〉なるのは当然だが、その中で〈美しい言葉〉を模索し続ける孤独もまた、当時の抒情詩が負っていたものであることを注視したい。

厳しさを増す検閲の中で表現をしようと志した詩人たち――もちろん、中には発表を後の世に託して沈黙の中で書き続けた者もいたわけだが――戦地に赴く前に、あるいは病で死ぬ前に、せめて作品を残しておこう、という切迫した思いの中でつづられ、発表された作品も多かった。非常時である現在の〝万葉集〟を意図して編まれた国民詩集など複数のアンソロジーには、戦意昂揚的な作品だけではなく家族や故郷を想う詩、戦地の夫や息子を思う詩、詩的情緒を詩の中に織り込みながら耐え忍ぼうと呼びかける詩なども収められている。斃れ行く軍馬や軍人の死を描くことで、戦地の悲しみを表明しようとしたと思われる――読み方によっては反戦詩、厭戦詩とも受け取れる作品も多く読むことができる。夫の無事の帰還を祈る詩を書き替えさせられたことを後に告白している女性詩人もいる。戦時中の〈戦争詩〉を含んだアンソロジーのすべてが、悪名高い『辻詩集』のような徹底したプロパガンダを意図して編まれたものというわけでもないのだ。

伊東静雄も戦時中に創作を行った詩人のひとりだった。『春のいそぎ』に収録された詩を詩誌や新聞に発表していた頃は、静雄自身はまだ兵役は免れていたが、いずれ自分も行く、という予感は覚えていただろう。兵役法の改正によって静雄も出征の可能性が生じると、具体的な遺言書を認めている。

恣意的な運用の可能な治安維持法によって、発表した作品のどの部分がどのように検挙の対象にあげつらわれるかわからない時代でもあった。伊東静雄に関連するエピソードを拾っても、静雄が参加していた複数の同人誌が発禁や当該号の差し止めなどの処分を受けている。それも明確なマルクス主義などの証拠によるものではない。従軍経験のある兵士が詩の中で死者の数を記したことが、軍事秘密の漏洩にあたるらしい……などの理由で、特高は踏み込んでくるのだ（理由も明示されない）。

紙の配給制限により、趣向や志向の異なる同人誌が無理やり合併させられていく。発刊しない、という判断をした詩誌もあれば、廃刊に追い込まれるたびに名前を変え、発行者を変えて生き延びようとした詩誌もあった。文学の志半ばで出征しなくてはならない学生の詩集刊行のために静雄も斡旋の努力を重ねたりしている。

　こうした時代に、いわゆる家庭詩――家族愛、幼子や野花、小鳥といった弱きものの姿に焦点を合わせていく姿勢を、どのように受け止めたらよいのだろう。壮大な虚無と向き合うような初期作品を評価する視点からは退行に見えるかもしれないが、戦時下の〝非常時〟に柔弱なもの、ささやかなものへ向かう志向が強まっていった静雄の文学的軌跡を追う時、迫ってくる暗鬱の中にあっても文学者としての目に見えにくい、だがしぶとい抵抗の跡を刻もうとしていたことが見えてくるような気がする。

## わがひとに與ふる哀歌

太陽は美しく輝き
あるひは　太陽の美しく輝くことを希ひ
手をかたくくみあはせ
しづかに私たちは歩いて行つた
かく誘ふものの何であらうとも
私たちの内(うち)の

誘はるる清らかさを私は信ずる
無縁のひとはたとへ
鳥々は恒(つね)に変らず鳴き
草木の囁きは時をわかたずとするとも
いま私たちは聴く
私たちの意志の姿勢で
それらの無辺な広大の讃歌を
あゝ　わがひと
輝くこの日光の中に忍びこんでゐる
音なき空虚を
歴然と見わくる目の発明の
何にならう
如かない　人気(ひとげ)ない山に上(のぼ)り
切に希はれた太陽をして
殆ど死した湖の一面に遍照さするのに

（「コギト」昭和九年十一月号）

百千の

百千(ひゃくせん)の草葉もみぢし
野の勁き琴は　鳴り出づ

哀しみの
熟れゆくさまは
酸き木の実
甘くかもされて　照るに似たらん

われ秋の太陽に謝す

（「文学界」昭和十五年十二月号）

第一詩集であらゆるものが死滅した湖面を照らし出す壮烈な太陽を激しく乞い願い、同時に拒絶した伊東静雄が、哀しみを甘く熟れさせる太陽に感謝を捧げている。開戦前夜の伊東静雄の、切なる祈りである。

# 一章　伊東静雄——戦時下の抒情を考える

## 1　はじめに

肉体の目で見、手で触れられる世界の背後に、あるいは私たちの内部に、心の目で見、魂の手で触れられる世界が確かに存在している。そこでは、私たちの自我は絶対的な孤独を体験することになる。しかし、言葉によって（言葉の持つ喚起力によって）、他者の世界を仄かに追体験できるかもしれない。その通路を拓くひとつの可能性が、詩歌なのではないか……そのような想いから詩の世界に関わるようになった私が、詩史的な意味で〝知識として読む〟のではなく、ひとつの〝体験〟として最初に出会った詩人が、伊東静雄だった。生き方に迷い、焦りと空虚に苛まれていたときに「そんなに凝視めるな」の一節がまさしく〝今、必要なことば〟として沁みこんできたのだ。その時を起点として伊東静雄の全作品を読み、散文や手紙、日記、それから伊東静雄に関する様々な言説を探しては読む、ということを続けていくうちに、評価史に照らした読み直しが必要なのではないか、という思いに至った。それが本稿執筆の直接の動機である。

＊

伊東静雄は、生前、四冊の単行詩集を刊行している。宝石の原石を叩き割り、外殻も露わに置き並べたような第一詩集『わがひとに與ふる哀歌』（昭和十年刊　以下『哀歌』と略記）、叩き割ったものを、怜悧な輝きを放つ洗練されたカットで提示する第二詩集『夏花』（昭和十五年）。そして、稜角をまろやかに磨き上げた透明度の高さと、不透明な時代の色彩を塗布したような一部を合わせ持つ第三詩集『春のいそぎ』（昭和十八年）。第四詩集の『反響』（昭和二十二年）は、先の三冊と戦後に書かれた作品の中から静雄が自選した総集編だが、思いのほか薄い。戦後に見つけた美しい木の実や貝殻を加えて綴り合わせたネックレスにたとえられようか。

過去の鑑賞や諸家の研究を繙いていくと、『哀歌』を絶賛し、以降は詩想の衰微と観るもの、『夏花』を頂点とし、以降を時代への迎合と家庭詩への後退と観るもの、『春のいそぎ』においても詩想の探求は継続され、成熟の兆しを見せていたものの果たせなかった、と観るものというように、かなり評価にばらつきがあることがわかる。先の〝宝石〟の喩（ゆ）

で言えば、原石を叩き割る力の資質や由来を問うのか、磨き上げる技量や完成度の高さを観るのか、磨き上げていく意図やその手つきを探るのか、といった、読み手の視点の差異に還元されるかもしれない。『春のいそぎ』にはいわゆる〝戦争詩〟が含まれているゆえか、総体としての検証が敬遠されてきた感があるが、戦時下の詩人の心境を抑制された筆致で記した佳品が含まれる印象深い詩集でもある。伊東静雄の人と作品については既に数多くの論考やエッセイが刊行されてきたが、その蓄積の層の厚みに比して比較的研究史の浅い『春のいそぎ』を中心に、静雄の詩の特質と、その時代背景について考えてみたい。

## 2　詩への門出

伊東静雄は、明治三十九（一九〇六）年、島原半島の付け根の小さな城下町諫早に、〈ごく平凡な日本中どこにも見出されるささやかな庶民の家庭〉の四男として生まれた。独学で検定試験に合格し、小学校の訓導になった母方の叔父が、一族の中では〈たった一人の知識人〉[*1]という環境の中、立志の志を持って勉学に励み、中学、そして佐賀の高校へと進学する。大正の気風の中で文学に目覚め、昭和元年に京都帝大の国文科に入学、江戸俳諧史の研究家であり、近代的な江戸時代文学研究の基礎を築いた潁原退蔵などに師事した。

この時期に静雄は、古代まで遡る国文学の研究の他に哲学書や宗教書を渉猟、原書も含めて欧米の文学書や思想書も相当数読み込んでいる。帝大在学中に児童映画の脚本に応募して当選し、その賞金で『正岡子規全集』と『世界童話全集』を購入したことも一つのトピックスだろう。[*2] 静雄の詩は、〈凛冽〉と評される硬質な抒情の印象が強いが、童話／童謡風の小品も点在している。幼年時代の心象への興味や、ノヴァーリス的な意味でのメールヒェン、リルケの〝幼年時代〟への共感が静雄詩の底流に流れていることをうかがわせる。

卒業論文「子規の俳論」は、芭蕉を子規と対比させつつ、詩とは、自然をあるがままに模倣することではなく、自然を写すことによって自己の心の色を表現することである、という詩観を提示する出色のもので、首席の栄を得た。静雄が大阪府立住吉中学（現在ならば高等学校）教諭に着任したのは昭和四（一九二九）年。着物しか持っていなかった静雄が、恩師から身丈に合わぬ背広を借りて登壇したその年の秋に、世界恐慌が始まる。二年後の秋に満州事変が勃発。静雄の詩人としての生と教師としての生は——彼は常にその二つを峻別していた——十五年戦争の時代を生きた市井に暮らす知識人の生でもあった。

昭和五（一九三〇）年、静雄は初めて同人誌に作品を発表する。中学時代の文学仲間の同人誌「明暗」に寄せた散文詩「空（から）の浴槽」。当時の主知主義の影響を受けた実験詩である。

午前一時の深海のとりとめない水底に坐つて、私は、後頭部に酷薄に白塩の溶けゆくを感じてゐる。けれど私はあの東洋の秘呪を唱する行者ではない。胸奥に例へば鷲叫する食肉禽が喉を破りつゞけてゐる。然し深海に坐する悲劇はそこにあるのではない。あゝ彼が、私の内の食肉禽が、彼の前生の人間であつたことを知り抜いてさへゐなかつたなら。

真夜中の空の浴槽。浴槽は子宮を想起させる。母胎回帰願望を誘発する不安に苛まれているのに、浴槽は空であり、かわりに重く冷たい深海の水のイメージが詩人を圧している。喉の奥では激しく食肉禽が叫んでいる。この猛禽の悲劇は、自身がかつて人間であったことを知らないから、ではなく、むしろ知っているところにある。知らずにさえいたら、こんなに苦しむこともなかろうに、という屈折は、言葉を叫びたいのに猛禽の鋭い鳴き声しか発することができない、そんな発語の苦悩をも想起させる。食肉禽として叫び続ける運命を担わされた詩人のイメージは、『夏花』の名作「八月の石にすがりて」の中の〈わが運命(さだめ)を知りしのち、/たれかよくこの烈しき/夏の陽光のなかに生きむ。〉の源流ともいえる詩想だろう。私はこの詩を読むたび、プロメテウスの神話――神から火を盗み出し、人間に与えたがゆえに、生きながら猛禽に肝臓を食われ続けるという責め苦を負った――

を連想してしまう。火（真理）を見出そうとする詩人が負う運命を、静雄は予感していたのかもしれない。
翌年、「耕人」という学内の文芸誌に、まるで雰囲気の異なる作品を発表していることも興味深い。

庭をみると
辛夷の花が　咲いてゐる
この花は　この庭のもの

人の世を苦しみといふべからず

花をみる時
私は
花の心になるのである

仏教的達観というべきか、明鏡のような静かな心境を歌った佳品である。「空の浴槽」のように、実存の底にまで自己を追い込む探求心と、解放された無我の境地を目指すような求道心。二つの心を持って静雄の詩作は開始されたのだった。

昭和八(一九三三)年。同人誌「呂」に発表した「事物の詩抄」や「病院の患者の歌」、「新世界のキィノー」などの詩に目を留めた田中克己や保田與重郎ら「コギト」の同人から誘われ、静雄は「新世界のキィノー」を同誌に転載、発表する。一連三行、全部で十一連の物語詩。一部を省略して引用する。連数を丸数字で示す。

①
朝鮮へ東京から転勤の途中
旧友が私の町に下車(お)りた
私をこめて同窓が三人この町にゐる

③
私は養家に入籍(い)る前の名刺を　事務机から
さがし出すと　それに送宴の手筈を書き
他の二人に通知した

⑥
「体(てい)のい、左遷さ」と　吐き出すやうに
旧友が言ひ出したのを　まるきり耳に入らないふりで
異常に私はせき込んで彼と朝鮮の話を始めた

⑦

私は　私も交へて四人が
だん〳〵愉快になつてゆくのを見た
（新世界で　キィノーを一つも信じずに入場つて
きた人達でさへ　私の命じておいた暗さに
どんなにいらいらと　慣れようとして
目をこすることだらう！）

⑧

独りホテルに残つた旧友は　彼の方が
友情のきつかけにいつもなくてはならぬ
あの朝鮮の役目をしたことを　激しく後悔した

⑩

二人の同窓は　めい〳〵の家の方へ
わざとしばらくは徒歩でゆきながら
旧友を憐むことで久しぶりに元気になるのを感じた

⑪

詩行の進行がゆるく習作とも目されてきた作品だが、当時、ケストナーなどの訳詩に取り組んでいた静雄が、バラード風の物語詩を書こうとしていた意欲が感じられる。⑦連から⑧連への不自然な改行など、意図的に外国語の詩を翻訳したような形式を取っていることも興味深い。婿養子に入った男（自分の名を失うという屈折を抱えている）を語り手に設定するなど、小説的な工夫も施されている。他人の不幸を哀れむことで自分の鬱屈を晴らすというイロニーをみせる終行は、（あいつに比べれば、自分はまだましだ、というような）荒んだ世情を反映しているのだろうか。〈友情のきつかけにいつもなくてはならぬ〉というシニカルな人間観察が、果たして静雄自身の真情であるかどうかは留保しておこう。しかし、『哀歌』に収録されている「静かなクセニエ」（わが友の独白、という付記がある）の中の〈悪口を言つた人間に慇懃にすることは、一の美徳〉――悪口や辛辣な批評を寄せる人間から自分の心身を護るために、幼児からわざと投げられる父親のように、自分は彼らの悪口に〈寛大にうなづき、愛嬌いい挨拶をかはし、さうすることで、彼らの風上に立つのである〉といった処世訓のようなフレーズと通じ合うものがある。学生時代の日記などからもうかがえる自らに対する自負の強さと、優れた他者への劣等感との懸隔、自らの才能に対する期待と不安の振幅の大きさが生み出した、少し斜に構えた人間観察が映り込んでいることは否めない。

人間同士の感情の機微や屈折を、当時の日本と朝鮮との関係に重ねていく特異な比喩は、当時の日本（人）が、欧米列強と既に〝肩を並べた〟日本に比べ、劣位の〝弟分〟であるとされた朝鮮をどのような存在として見ていたのかということを、図らずも示すことにもなった。都市の詩を書くことの少なかった静雄の、貴重な世相観察詩である。

## 3　明と暗

静雄の日記や書簡を読んでいくと、深い孤独や気分の低迷の心境と、ユーモアや茶目っ気を含んだ晴朗な心境とが交錯するように現れることに気づく。強い抑鬱状態の後に豊かな詩作の時期が訪れるのは、時代や家庭環境に敏感に反応してしまう詩人の性かもしれない。静雄自身もそのことに気づいていたのだろう、戦後に書かれた「路上」の中の一節〈――われに不眠の夜をあらしめよ／――光る繭の陶酔を恵めよ〉には、生の苦悩と熾烈な詩作への意欲とを天秤にかけるような心境が吐露されていて、胸を突かれる。

『哀歌』を出した頃の手紙に、興味深い一節がある。やや長いが、訳詩も静雄の作品として引用しておこう。

～やつと本日頃よりいくらか元気になりました。ニイチエの詩などよんでをります。

## シルス・マリア

私はこゝに坐り、待つてゐる、待つてゐる――然し何といふあてもなく
善と悪の彼方、或は光をたのしみ
或はかげをたのしみ、ただ三昧
たゞ海、ただ真昼、たゞ窮極もなき時
と、忽ち、妹よ一つのものは二つとなつた――
――そして超人(ツアラトストラ)が私のかたへを歩みすぎる…

（この後、ニーチェの詩の独文の原文が書き写されている。）

シルス・マリアと云ふのは地名ださうです。ニイチエはこゝで時々狂気の発作の習慣におそはれ始めたのださうです。妹の看病をうけてゐたのださうです。妹よ！　といふのは原文は女友達よ！　となつてゐるのです。この詩はおそろしい詩ぢやありませんか。一つのものが二つになつた！　私もこの頃この分離の幻想を如実に感じてを

るのです。そしてその分散のために白昼の電光を待つてをるのです。

新しき海の彼方に（これもニーチェの詩、原文あり）

彼方へ――と私は願ふ、そして私は信ず
進みゆくわれを、わが把握を、
海は横はる、そは藍青の中へ
わがゲヌアの舟を駆る

あらゆるものは私に新しく、更に新しく輝く
真昼は時、空の上にねむり
只汝の目のみ――永遠よ！
汝の広大なる目のみわれをみつむ

現代の若者には然しはや新しいものはないのであります。然し只前進する自分を――はてはどうならうと――信ずるより外に生き方のないことはニイチエの時代と同じなのでありませう。

（昭和十一年四月十三日　池田勉宛書簡　池田勉は当時大阪市内の中学校に勤めていた。二年後の昭和十三年に詩人・評論家の蓮田善明が創刊した「文芸文化」の同人となる。）

明るく輝く新生の時に憧憬を抱くも、時代は暗黒へと向かっている。〈はてはどうならうと〉前進する他ない、という悲愴な覚悟は、『哀歌』の代表歌の一つである「曠野の歌」（本書九頁）に象徴的に表出されている。

〈息ぐるしい稀薄のこれの曠野に〉いる私は、〈わが死せむ美しき日〉を夢想しながら、はるか遠くに白く輝く連山を幻視している。連嶺の向こうには、死ぬことによってしか到達できない沃野がある。そこでは〈非時（ときじく）の木の実〉が熟れ、陽に輝き、〈ひと知れぬ泉〉が笑うような水音を立てながら滾々と湧き出しているのだ。そこに〈永遠（とは）の帰郷〉を果たすことが出来たなら、〈わが痛き夢よこの時ぞ遂に／休らはむもの！〉と引き絞るような調子で詩は閉じられる。

省略や屈曲を重ねた詩なので、私なりの解釈に沿って組み替えて引用したが、カ行の音を畳みかけていく音の鋭さや、〈連嶺の夢想よ！　汝（な）が白雪を〉と連なる音の滑らかさなど、響きの美しい、調べの高い作品である。現実には到達できない場所への遥かな憧れ――隔てられた苦悩――現実と理想。二つの場所の距離の大きさが印象に残る。

「シルス・マリア」に静雄が示した共振は、『哀歌』の巻頭に置かれた「晴れた日に」の中に現れる〈私の放浪する半身　愛される人〉、〈分裂する自己のイメージを彷彿とさせるものがある。実は「晴れた日に」を含め『哀歌』に歌われた〈わがひと〉については多様な解釈が蓄積されている。成就の叶わなかった恋人への思いを引き裂かれた自身の半身に喩えたという読み方や、現実の自己と詩作に邁進する自己というような精神の分裂、魂と肉体との神経症的な分離の感覚や、静雄自身が精神の闇黒の闘争と述べた実存的、形而上的な精神的葛藤……など読み手によってさまざまな解釈が提示されてもいるのだが、理想と現実、期待と不安といった大きな状況や感情のうねりの中で生み出された作品であることは間違いない。明確に論理の言葉で言い当てられないから、詩という表現を取らざるを得なかった、ともいえる。

『春のいそぎ』の後半に置かれた「山村遊行」に見られる現世と理想郷、二つの世界に引き裂かれた自己の対置も、二つの場所——二つの精神的位相——が明確に描かれた作品の好例だろう。詳しくは二章で見ることにするが「山村遊行」は桃源郷のような〝芸術家村〟を散策する、のどかな景から始まる。〈かかる村にぞかかる人らと〉暮らすことを夢見つつも〈黄いろき塵の舞ひあがる〉巷間に辛くも生きている私、が対比され、〈わが歌は漠たる憤りとするどき悲しみをかくしたり〉と嘆息する。生活者としての自分を離れ、自由に詩想の世界に遊ぶ詩人の魂への憧れと、それが出来ない苦しみの歌——とも読めるが、その後に置かれた〈若者らいさましくみ戦に出で立ちてここだくも命ちりける〉——万葉時代の古語をあえて詩の中に取り込み、こんなにもたくさんの若者が命を落としている、と嘆く一節は、詩行の置かれた位置によって、〈漠たる憤りとするどき悲しみ〉が戦死した若者への悲しみと時代への憤りであることを暗示しているようにも思われる。

## 4　公と私を巡って

この頃の静雄は、〈文学は決して直接、個人の生活と体験をのみ土台としてはいけないといふ覚悟〉を持って詩作に臨むべきだという考えを持っていた。そして〈各自の苦しみを我慢して公の仕事をして行く、人間のいとほしさ〉に強く惹かれてもいた。以上は昭和十五年の六月中旬ごろに書かれたと思われる池田勉宛書簡から引いた。池田は当時、東京に転居し、蓮田善明や栗山理一らと共に文芸活動に勤しんでいた。同じ教職にある詩友なればこそ、心やすく文芸への憧れや生活の苦渋などを打ち明けることができたものと思われる。職場では詩人であることは伏せていた静雄にとって、公の仕事とは教師職である。制約の強まっていく中で教壇に立ち続けることは、多くの心労を伴う時代だったはずだ。思想統制が強まり、書籍や雑誌の発禁や廃刊も相次いだ。静雄の身辺でも、静雄が同人参加したり友人が主宰していた雑誌が発禁処分を受けるということが起きていた。食料や日用品などの配給が始まり、家内に時に病人を抱え、弟妹の面倒をみる責も負い、共働きの妻と協力しながら雑事に追われる日々の中で、個人的体験から普遍的な次元にまで詩を高める（深める）という困難を、詩人は自らに強いていた。

静雄の第三詩集『春のいそぎ』は、戦後に静雄自身が全集に収めることを拒んだ七篇の〝戦争詩〟を含んでいる。日本浪曼派の本来志向していたものが、戦時のファシズム的思考と縒り合され、異質なものへと変容していった過程を考えるとき、静雄の〝戦争詩〟を、いわゆる翼賛詩との距離も含めて検討することは、極めて今日的な課題であろう。[*3]

古典文学の尊重は国粋主義に通じる保守的退行と観る評言もあるが、ことはそう単純ではない。猛々しい言葉を連ねる〈ますらをぶり〉が全盛となり、繊細さや弱さ、柔らかさなど、いわば〝和〟の心を象徴する〈たをやめぶり〉が女々しい、と批判され排斥される時代において、ささやかなもの、はかないものに目を注ぐことは、果たしてどんな意味を持っていたのか。静雄との関連でいえば、蓮田善明が『神韻の文学』の中で〈たをやめぶり〉を擁護する立場から〈このやうな戦の日に優柔な古今和歌集などを随喜するのは錯誤の観があるとの批評には私は伏することはできない〉として平安朝文学を高く評価している。蓮田の文章も当時のファシズム的思潮に複雑に絡めとられており、批判点を多く含んでもいるが、〝武〟を煽る言葉ではなく〝和〟の言葉によって〝うた〟の力を呼び覚まそうという思潮が存在したことは重視されてよいと考える。[*4]

〝やまとことば〟の響きや内包する豊かさへの憧れと、〝言霊〟の喚起するいわく言い難い力の復興を祈る機運とが同時に高まっていった当時の状況と、現在が〝似ている〟と感じるのは、私だけだろうか。——東日本大震災以降、言葉そのものの生命力を呼び覚まそうとする動きや、目に見えない〝いのち〟の働き、表層的世界に隠された深奥の生成力のようなものに目を向ける意識が高まってくる状況と共に、安全保障関連法の強行採決や憲法の改正への動きが表面化し、再び戦争ができる国、専守防衛ではなく〝積極的平和〟を戦略的に掲げる〝強い国〟、〝美しい国〟という浮ついた言葉が飛び交うようになった。そうした状況の中で、私の伊東静雄への旅も始まったのであったが——〝うた〟の力を呼び覚まそうという本来の遡及が捻じ曲げられていくことのないよう、あるいは（杞憂であることを祈りつつ）戦時の轍を踏むことのないよう自覚的に詩と対していくことを、今こそ強く求めていかねばならない。

## 5　静雄の戦争詩（要請によって書かれたもの）

昭和十七年十二月四日、大阪毎日新聞の朝刊三面に、伊東静雄の詩が掲載された。[*5]中央に詩人の顔写真を置いた、てのひらほどの囲み記事である。タイトルは「軍神につづけ」。

千早振神代にぞきく
かの天の岩戸びらきを
さながらに
大詔
すがしさに得堪へで泣きて
いただきし朝をいかで
忘れ得む
この一年の百年なりとも
みことのり一度われらかかぶりて
戦ひの時の移りに
などてせむ一喜一憂
木枯のその吹きかはる風のまま
まろぶ木の葉をまねむやは
たたかひの短き長き
そを問はじ

堪(た)へよとや
乏(とぼ)しきに堪(た)ふる戦さは
夷(えびす)らが童(わらべ)だに知る
大君の民てふものは
おのがじしただわが胸(むね)に
あきらかに持つ御言ゆゑ
かぎりなく豊けかりけり
これぞかのわが軍神が
身をころしをしへ給ひし
皇国の誉なりけれ
　十二月八日近き夜
　颪はやき外(と)の面(も)ききつつ
　草蔭(かげ)の名無し詩人(うたびと)
　巳(し)が思　子と妻(つま)にいふ

＝大政翼賛会推薦＝

＊　新聞では巳と読めるが詩集では己に「し」とルビが付されている。

物々しいタイトルは、成立したばかりの文学報国会が大政翼賛会の依頼に応じ、〈国民士気昂揚のための標語として〉選んだものであり、[*6]昭和十七年の十一月二十七日から二週間に渡って新聞紙上に掲載された。のちに同タイトルの書籍にまとめられた際の「はしがき」によると、文化部では〈「軍神につづけ」といふ総括的題目の下に短歌と俳句と詩とを一流作家に作つていただき、これを各新聞に連載することを企てた。〉詩は「東京日日」(毎日)、短歌は「朝日新聞」、俳句は「読売報知」の紙上に掲載された。文学報国会と新聞とのタイアップは〈標語の新しい発表形式であると同時に、同一の企画に作家と新聞社が歩調を揃へて国民に訴へた点で、一つの画期的な企てであつた〉という。[*7]軍神とは真珠湾の特攻攻撃で戦死した九人の兵士のことである。

静雄の詩のすぐ下には、満ソ国境線で〈黙々演練〉に励む〈烈々・皇軍勇士の姿〉という見出し付の写真がある。左には、九州の川内川の河原で軍事教練に励む少年たちの写真が掲載されている。〈卒業生の半数以上は必ず陸海軍志願兵に合格〉させている鬼の教官を賛美する記事を、同年齢の生徒と接する教師であった静雄は、どんな想いで読んだことだろう。恋愛・文学・孤独・交友……静雄は、慎ましい生活ながら、文字通り青春を謳歌する学生時代を送っている。戦後、新制の高等学校に勤務することになった静雄は、男女の生徒が仲良く戯れる様子を温かい筆致で描いてもいる。戦前から〝恋愛〟とは何かということに理念的にも心情的にも並々ならぬ興味を抱いていた詩人にとって、恋も夢も封じられた学徒たちへの言葉もまた、〈堪へよ〉以外にはあり得なかったろう。*8

この詩は「述懐」と名を替え、〈皇軍の誉なりける〉と若干の修正を施されて、静雄の第三詩集『春のいそぎ』に収載された。〈大詔奉戴一周年に当りてひとの需むるま丶に〉という添え書きが付されたのは、初出が文学報国会からの要請であったからだろう。冒頭三行は枕詞のような、当時の詩風にそった常套句であるが、たとえば〈大詔昭昭、大道坦々／豁然としてこの道の開闢するところ／山川海嶽／帰一してことごとく／天皇の率土／ああ／感激の十二月八日／乾坤、転じ来つてふたたび咫尺にあり～十軍神殉忠の真精神～百年不退転の戦をわれら闘い抜かんかな／軍神につづけ／軍神につづかん。〉（安西冬衛）という、前日の大阪毎日に掲載された詩と比較してみれば、ずいぶん柔らかい印象を受ける。漢文調で士気を奮い立たせる言葉を連ね、生命を国家に捧げよと呼びかける安西の詩は、当時の翼賛詩の典型的な〝型〟に従っている。

対して静雄の詩は、一喜一憂、軍神、皇国などわずかな言葉をのぞいて、漢語を避けてほぼ訓読みの文語体で歌われている。――宣戦布告が成されたあの日の感動を決して忘れまい、この一年がたとえ百年もの長さに感じられたとしても、ひとたび大君のみ言葉をいただいたからには（憂慮を排し、勝つことを信じて）戦争がいつ終わるのか、などともはや問うまい、窮乏に耐える戦争は敵国の子どもたちだって知っている、しかしわれらは大君のみ言葉（思い）を各々が胸に抱き、それゆえに限りなく広やかな心で泰然と希望を抱いて耐えることができるのだ、それをかの九軍神は身をもって教えられた……ということを、名もなき一詩人である私は、軍神たちの命日に、我が子と妻に話したのだ——

まろぶ／まねぶ、短き／長き、「し」や「カ行」の連鎖など、音韻重視の形式である。内容は、一年前の真珠湾攻撃の日の〈すがしさ〉を忘れずに、この窮乏の時を耐えよう、という思いを妻子に述べた、という日記風のもの。あえて〈巳が思　子と妻にいふ〉と付したのは、声高に国民（臣民）に呼びかけるのではなく、市井に生きる一人として家族に（この夜半の）思いを伝えるのだ、という姿勢を明確に記しておきたかったからだろう。

文語の大和言葉の多用は、渡来人の影響を排し、日本本来の言葉の力（霊力のようなもの）を呼び覚ますことこそ、今の時代に生きる詩人の為すべきことではないか、という「コギト」や「日本浪曼派」「文藝文化」に展開された論に多くを負っている。静雄自身、新古今、古今和歌集と遡りながら、新しい詩表現のために催馬楽やわらべ歌など、古来から伝わって来た歌謡の研究を行っていた。

注視しておきたい一語がある。

すがしい、という感情は、当時の〝うたびと〟や文化人の多くに共有されていた。「軍神につづけ」シリーズ短歌部門で佐々木信綱が詠ったのは、〈新あじあ新しき光満たしめむ天つ日の国の御民吾等ぞ〉であったし、若手の文芸評論家だった竹内好も、大東亜戦争勃発時には〈歴史は作られた。世界は一夜にして変貌した。われらは目のあたりそれを見た。感動に打ち顫へながら、虹のやうに流れる一すじの光芒の行方を見守つた〉と感動を素直に綴っている。さらに〈わが日本は、東亜建設の美名に隠れて弱いものいぢめをするのではないかと今の今まで疑ってきたのである。わが日本は強者を懼れたのではなかつた〉（「大東亜戦争と吾等の決意（宣言）」昭和十七年一月）[*9]と記していることも、当時の〈清しさ〉を証しているだろう。弱いもの、とはアジア諸国のことである。

〃大東亜戦争開戦の詔勅〃は、「支那事変」の大義を疑っていた知識人たちの疑念を払拭する、圧倒的な感動だったのである。昭和十七年一月の「コギト」に発表され、『春のいそぎ』の中央に収められた静雄の「大詔」は、詩的誇張ではなく、実体験としての感激であった。

昭和十六年十二月八日
何といふ日であつたらう
清しさのおもひ極まり
宮城を遥拝すれば
われら尽く（ことごと）
——誰か涙をとどめ得たらう

国開きから詩が始まるのはなぜか。

「軍神につづけ」シリーズ第一回、高村光太郎の詩を見てみよう。〈萬古をつらぬいて大(おほ)御神(みかみ)はおはす。／いのちのみなもとを知るもの力あり〜おのが身に思ひわづらふもの、／ひとへに暗くして大義に通ぜず。／ただみなもとにかへるを知るもの、／日月皎然、／生と死とを問ふことなく、／一切をあげて大御心にこたへまつる。〜十二月八日再びきたる。／軍神は死せず、／いのちかがやきてわれらを導く。／義勇公に奉ずるの時今日(こんにち)にあり。／われらあらゆる道に立つもの、／悉(ことごと)くいのちのみなもとにかへらんかな。／みなもとに帰するものは力あるかな。〉

日本の国の始まり以来、現人神(あらひとがみ)により連綿と受け継がれてきた国の栄の源、皇尊(すめらみこと)の〈御心〉に、我が身を顧みず応えるのが皇国臣民の〈大義〉であり、〈公〉に奉仕することである――当時の思潮を格調高い雄渾な言葉で歌い上げている。文学報国会の詩部会長であった光太郎は〝公人〟としての責任感から国民の意識を〈大義〉の方向に導くために言葉を尽くそうとしていた。読者に向かいその目を見つめながら、正面から歌いかけている姿勢を取る詩、と言いえだろう。

対して静雄の詩では、天地開闢神話は形式的に踏襲されるのみである。枕詞から引き出された神代の天岩戸の物語は、大詔が開いた新たな〝すがしさ〟を表す長い形容詞としての機能に後退している。内容も臣民に伝えるべき真理や思想という啓蒙性の強いものではなく、自らの感慨と現在の思いを述べるにとどまる。静雄には詩壇を代表する者という意識はなかったのであろう、公の意識としては〝父〟としての責任感しか表明されていない。職場においても詩人であることをむしろ伏せていたという静雄の、詩人としての世俗との距離の取り方が、家族という身近なものに向けられたメッセージという形を選ばせたと思われる。

光太郎の詩が、当時の思想を雄渾な芸術性と共に（是か非かはともかく）体現しているのに対して、静雄の詩は臣民の務めを説くというよりは、自分自身に言い聞かせているといった内向的な性質を残している。それは光太郎が迷いなく言い切り、自信を持って導く言葉で詩を構成しているのに対し、静雄は〈などてせむ一喜一憂〉や〈たたかひの短き長き／そを問はじ〉など、実際には不安に揺れ動き、闘いがいつ終わるのか、という問いに苛まれている逡巡する自己を前提としたうえで、自らそれを否定することで詩を展開しているからだ。迷いを前景に出して、それを自ら否定することによってその先へ進もうとする意志の強さを強調している、と言ってもいい。しかもこの屈折した否定の意志は、『哀歌』や『夏花』における鮮烈な自己との闘争やドラマティックな緊張と弛緩を示すロマン派的な詩的空間の造形と同じ方法を用いつつも、到達度においては及ばず、ごく常識的な、凡庸といってもよい次元に留まっている。[*10] それでは『春のいそぎ』における「春の雪」や「百千の」のような、言葉の響きの美しさや繊細な情景の美しさ、詩行の調和といった美の達成に届いているかといえば、これもまた不十分である。古語を全面的に使用し、その語感の醸し出すムードに頼ることで詩的情調をかろうじて保ちながら、いま臣民として成すべき一般論を改めて自らに言い聞かせる詩に留まっている。伊東静雄の詩としては水準に達していないと判断せざるを得ない。そのことを自覚していたのかどうか……最後に置かれた、ここに書き記したのは妻子に私が話したことである、という付け足しのような数節は、読者に向けて歌いかける詩の姿を、詩人がその妻子に話したことを傍らから見ている、そばで聞いている、というポーズを取った詩に変えてしまう。それはストレートに読者に伝えるのをためらい、これは妻子に伝えたことなのだ、という枠取りのような仕掛けを追加することによって、自分の詩が〝自分らしさ〟から後退していることについてのある種の弁明をしているとも見える。

## 6　静雄の戦争詩（自発的に書かれたもの）

脱亜入欧を合言葉に欧米に倣って〝近代化〟を推し進めて来た日本は、日清、日露の〝戦勝〟体験を経て、欧米に並ぶ近代国家という自負を抱きつつあった。昭和初期の恐慌や閉塞感、その反動としての社会の頽廃的(デカダンス)傾向は、実際は近代資本主義の負の帰結だったが、乗り超えるべきは（西欧的）〝近代〟であるという認識が強まっていた。そうした風潮の中で打ち出されたのが、亜細亜の盟主として〝遅れた〟亜細亜諸国を束ね導く皇国日本、という華々しいイメージである。その壮麗なイメージを裏書きしていたのが、太平洋戦争初戦の勝利の報道であった。静雄も勝利を素直に喜び、興奮のままに表層的なイメージで「海戦想望」と「つはものの祈」という〝戦争詩〟を遺している。

いかばかり御軍（みいくさ）らは
まなこかがやきけむ
皎たる月明の夜なりきといふ
そをきけば
こころはろばろ
スラバヤ沖
バタヴィアの沖

（以下略「海戦想望」）

昭和十七年二月末のスラバヤ沖海戦では、日本軍は連合国軍艦艇を撃破、ジャワ島に上陸。バタヴィア沖海戦は三月一日の夜に行われた夜戦で、これも日本側が勝利した。十三夜の月が皓々と輝く晩だったという。静雄が「コギト」に発表したのは五月であるから、戦勝の興奮冷めやらぬ中、一気呵成に仕上げたものであろう。エキゾチックな地名と南洋の月というムードに酔った流行歌謡のような印象だが、評判は良かったらしい。六月末に刊行された「国民詩」第一輯に再録されている[*11]。

流行歌よりはもう少し格調高く、古歌に倣った作品として、熊野旅行に取材した詩が二篇、『春のいそぎ』冒頭部に収録されている。詩集二番目の「かの旅」と三番目の「那智」である。当時の書簡を読むと、詩作のスランプに陥っていた静雄が、珍しく詩興に駆られて創作に向っていたことがうかがわれる。〈『本居宣長』昨日いただき、早速拝見し始めました。あなたの古事記の講義ききたいと常々思つてゐましたので、ずゐぶんうれしくありました。「勇進」といふお言葉このごろもつとも肝銘したものでございます。日本の詩歌のもつとも大切な、発想の唯一の地盤がそこにあること、十年の詩作の後やつとわかつて来たのであります。私は段々立派になれさうに考へてゐます～このごろ熊野旅行の詩つづけて三、四書いてゐます。近来めづらしいことであります〉（昭和十八年四月十七日　蓮田善明宛書簡）「勇進」とは、東郷平八郎が日本海海戦の捷報を上申する文中で用いた言葉であり、蓮田が自身の評論中で触れた言葉でもあった。先に引用した書簡の中の〈只前進する自分〉に通じるものを静雄は見出したのだろう。

紀州の旅は、教え子たちと共にその一人の故郷を訪ねる旅であったが、熊野は、『日本書紀』でイザナミが葬られた地とされ、アマテラスを祀る伊勢の陽／明／顕に対し、古来陰／暗／幽の力を持つ聖地である。大峰山の奥駆けなど修験道の修行に象徴されるように、熊野詣では死の国に入り、再生を祈る霊場でもある。「那智」には〈神ながらましましにけり／雄叫びの那智の御瀧は〉という一節があるが、保田與重郎や蓮田善明らの思想に照らすならば、神代から神そのものとして自ずから神気を醸す那智の滝、御神体を褒め称える誉め歌、ということになろう。同行した若者たちの無事を祈る旅であったに相違ない。

若者たちに関連していえば、教え子の庄野潤三の手紙に、いわば返歌として書いた「久住の歌」がある。〈国いのる熱き血潮は／をとめ　汝が為にもぞうつ〉と始まる、歌謡調の小曲といった風情。詩集には採録していないが、後に作家になった庄野が出征する折に贈った「うたげ」という詩の一節に通じるものがある。〈かくもよき／たのもし漢子に／あなあはれ／あなあはれうつくしき妻も得させで～〉

庄野潤三は静雄の十五歳年下、住吉中学時代の教え子だった。庄野の後輩でもある阪田寛夫が〈当時の日記に基づく小説『前途』はおのずからこの時代の伊東静雄の肖像、ひいては昭和十八年に出た第三詩集『春のいそぎ』の解題という側面を持つことになる〉（『庄野潤三ノート』十七）と述べているように、静雄の日記や書簡とつき合わせつつ読んでいくと、具体的な事実や体験に即してこの頃の詩が生れていったことが如実にわかるのが興味深い。『前途』の中で庄野自身が〈前書に若い友人の手紙として、僕が久住から帰つて出した手紙のはじめの方を、少し変へて引用してある～僕が友人たち（数名となつてゐる）と別れて、ひとりで山をかけ下り、去年訪ねた村の雪に頬の赤らむ少女のもとへ会いに行くといふのである。だいぶロマンチックな趣向になつてゐる〉と記しているように、〈国いのる熱き血潮〉について語った手紙が、忘れがたい〈をとめ〉に逢いたくて早鐘を打つ心を歌う〈ロマンチック〉な詩へと〝作品化〟されているのだ。（「ネメシス」四、五号「水島英己さんとの対話」(一)、(二)）

丙種の第二国民兵として銃後の側にいた伊東静雄と、文学への熱意を共有し、壮健でこれから戦地に赴こうとする青年達との交友。曲がりなりにも青年らしい恋愛の喜びと苦悩を経験し、実存的葛藤の中で詩人になるという夢も実現し得た自身の青春と、恋愛や青年らしい夢想の実現を封印して国家の一大事に応えようと燃える青年たちの、戦時下の〝青春〟に対する複雑な思い。事実と虚構との間にかけられた見えない橋を辿ることによって、当時の静雄が抱いていた思いの一端を垣間見ることが出来るかもしれない。

『春のいそぎ』冒頭に置かれた「わがうたさへや」は、こうした時局における静雄の立ち位置を示していて興味深い。序章でも引いたがもう一度見ておこう。

おほいなる　神のふるきみくにに
いまあらた
大いなる戦ひとうたのとき
酣（たけなわ）にして
神讃（ほ）むる
くにたみの高き諸声（もろごゑ）

そのこゑにまじればあはれ
浅茅がもとの虫の音の
わがうたさへや
あなをかし　けふの日の忝（かたじけ）なさは

漢字の〈声〉とひらがなの〈こゑ〉。〈こゑ〉はむろん〈くにたみ〉の諸声を受けているが、平仮名で記された〈わがうた〉の側に引き寄せられ、諸声と対置される位置に置かれた声である。この〈こゑ〉は〈諸声〉の一部でありながら、〈わがうた〉を託すかき消されそうに小さな、しかし確かにそこにある〝こえ〟なのだ。国全体が諸声を挙げて武勇を祈り、戦勝を悦び、神を称えている。その中にあって自分の〝こえ〟はなんとささやかで儚いものか、と歎じながら、それでも〝こえ〟をあげずにはおれない、という歌が、詩集の冒頭に置かれているのである。

一連の中に〈あはれ〉と〈をかし〉を用いる意図は、どこにあったのだろう。〈諸声〉に和して、国家の危急存亡の時に詩人としての〝役割〟を果たすべきだ、という公に対する思いと、しかし己の声を溶け込ませ、埋没させることがどうしてもできない、という個にこだわる詩人としての性向。自分のかぼそい声を〈浅茅がもとの虫の音〉と謙遜しながら、その〈うた〉をこそ、一篇の詩に、一冊の詩集に収めて人々に届けるのだ、それが〈わがうた〉なのだ、と捉え直す葛藤と自負。そんな自分を〈あはれ〉と思うと同時に、それこそが自分だと開き直り、肯定的に引き受けようとしていた複雑な心情が、古典的な形式をなぞりつつもにじみ出ているように思われる。

日中戦争期に「コギト」の同人が次々と戦意昂揚詩を書きはじめる場面においても、静雄は以前の自分の主題を手放さなかった。深夜、家の近くを地響きを立てて軍馬や大砲がゆきすぎ、昼間はひっきりなしに傷病兵がバスで運ばれていくのを子どもと共に敬礼で見送りながら……〈家にじつと坐つてゐても、胸がはあはあと息づき強く、我慢出来ず興奮したりした。そんななかで、わたしの書く詩は、依然として、花や鳥の詩になるのであつた。〉（「コギト」昭和十五年五月）当時、静雄の周辺でも楽器などを用いたいわゆる鳴り物入りの大規模な朗読会が開かれていたが[*12]、私の知る限り、静雄はこうした集団としての詩の朗読や朗誦には参加していない。親しい人の前では、興にのるとしばしば節をつけて歌ったことが知られているが、あくまでも一人対一人、あるいはせいぜい数名の前での朗誦であった。

『春のいそぎ』自序に、静雄は次のように記している。〈草陰のかの鬱屈と翹望(かつぼう)の衷情が、ひとたび　大詔を拝し皇軍の雄叫びをきいてあぢはつた海闊(かつ)勇進の思は、自分は自分流にわが子になりとも語り伝へたかつた。そこで、大詔渙発の前二年、後一年余の間に折にふれて書きおいたものを集めて、一冊をつくつたのである〉開戦までの鬱屈、その後の清しさ。それを〈自分流にわが子に〉語り伝えるための一冊。『春のいそぎ』は前半に近作、後半に過去作が収められているので、詩集前半は晴朗の心象、詩集後半には開戦までの鬱屈した想いが表明されている、ということになる。[13]

　春のいそぎ、とは、新春を迎えるための設え(しつらえ)や支度のことである。詩集名を悩んでいる時、知人に〈たが宿の春のいそぎかすみ売の重荷に添へし梅の一枝〉という伴林光平(ともばやしみつひら)（幕末の勤王志士）の歌を示され、〈大東亜の春の設けの、せめては梅花一枝でありたい〉という願いから題を得たという。炭売が重荷をおろして休んでいる、鄙びた宿。黒く汚れた俵の上に、恐らくは旅人がそっと置いた梅の一枝[14]。水墨画のような、香りだけが漂ってくるような簡素な風流心に共鳴した静雄。猛々しい言葉で武勇を煽る詩ではないのは、こうした詩集の意図にもよるだろう。

感慨を伝えたり、祈りをうたう詩（「わがうたさへや」、「那智」、「大詔」）、開戦時の〝感動〟を新たに思い起こしながら戦時下を耐えよう、と述べる詩（「述懐」）、兵士たちに共感を寄せていることを伝える詩（「海戦想望」、「つはものの祈」、「久住の歌」）……静雄が戦後、自ら全集に収めることを拒否した詩七篇を、駆け足で観て来た。安易に時局に迎合して、無責任に戦意を煽る昂揚詩ではない。しかし、響きの美しさや音の工夫、当時の想いなどは伝わって来るものの、詩としてはいずれも表層的で、静雄本来の深さや奥行きが感じられない（あるいは隠されている）詩ばかりである。この問題をどう考えるか。[*15]

伊東静雄が特に第一詩集において開拓した実存的思弁的抒情詩は、個の論理の上に立脚していた。既存の評価基準に頼らない、独自の表現を模索した作品、ともいえるが、それゆえに難解な側面も有しており、その意味では未完成、今後の成熟を待つ詩群ともいえる。（その後の詩的成熟を、私は第二詩集の『夏花』に観ているのだが）、第三詩集に収録された作品の中でも特に〝戦争詩〟に分類される詩群は、文体や表現手法を古典に探り、詩的格調や情趣を既存の評価基準に求めたという意味において、個の領域から後退していることは否めない。戦後、全集への収録を拒否したのは、時局に迎合したことを恥じた、という反省の心だけではなく、作品自体の出来にも由来しているのではあるまいか。実はもう一篇、戦場を主題とした「第一日」という〝戦争詩〟があるが、静雄自ら固辞した七篇の中には含まれていないのである。[*16]

「第一日」は実際の従軍兵に取材した作品であり、それだけに生々しい臨場感を有している。幽明定かならぬ行軍の果て、かろうじて街にたどり着いた時、〈鉄の烈しく錆びゆくにほひ〜われ初めて／血をかぎぬ〉〈わが中隊の兵にして／われもつとも健かに運強かりし／二人のうちの一人なりきと言はば／君は果して信じ給ふや〉と、戦場の極限状態が語られる。中国大陸から無事帰還したこの詩のモデル荒木生は、二度目の応召によりインパールで落命した。文学も絵も秀で、芸術の才に長けた静雄の教え子の一人であったという。

## 7　『春のいそぎ』集中の名詩

静雄の詩は、明と暗、光と影、父と子、現世と夢想世界というように振幅の大きい世界を行き来するとき、その詩想は輝きを増すように思われる。とりわけ『春のいそぎ』においては、表現手法としては古典的な審美性に寄っているとしても、詩想の広がりに関しては独自の世界を生み出し得ている作品——たとえば、暗闇にいる父と光の野からやってくる子とを対比した「春浅き」や、明るい早春の疎林の中で黙って寒さに耐えている小鳥たちを、さらにその羽に降りかかっては消えていく淡雪の行方を、心の目で静かに見つめる「春の雪」。あるいは冬から春へと移り変わる季節を脳裏に思い描きながら、凍りついた言の葉が再び水を得て流れ出すことを祈るかのような「なかぞらのいづこより」。これらは詩形の完成度や音の響きの美しさ、イメージの広がりなどを模索した跡がうかがえる、古典美を備えた名詩だといえよう。

後に『反響』に再録される際に〈昭和十七年の秋〉という詞書が添えられることになった「菊を想ふ」は、当時の人々の心模様と、詩人の心の対比が描かれていて心に残る。子供に、垣根の朝顔から採った種を〈蔵(しま)つておいてね〉と託された詩人。朝顔の種はまかれることなく、こぼれ種から生い出た〈ひなびた色の朝顔ばかり〉を見て、心わびしく思っている。〈今年の夏は　ひとの心が／トマトや芋のはうに〉行っていたのだ。そんな状況下でも風流の心を忘れたくない詩人は、妻に琴を弾いてくれ、と頼むが、にべもなく断られる。

〈しかしいまは誇高い菊の季節／したたかにうるはしい菊を／想ふ日多く／けふも久しぶりに琴が聴きたくて／子供の母にそれをいふと／彼女はまるでとりあはず　笑つてもみせなんだ〉いささか屈折したフレーズの末尾は、弱弱しい笑みを浮かべる詩人の姿が目に見えるようで切ない。

家族の者にすら通じない静雄の想いは、当時の詩人の孤独でもあろう。「七月二日・初蟬」という詩では、明け方、静雄だけではなく〈六つになる女の子も／その子のははも／目さめゐて／おなじやうに〉蟬の声を聞いているのだが、恐らくその想いは一様ではない。〈軒端のそらが／ひやひやと見えた／何かかれらに／言つてやりたかつたが／だまつてゐた〉と詩は閉じられる。空の冷ややかさは、想いが通じ合わない詩人の心の色でもあろう。言うべき言葉、通じる言葉を見いだせない詩人の悲哀。それでも、自らを信じて進んで行かねばならないのだ。

戦争協力詩集、とされる三好達治の『寒柝(かんたく)』の掉尾におかれた「ことのねたつな」は、〈もののふはよものいくさを／たたかはすときとはいへど／そらにみつやまとのくにに／をとめらのことのねたつな〉と締めくくられる。〝武〟の時代にあっても〝和〟の心を失うまい、その想いが「やまとごころ」を守り伝えるのではないか、と信じた詩人の祈りと、静雄の〈琴が聴きたくて〉という独り言のようなつぶやきには、相通じるものがある[*17]。

静雄が秋の千草の中に琴の音を聞く「百千の」も美しい。八木重吉の「素朴な琴」にも通じる静かな小品は、『哀歌』の中で歌われた〈非時(ときじく)の木の実熟(う)るる〉隠れたる場所、〈木の実照り　泉はわらひ……／わが痛き夢〉がついに安らう場所を想起させる。太平洋戦争が近づく時代の中で、我が家を囲む野の奏でる琴の音を、静雄は一人で聴いているのだ。

「百千の」の直前に置かれた「春浅き」は特に、戦時下の〝父〟そして〝詩人〟の想いを描いていて忘れがたい。〈あゝ暗(くら)と　まみひそめ／をさなきものの／室(しつ)に入りくる～わが子よかの野の上は／なほひかりありしや～〉文語ながら説明を要しないほどの平明な詩であり、素朴に口の端にのぼるままに書き留めたようにも見える作品だが、静雄の日記などから、何度も推敲を繰り返し、口ずさみながら完成された作品であることが知られている。いつ陽が暮れたのかもわからぬほどに、いわく言い難い憂愁にかられて暗がりの中に坐っている詩人のもとに、早春のキリリと冷たい冷気と共に、薄明りを背に負って、幼いわが子が部屋に駆け込んでくる。ねえ、おとうさん、これ、独りで摘んだの、すごいでしょ？このお花、なんて名前？　教えて……詩人は、すべなしや、と嘆息する。大げさな言い方ではあるが、静かで端正な全体の調子に照らしてみれば、諧謔ではないことがわかるだろう。幼子の疑いのないまなざしと生命力を前に、詩人はたじろいでいるのである。本当の名前を教えてやれない、という象徴的な意味も含んでいようか。名づける、と言う行為の持つ奥行きは、時に存在論的な深さを持つ。

かつて、詩集『夏花』が透谷賞を得た時、静雄はその喜びを一首の歌に書き留めた。（昭和十七年五月二十日池田勉宛書簡）

くさかげのなもなきはなになをいひしはじめのひとのこころをぞおもふ

草莽のひと草をもって任じていた詩人のささやかな詩業を認め、顕彰してくれる人がいた、という喜び。その名を呼べば、以降それはその名指すところのものになる。そういう名付けもあるのだ。

静雄は、我が子の問いに〈しろ花　黄い花〉と名付けることで応じる。子供は、もちろん疑いもなくその花をそのものとして受け取り、母のいる方へと駆け去って行く。この幼子は、名付けよ、と迫ることで暗がりに坐す父を詩人へと促す、天使のような存在でもあろう。光を象徴するかのような花色と、花の名。暗がりの中に坐す〝父〟が、せめてわが子の上には〈なほひかり〉あれ、と願う祈りのような言葉を発し、子に光の化身のような花を持たせるという行為（詩作）。〝サ行〟の音が連鎖し、全体にささめくような静かな余韻が漂う。

「春浅き」「百千の」の次に、詩人は「わが家はいよいよ小さし」「夏の終」を置いた。そして、恐らく子供の看病をしていた時に生まれた「螢」、童謡風の「小曲」、そして娘に呼びかける「誕生日の即興歌」という、直接わが子に歌いかけるような三篇を置いて、詩集を閉じた。広大な自然、そして燃えるような（不穏な）秋の景の中で、我が家がいよいよ小さく見える、という、「わが家はいよいよ小さし」（初出「文芸」昭和十六年一月）は、〈落葉まじりて幾株の小菊／知らまほし／そは秋におくれし花か　さては冬越す菊か〉と閉じられる。戦時に菊が表象するものを思い合わせる時、この菊が秋に遅れた（つまり、最盛期を過ぎ、あとは枯れるだけ）の花か、あるいは、越冬して春を迎える生命力を備えた菊か、どうしても私は知りたい、というつぶやきの意味が胸に迫って来る。開戦直前の不安な心境を表出している。

昭和十五年、日中戦争は膠着状態にあり、ヨーロッパでは激しく戦火が上がっている時期に発表された「夏の終」では、広大な自然と成すすべのない非力な人間が対置されるが、嵐の迫る不穏な海は、その時代を詩人がいかにとらえたか、という心の色の表出でもある。

『春のいそぎ』は、「自序」に記した通り〈わが子〉に伝える詩集という体裁を取るが、桑原武夫や下村寅太郎の斡旋も奏功して出版社の求めに応じて刊行された詩集であり、共に戦時下を生きる人々、文芸を愛する読者に向けても差し出されている。自身が戦地に赴くにあたって、遺書として残す覚悟で編んだ詩集でもあったろう。[*18] 詳細は後述するが、詩集の前半は〝詩人〟であると同時に〝父〟〝教師〟でもある一人の人間が対社会的に抱いた想いを、後半は内省的に教え子や家族への想いを歌い遺す意図で編んだ詩集という構成を取っている。詩集の最後に置かれた三作を、わが子に直接歌いかける私的な詩を付加した部分と見れば、読者に向けて差し出された作品としては「夏の終」が実質的に詩集の掉尾となる作品であると言えるだろう。

## 8 戦後の作品

静雄の幼子へと注ぐ眼差しが、より印象深く、憧れをもってうたわれた作品がある。戦後に公刊された『反響』の中の「夕映」である。

わが窓にとどく夕映は
村の十字路とそのほとりの
小さい石の祠（ほこら）の上に一際かがやく
そしてこのひとときを其処にむれる
幼い者らと
白いどくだみの花が
明るいひかりの中にある
首のとれたあの石像と殆ど同じ背丈の子らの群
けふもかれらの或る者は
地蔵の足許に野の花をならべ
或る者は形ばかりに刻まれたその肩や手を
つついたり擦（こす）つたりして遊んでゐるのだ
めいめいの家族の目から放たれて
あそこに行はれる日日のかはいい祝祭

そしてわたしもまた
夕毎(ゆふごと)にやつと活計(くわつけい)からのがれて
この窓べに文字をつづる
ねがはくはこのわが行ひも
あゝせめてはあのやうな小さい祝祭であれよ
仮令(たとえ)それが痛みからのものであつても
また悔いと実りのない憧れからの
たつたひとりのものであつたにしても

詩人としての出発点において、静雄はトーマス・マンに共感を示していた（昭和五年四月七日酒井百合子宛葉書）。それは、生活と芸術の相剋というテーマへの共鳴と言ってもよいだろう。『哀歌』の終盤に置かれた「鶯」は、いささかもたついた口調ながら、生活者へ芸術家が為し得ることは何か、という、詩人とは何をする人か、という問い――これはヘルダーリンから静雄が得た問いでもある――を扱っている。幼い頃、訪ねていくと決まって鶯を呼び寄せ、その鳴き声を聞かせてくれた山中の友。やがて彼は街に出て医師となり、〈山の家は見捨てられた〉。再会した私が鶯のことを問うと、彼はすっかり忘れてしまっていた。しかし〈私の魂〉は自分でも信じられないことに〈一篇の詩が／私の唇にのぼつて来る〉のを覚え、〈私はそれを君の老年のために／書きとめた〉という詩である。この詩には少年期からの友人であった大塚格というモデルがいたことも知られているが、より普遍的な〝友〟に開かれた詩である。

鶯の鳴き声は、詩人の魂が聞き取った詩（うた）の象徴でもある。生活のために忘れ去られた幼児期のナイーヴな心、自然の詩（うた）を聞き取る力を呼び覚まし、書き留めるのが詩人なのではないか。『哀歌』のパセティックに孤高の心象を詠う詩集の最後に置かれた、鶯の笹鳴きのような繊細なものに耳を澄ませる詩と、戦後の『反響』の中に置かれた「夕映」の世界が響きあっていることを注視したい。静雄の詩の底流には、常に〝童心〟というナイーヴな詩心が流れていた。

静雄の〝戦争詩〟は、詩人に公的な立場を求めない静雄の本来的な性向と、詩壇的リーダーシップを取るべき地位からも免れていた環境とによって、死を徒に煽る翼賛詩、昂揚詩に陥ることはなかった。しかし、静雄本来の詩想は、現世と夢想界、闇と光、時間や空間の隔たりといった、振幅の大きな詩的空間を精神が自在に往来するときに現れ出るものである。戦争詩は当時の庶民一般の熱狂を反映し、その渦中に取り込まれる形で書かれたがゆえに、詩的空間の振幅はあまり見られない。その分、言葉の響きや音の美しさに気を配ってはいるが——それはまた、〈たをやか〉なものに大和心を見る、という、勇ましい言葉を招来しようとする当時の思潮に（文学的に）抗う行為でもあったが——内容的には当時の詩人の心境を示す、日記的な小品に留まらざるを得なかった。

『春のいそぎ』の後半に収載された、太平洋戦争前夜の作品群に佳品が多いのは、不安と祈り、闇と光といった振幅の中で生み出された作品だからではないだろうか。『哀歌』や『夏花』と比較すると、精神の内面の葛藤といった遠大なテーマから、家庭詩と呼ばれる卑近なテーマに後退してしまった、とも見える。しかし、戦争に向かって行く時代という闇を背景に、弱いもの、はかないものを愛おしむ心そのものが否定的に捉えられる風潮の中に、静雄は生きていた。古典的な優美さを探求したり、日々の生活の中から普遍性を見出そうとする一見懐古的な試みも、静雄にとってはまぎれもなく挑戦であった。結果的に生まれた美しい調べの作品を矮小化せず、その奥の光を多くの人に発見してほしいと願っている。

＊1　小川和佑『伊東静雄論考』叢文社、一九八三年。
＊2　前掲書56頁「美しい朋輩たち」台本、映画共に現在は喪失。有明海の漁村を舞台にした地方色豊かな作品であったらしい。
＊3　安永武人『戦時下の作家と作品』未來社、一九八三年、米倉巌『伊東静雄——憂情の美学——』審美社、一九八五年、永藤武「伊東静雄『春のいそぎ』考——〈公〉への促しと〈わがいのち〉と——」「明治聖徳記念学会紀要」第五号一九九一年十月、高橋渡『雑誌コギトと伊東静雄』双文社出版一九九二年、溝口章『伊

東静雄』土曜美術社出版販売、一九九八年、長野隆『抒情の方法　朔太郎・静雄・中也』思潮社、一九九九年、田中俊廣『痛き夢の行方　伊東静雄論』日本図書センター、二〇〇三年など。

＊4　蓮田善明『神韻の文学』一條書房、一九四三年。なお、近年の研究書としては石川公彌子『〈弱さ〉と〈抵抗〉の近代国学』講談社、二〇〇九年など。

＊5　田中俊廣、前掲書201頁。

＊6　軍神とは戦死者の中で軍人の鑑として神格化された存在を漠然と指す語だったが、真珠湾攻撃の際に、陸海軍当局が公式に〈軍神〉の名を冠して戦死を顕彰して以来、大東亜戦争で落命した勇将のことを意味するようになっていた。

＊7　大政翼賛会文化部編『軍神につづけ』大政翼賛会宣伝部、昭和十八年二月十日刊　和歌三十三首　俳句五十七句　詩十九篇（毎日）とあるのは、大阪毎日新聞のことを指し、安西冬衛、伊東静雄、竹中郁など関西系の詩人はこちらに掲載された。

＊8　柊和典・吉田仙太郎・上野武彦編『伊東静雄日記　詩へのかどで』思潮社、二〇一〇年。大正十三年から昭和四年までの静雄の日記。サブタイトルは、静雄が自ら記したもの。近年、諫早の伊東静雄研究者上村紀元が発見した静雄の戦後作品では、若い男女の自然な交友が肯定的に描かれている（朝日新聞長崎版二〇一四年四月十六日付）。

＊9　河上徹太郎・竹内好他『近代の超克』冨山房百科文庫23、一九七九年。松本健一の「解題」より転載。竹内好は、後に、ファシズムへの流れを止められなかった深い自省の念から、当時の思想を批判的に検証することになる。

子安宣邦『「近代の超克」とは何か』青土社、二〇〇八年。「7　宣戦になぜかくも感動したのか」にも、昭和十七年初頭に『中央公論』で行われた座談会が再録されている。京都学派の高山岩男「過去の日支関係をジャスティファイするものが、今日の大東亜戦のイデーだと思ふ」。西谷啓治「今までの支那に対する行動が、ある程度やはり帝国主義的に誤り見られる外形で動いてゐた…一種の不透明さがあつた」。

＊10　〈太陽が幸福にする／未知の野の彼方〉を信じさせるのは〈荒々しい冷めたいこの岩石の／場所〉であるとする「冷めたい場所で」や、〈太陽は美しく輝き／あるひは　太陽の美しく輝くことを希ひ〉という相反、〈輝くこの日光〉という長調の中にある〈音なき空虚〉という短調的な反転、〈私たちの内の／誘はるる清らかさを〉信じ〈無辺な広大の讃歌〉を聴くのは、〈殆ど死した湖の一面に〉〈切に希はれた太陽〉が遍く照り輝いているという凄みのあるような情景においてである、というような措定を見せる「わがひとに與ふる哀歌」、〈憂愁の深さのほどに／明るくかし処を彩れ〉という逆説を歌う「行つて　お前のその憂愁の深さのほどに」などに比して。

＊11　中山省三郎編『国民詩』第一輯、第一書房、昭和十七年六月三十日刊。収録詩人は六十名。翌年刊の第二輯には、静雄の詩は含まれていない。

＊12　坪井秀人『声の祝祭』名古屋大学出版会。一九九七年など。

＊13　出版社の弘文堂書房は、京都学派の代表的論客、高坂正顕を教養文庫の執筆者に起用するなど、学術系の出版社として関西では当時名を知られた存在だった。弘文堂書房が初めての詩集出版に踏み切ったのは、京都学派の哲学者、下村寅太郎の斡旋によるところが大きい。ちなみに、装幀は須田国太郎である。

＊14　私は白梅を想像するのだが、富士正晴が当初、装画として描いた表紙は紅梅であった（茨木市の中央図書館内に併設された、富士正晴記念館に所蔵されている）。諸般の事情でこの装幀は実現せず、須田国太郎による装画となった。白地の和紙に白緑がかったくすんだ緑の、数葉の葉を付けた一枝を配する抑制された装幀は、この詩集の性格を実によく体現していると思うが、当の静雄自身は地味だとして不評だったらしい。

＊15　小川和佑『伊東静雄論考』伊東静雄書誌一覧・解題、思潮社現代詩文庫『伊東静雄詩集』藤井貞和による解説など。なお、桑原武夫、小高根二郎、富士正晴編集の『伊東静雄全集』昭和三十六年、及び『定本伊東静雄全集』昭和四十六年（平成元年の第七刷も含む）に未収録の戦争詩がもう一篇存在する。「十二月八日近く　思を述ぶ」という詩で、昭和十七年の「文芸」十二月号初出。誤植が多かったとの理由で、同年

の「コギト」十二月号に再録された。「文芸」の当該号は、大東亜文学者会議の特集号だった。佐々木信綱「文人はつどふ」、高浜虚子「菊に逢ひ」、川路柳虹「新しい朝の言葉」などのエッセイが並ぶ。会議録は大東亜精神の樹立、教化普及、文学による民族間の思想文化の融合方法、文学による大東亜戦争完遂についての方途。「十二月八日に寄す」として伊東静雄、丸山薫らの詩、芳賀檀らによる評論、小説という構成であった。この詩については、「詩と思想」二〇一七年五月号の伊東静雄特集号に寄稿した、「『定本伊東静雄全集』未収録の「戦争詩」について」と題する拙稿に全文掲載し、考察を加えている。文体、内容共に「述懐」と重なる部分も多いので、ここでは特にとりあげることはしない。

*16　静雄生前に企画された全詩集ともいうべき、昭和二十八年七月初版『伊東静雄詩集』（創元選書239）桑原武夫・富士正晴編　では、『春のいそぎ』自序と、先に挙げた七篇の戦争詩は静雄の意を受けて収録を控えているが、「第一日」は残された。

*17　高階杞一「吉本隆明「「四季」派の本質」の本質」「びーぐる」二二号、二〇一四年。

*18　『春のいそぎ』（昭和十八年九月十日）刊行後の記述ではあるが、昭和十八年九月二十一日付の日記に、静雄は「四十歳までの第二国民兵は招集され得る法令出される。自分もその範囲の内の一人だ。」と記し、十九年には遺言も遺している。静雄の心境が伝わって来る。

# 二章　『春のいそぎ』を読む

## 1　なほひかりありしや——戦時下の父の想い

伊東静雄は、明治三十九（一九〇六）年、長崎県の諫早に生まれた詩人である。日露戦争終結の翌年に生まれ、大正から昭和初期の、欧米文化が積極的に受容された時期に青春期を過ごしたことになる。表紙に自ら〈詩へのかどで〉と大書し、〈思索ハ自己の世界ヲ発見セントスル努力デアリ　創作ハ自己の世界の創造デアル〉という言葉から始まる「日記」を記し始めたのは、大正末期、旧制佐賀高等学校に在学中の十八歳頃。その後、京都帝国大学国文科を経て、大阪府立住吉中学校に教師として着任する。

静雄が詩を同人誌などに発表するようになった時期は、満州事変（昭和六年／一九三一年）が勃発し、日本が十五年戦争に突き進んでいく時代とまさに重なっていた。終戦後に編まれた『反響』は、冒頭に終戦直後に生まれた詩を配し、その後、自らの詩作の歩みを振り返るように既刊の三冊から自選した詩を配しているが、それは、十五年戦争期の日本を詩人として生きた者の、自己の世界の発見と創造（あるいは、その頓挫）の記録である、と言えよう。当然のことながら、自閉的な内向によってのみ、詩人は自己の世界を作り上げるものではない。むしろ、外部からの絶えざる刺激によって生み出される心の波立ちの生み出す軌跡が、詩人の内部世界を作り上げていくものであることを考えた時、詩人の内部世界に分け入っていくことは、彼を取り巻いていた時代を彼の感官を通じて逆照射することにもなるだろう。

詩集『反響』の冒頭に置かれた〈これ等は何の反響やら〉という謎めいたエピグラフが意味するものは何か。それは、静雄の内に響いていた、戦中期の自己の精神の咆哮ではないのか。

この時代を代表する詩人の一人として静雄の精神世界を振り返り、戦中期に生きた一人の詩人の内部宇宙に響いた反響を、その木魂を、今の〝私〟の内に蘇らせてみたい。想起（アナムネーシス）は、再びその〝時〟を生きて味わうことでもある。先学の援けを借りつつ、（太平洋戦争の時期に刊行されたこともあって）相対的な検討が十分とはいえない『春のいそぎ』を中心に、収録された作品を一作ずつ味読していきたいと思う。

# 春浅き*1

あゝ暗(くら)と　まみひそめ
をさなきものの
室(しつ)に入りくる

いつ暮れし
机のほとり
ひぢつきてわれ幾刻(いくとき)をありけむ

ひとりして摘みけりと
ほこりがほ子が差しいだす
あはれ野の草の一握り

その花の名をいへといふなり
わが子よかの野の上は
なほひかりありしや

目(め)とむれば
げに花ともいへぬ
花著(つ)けり

春浅き雑草の
固くいとちさき
実(み)ににたる花の数(かず)なり

名をいへと汝(なれ)はせがめど
いかにせむ
ちちは知らざり

すべなしや
わが子よ　さなりこは
しろ花　黄い花とぞいふ

そをききて点頭(うなづ)ける
をさなきものの
あはれなるこころ足(た)らひは

しろばな　きいばな
こゑ高くうたになしつつ
走りさる　はははのゐる厨(くりや)の方(かた)へ

初出は昭和十六年、雑誌「四季」五月号。のちに『反響』にも収載された作品である。難しいところは何一つない。さりげなく書かれているので、読み過ごす人も多いかもしれない。けれども、父と子、親世代と子世代、そして、詩人と詩作を促すもの、という三つの層から見ていく時、この詩は当時の静雄の心境が最もよく表れた一作であると思う。

冒頭、暗い室内に、早春の夕刻の冷気と共に一条の光が差して、幼い子供が室内に入ってくる。父である静雄は、昼間から何事かを思い煩い、いつ夕刻になったのかも気づかぬほど、ぼんやりとうつつを忘れて座り呆けている。その精神の眠りを目覚めさせるように現れる幼子は、誇らしげに顔を上気させて、背後に戸外の光を負いながら、このお花、ひとりで摘んだの。このお花の名前を教えて、とせがむ。

実に似たる花、とは、まだつぼみのハルジオンだろうか。白と黄色が見えているのであるから、あるいは咲き初めのハハコグサであったかもしれない。静雄は、実際にこの花の名を知らなかったのか、それとも、その花の本質を告げる名を〝知らない〟ということなのか。とにかく〝父〟は困り果てる。すべなし、とはいかにも大げさであるが、それほどに静雄は追い詰められている。観念して、これは、しろ花　黄い花、とあてずっぽうの名を教えると、子供は全く疑うことなく、満足気に〈しろばな　きいばな〉と作り歌を歌いながら、台所の方へ駆けていく。太平洋戦争の始まる前夜ではあるが、まだ庶民の生活は、さほど逼迫してはいなかっただろう。質素ながらも温かい夕餉の匂いが、冷気と共に静雄のもとにも漂ってきていたに相違ない。母が忙しく立ち働く台所の方へ、パタパタと走っていく子供の足音。静雄は暮れなずんでいく部屋の中で、一人静かに、その音を聞いている。

当時、静雄の家は堺市の三国ヶ丘丘陵にあった。雑誌「コギト」（昭和十五年五月　九五号）に、静雄は以下のような文章を寄せている。〈この家は、丘陵上にあるうへに、西が堺の町を越えて海に向いてゐるために、西風が烈しくあたり、殊に冬の間は、夜も睡り難い程にゆれることが多い。しかし、この、家の動揺や、周囲の木木の狂騒は、嵐の夜の賑はしさ、たのしさといふものを始めて私にをしへた。これは今迄に知らない経験であつた。又、そんな冬から、一、二度の淡い雪を経て、早春の来る美しさも、ここではつきり見たと思ふ。

大阪の家で生れた女の子が、この家で段々大きくなった。閑暇の全部を、この子と遊んでゐるうちに、私はこのごろ、この女の子のために、一冊の童謡集を作つてやりたい気持になつてゐる。〉

「春浅き」の中に登場する〈をさなきもの〉は、当時四～五歳の長女。生命力の塊のような、明るく笑い、でたらめ歌を歌う愛娘を見つめながら、静雄は〈わが子よ／かの野の上は／なほひかりありしや〉と優しく美しい響きの文語で問いかける。詠嘆の調子で留められた静雄の想いは、いかなるものであったか。

この〈ひかり〉とは、もちろん夕刻の光であり、字義どおりに読めば、お前のいた野原の上は、まだ明るかったかい、という問いかけに過ぎない。しかし、時代の暗雲を察知していた〝父〟の問いかけであることを考える時、まだ、お前のいる場所の上には、希望の光は残されているか、という象徴的な意味を持つ〈ひかり〉であり、文語の持つささやくような響きは、〈ひかり〉が子供の上にはせめて在り続けてほしい、と願う祈りであるように感じられてくる。寒風吹きすさぶ厳しい冬を過ぎて、早春の野に訪れた春の兆しを、いち早く見つけて摘み取ってきた幼い娘。娘は、その春の兆しを〈暗〉い部屋にいる詩人にもたらし、その花に、名付けよ、と迫る天使のような存在でもある。
「春浅き」の発表と同年の一月に「文芸」に発表された「わが家はいよいよ小さし[*2]」には、当時の静雄を捉えていた不安が、漠然と暗示されている。

耳原(みみはら)の三つのみささぎつらぬる岡の辺(へ)の草
ことごとく黄とくれなゐに燃ゆれば
わが家(いえ)はいよいよ小(ち)さし　そを出でてわれの
あゆむ時多し

うつくしき日和つきむとし
おほかたは稲穂刈られぬ
もの音絶えし岡べは
たゞうごかぬ雲を仰ぐべかり

岡をおりつつふと足とどむとある枯れし園生(そのう)
落葉まじりて幾株(いくかぶ)の小菊

知らまほし
そは秋におくれし花か　さては冬越す菊か

ミミハラ、ミツ、ミサザギ、あるいはオカヲ／オリツツの頭韻、オカノ／ヘノ／クサ、やトアル／カレシ／ソノオ、など畳みかけていくような三拍のリズムの美しい作品である。耳原の三つのみささぎ、とは、当時の静雄の家から南方に臨まれた、百舌鳥耳原（もずのみみはら）の三つの古墳群。燃え盛る草紅葉の中、我が家はいよいよ小さく、はかない存在に思えてくる。詩人は思いにふけりながら散策することが多くなる。〈うつくしき日和〉は尽きようとしている。落ち葉の中に咲く小菊は、秋に咲き遅れた名残の菊か、あるいは、これから訪れる厳しい冬を、乗り越えて咲き続ける菊なのか。私はどうしてもそのことが知りたい……秋に〝遅れた〟菊ならば、すでに命運は尽き、あとは枯れるだけの花である。冬を越す菊ならば、まだ生き延びる希望が残されている。燃えるような草紅葉に囲まれた〈みささぎ〉、落ち葉の中の〈菊〉……いずれも天皇家ゆかりの言葉である。菊の命運を問うとは、当時の庶民にとっては、日本の命運を暗に問うことではなかったか。

「春浅き」と共に詩集『春のいそぎ』に収録された当時の心境を示す作品を、もう一点挙げたい。同年六月に「コギト」六月号に掲載された「山村遊行」は、東洋の水墨画を思わせる標題、〈ユーカリ〉の響きの醸し出す西欧風の垢ぬけたムード（北原白秋の「ユーカリのしろき月夜の陰にしてこなぎも花に咲きにつらむか」などのイメージも響いていたかもしれない)、静雄が好きだったというアルプスの画家セガンティーニを想起させる〈ひかる〉山肌、さくらや卯の花、山吹の花が喚起する美しい日本の山里のイメージがないまぜになった、なんとも不思議な、桃源郷のような村の描写から始まる。

しづかなる村に来れるかな　高きユーカリ樹の
香ぐはしくしろき葉をひるがへせる風は
はやさくらの花を散らしをはり
枝にのこりてうす赤き萼(うてな)のいろのゆかしや

迫れる山の斜面は　大いなる岩くづされてひかる見ゆ
その切石のはこばれし広き庭々に
しづかなる人らおのがじし物のかたちを刻みゐて
卯の花と山吹のはなと明るし
ふくれたる腹垂れしふぐり　おもしろき獣のかたちも
ふたつ三つ立ちてあり

ここにも、白と黄色の花が咲いている。明るい、花盛りの村の〈広き庭々〉で、思い思いの〈物のかたちを刻みゐ〉る、〈しづかなる〉人々。〈ひかる〉切石とは、大理石のように断面が白くきらめく石であろう。切石が運ばれてきた広場で、思い思いの形を刻む、という一節は、石像を彫る人々の姿を想起させる。リルケを愛読していた静雄は、リルケのロダン論を読んでいただろうか。物の形を刻むとは、イメージを作り出す詩人や画家の行為のアナロジーにも思われてくる。この桃源郷のような村は、芸術家の集う場所なのだろうか。静雄の心の中だけにある、イメージの原型を切り出す採掘場であり、それを〈かたち〉に仕上げる人々が住まう、美と平和に満たされた場所。信楽焼の狸のような、どこかユーモラスな〈かたち〉を刻んでいる人もいるのが楽しい。

あゝいかにひさしき　かかる村にぞかかる人らと
世をあり経(へ)なむわが夢
あゝいかにひさしき　黄いろき塵の舞ひあがる
巷(ちまた)に辛(から)くいきづきて
あはれめや
わが歌は漠たる憤りとするどき悲しみをかくしたり

なづな花さける道たどりつつ
家の戸の口にはられししるしを見れば
若者らいさましくみ戦に出で立ちてここだくも命ちりける

手にふるるはな摘みゆきわがこころなほかり

長いこと、こんな村に暮らすことを夢見ていたのに、実際には塵の舞い上がる巷間にからくも生きている。私の歌は、漠たる憤りと鋭い悲しみを隠すものと成ってしまった……ここで、恐らく夢想世界の遊行は終わる。ナヅナの咲く現実の野道を静雄は歩いている。家々の戸口には、こんなにもたくさん、若者が戦死したという印が貼られている。怒りと悲しみをどうすることもできない私は、せめて手に触れる野花を摘み、心を鎮めるほかはない……。

〈ここだく〉と、いきなり上代古語が出てきて驚かされるが、迸る想いが時代を遡行する語を選ばせたのかもしれない。未来ある若者の戦死が、教師でもある静雄にとっては何よりも悲しく、やり場のない憤りだったのではないだろうか。〈摘みゆき〉〈なほかり〉と韻を踏むように歌われる終行には、野花を摘む、という行為への深い想いが秘められているように思う。

「山村遊行」に先立つ二年前、静雄の思想性が明瞭に現れた代表作の一つ「そんなに凝視めるな」が雑誌「知性」に発表されているが、そこに現れる〈白い稜石(かどいし)〉のイメージ、手に触れる野花を摘んで歩みゆくという行為が、この詩の中でも繰り返されていることに留意したい。「山村遊行」は、抽象度の高い「そんなに凝視めるな」をより具体的な景の中で再現して見せた、ある種のヴァリエーションだと言えるかもしれない。この点についてはまた改めて考えることにして、今は「春浅き」に話を戻す。

詩人は何よりもまず、一人の〝父〟であった。大戦のさなかに生まれた長男の将来を憂い、〈戦争中には、その子の顔見るごとに、あゝこの子だけは死なせたくないと切に思ひました〉（昭和二十年十一月十四日　酒井百合子宛書簡[*3]）と、率直な心情を明かしてもいる。幼子によって差し出された、白と黄色、光を暗示する色彩を持つ素朴な一握りの野花。幼子の上にいつまでも光があることを願う父の想いと、差し出された野花を〝名付ける〟という行為を成すことによって、暗い物思いに沈む〈われ〉から幼子の未来へと思いを馳せる〝詩人〟へと移行した〝私〟。それはたとえ仮初のものであっても、詩を綴るという行為が祈りとつながった瞬間ではなかったか。

野の上は　なほ　ひかりありしや……この美しい一節に触れるたび、光あれ、と願う静雄の強い願いが心中に響いてやまない。

## 2　果して戦争に堪へるだらうか——開戦前夜の憂愁

「春浅き」「わが家はいよいよ小さし」「山村遊行」は、一見すると庶民のささやかな生活や詩人の内面の夢想世界が描かれているに過ぎないが、一歩そのうちに踏み入ってみるとごく平穏な小市民の生活を脅かす不安が暗示され、若人が多数、兵士として散っていくことへの密かな悲憤があり、我が子の将来に重なる日本の命運に対する祈りにも似た感情が静かにつづられている作品だった。この三点はいずれも開戦の年に発表されている。開戦は十二月だから、それを知る前に作詩されていたことになる。

日中戦争は既に始まっている。海外の文化や政治にも貪欲な知識欲を有していた静雄は、日本が全面的に戦争状態に入ることも予見していたように思われる。

昭和十四年九月一日の日記に、〈思索ばかりで行動なきものは発狂す〉〈独逸とポーランド国境にて激戦中との号外あり。自分の頭脳では果して戦争に堪へるだらうか〉と静雄は率直な不安を記している。ヒトラーのナチス・ドイツがポーランドに侵攻、いよいよ第二次世界大戦が始まったのである。その事実はリアルタイムに日本にも打電されていた。この日の日記に〈自分の詩の発想法はゆきづまつてゐる。いや、ゆきづまつてゐるといふより、ゆきづまつたところからやつとしぼり出されるやうな詩である。自分はそれを改めるやう努力したい〉とも記していた静雄は、翌年の十月、「夏の終」[*4]を発表する。それは近衛内閣下で大政翼賛会が結成された月でもあった。

月の出にはまだ間があるらしかつた
海上には幾重にもくらい雲があつた
そして雲のないところどころはしろく光つてみえた

そこでは風と波とがはげしく揉み合つてゐた
それは風が無性に波をおひ立ててゐるとも
また波が身体を風にぶつつけてゐるともおもへた

掛茶屋のお内儀は疲れてゐるらしかつた
その顔はま向きにくらい海をながめ入つてゐたが
それは呆やり牀几にすわつてゐるのだつた

同じやうに永い間わたしも呆やりすわつてゐた
わたしは疲れてゐるわけではなかつた

海に向つてしかし心はさうあるよりほかはなかつた
そんなことは皆どうでもよいのだつた
ただある壮大なものが徐かに傾いてゐるのであつた
そしてときどき吹きつける砂が脚に痛かつた

今にも嵐が起きようとする海のうねり、風の荒ぶり、吹き付けて来る砂の痛み。小さく鋭い痛みが予感させるものは何か。海を鎮めるすべはない。絶対的な無力感の中で、小さくともくっきりとした痛みを感じながら〝終わり〟を予感している詩人。そこには、虚無感に深く苛まれながら、時代の様相を書きとっていく他にすべのない、自身の無力感が投影されていよう。

一時はマルクス主義に興味を抱き、小林多喜二なども執筆していた「戦旗」を購読していたことが知られるものの、静雄は行動する思想家ではなかった。

昭和四年の時点で、〈インテリゲンチヤの悩みは、唯物史観そのものの中に理論的矛盾を発見することによつておこるのではなく、頭は唯物史観を肯定しながらもヘルツ（ハート）が云ふことをきかない憂鬱なんですね～革命的情熱を持てぬ我々には頭でだけ肯定される。そして熱情的な革命理論が、熱情なしに理解される時、それが虚無的色彩を、然も破かいされたあとに茫然とたちすくんで、過ぎゆく白雲をながめる様な虚無を我々に感ぜしむるのですね〉（昭和四年十二月二十一日宮本新治あて書簡）と記しているが、この時点では青空を過ぎ行く白雲のような、どこか開放的な虚無感を抱いていたことが印象に残る。およそ十年後の「夏の終」において、詩人の世界を覆い尽くす黒雲となって濃厚に押し寄せて来る体感的な不安との落差は大きい。

静雄が初めて詩作品「空の浴槽」を同人誌に公表するのは、宮本宛書簡を記した翌年の昭和五年。頭では理解し得ても、ヘルツ（心）が捉えきれない漠たる不安や虚無感を表現したいという想いが、詩の公表に踏み切る一つの契機を静雄に与えたのだろう。「春浅き」の中に、薄暗い部屋の中で物思いにふける詩人の姿が描かれているが、『春のいそぎ』よりもう一篇、憂愁に沈む詩人の姿をとらえた詩を引こう。

## なかぞらのいづこより

なかぞらのいづこより吹きくる風ならむ
わが家（いへ）の屋根もひかりをらむ
ひそやかに音変ふるひねもすの風の潮（うしほ）や

春寒むのひゆる書斎に　書よむにあらず
物かくとにもあらず
新しき恋や得たるとふる妻の独り異しむ

思ひみよ　岩そそぐ垂氷をはなれたる
去年の朽葉は春の水ふくるる川に浮びて
いまかろき黄金のごとからむ

春先の澄んだ光に、静雄の〈いよいよ小さき〉家の屋根も美しく照らされている。肌寒いとはいえ、これから春になることを告げる風は、〈ひねもすのたりのたりかな〉と蕪村に詠われた春の海のような、やわらかな潮騒に似た響きを生む。そんなのどやかな景の中で、一人書斎で物思いに沈む詩人の姿は、なんとも不似合である。静雄と同様、教師でもあった妻の花子が、あら、また新しい恋でもしたの？　と軽口をたたく。

詩人は自分に言い聞かせる。春先の雪解け水が透明にふくれあがるように流れ始めた。凍りついていた朽葉も、金色に光りながら軽やかに流れているだろう、その景のなんと美しいことか。それを思い浮かべよ。

〈なかぞら〉は文字通り空の中程だが、古今集に〈初雁のはつかに声を聞きしよりなかぞらにのみ物を思ふかな〉（凡河内躬恒）と詠われたように、上の空で物思いにふけるイメージも呼び覚まされる言葉である。風は、家の周りを吹き通う微風であると同時に、心の中に漠然と吹き込んでくる不穏の兆でもあろう。詩人は美しい景を思い描くことで、不安から自らを解きほぐそうとしたのではないだろうか。べっとりと茶色く氷に沈んだ葉が、金のひとひらとなって軽やかに流れ始める夢想と、凍てついたように締め付けられている心が解放されることへの希求とが重なっていく。〈朽葉〉に言の葉を観ることもできよう。朽葉となって埋もれている自らの詩語を、軽やかに輝かせる清冽な流れをこそ、静雄は求めているのである。物を読む気にも書く気にもなれない、憂鬱を持て余しながら。

『春のいそぎ』が上梓されたのは、学徒出陣が始まる昭和十八年である。島尾敏雄が処女創作集を携えて静雄のもとを訪れたのもこの頃。島尾が海軍予備学生として出征の途につくのを、静雄は教え子で後に小説家となる庄野潤三と共に見送ることになる。胸中、どれほど複雑な想いを抱えていたことだろう。武勇を祈る一般市民としての心情と、様々な不安や憂鬱から逃避したいと願う心情、前途ある若者が死地へと赴くことへの怒り、自身の無力感の自覚など、様々な感情が烈しく渦巻いていたに相違ない。

## 3　ささやかなものがひかりを帯びていくとき

詩集『春のいそぎ』収載の「春浅き」や「夏の終」を読むたびに思い出す俳句がある。伊東静雄の一歳年長、静雄と同様教師であった、加藤楸邨の句である。

隠岐やいま木の芽をかこむ怒濤かな
ひとは征きわれ隠岐にありつばくらめ
十二月八日の霜の屋根幾万

昭和十六年、開戦の年に発表された三句を挙げた。名句として名高い「隠岐やいま〜」の句は、昭和十七年刊の随筆『隠岐』の巻頭に置かれた。奇しくも静雄の『春のいそぎ』と同年、十八年刊の『雪後の天』にも収められている。
〈後鳥羽院のかゝせ給ひしものにも、これらは歌に実（まこと）ありて悲しびをそふるとのたまひ侍りしとかや。さればこの御ことばを力として、その細き一筋をたどりうしなふことなかれ〉という芭蕉の言葉を胸に秘め、独り隠岐に旅立った楸邨は、〈芭蕉は十七音の中で、決して諦めてゐないのだ。身にあまる大きな真実とぶつかつてこれと格闘してをり、その表現は、その並々ならぬ気魄を宿して、時に十七音を踏みあましてゐる〜人生も、自然も、彼の十七音の底ふかく沈められてゆくにつれて、十七音は新たに生みかへされるのである〉と芭蕉の詩精神を反芻しながら、後鳥羽院の〈ひとりごころ〉に思いを馳せる。そして、〈雲を破つた、早春の血のやうな没日の面に、かぶさるやうに崩れ落ちる〉壮絶な波頭が〈全身で巌にぶちあたる〉のを、〈全力の呻きをたたきつける〉のを息を詰めて体感するうちに、〈怒濤と怒濤のひまに颯々と駈けくる東風〉を聴き、〈その中に私は更にまたしんしんたる静寂を聴き〉、さらに〈その底から、笹鳴きがする〉のを聴き取る。藪の中の鶯の、微かな生の気配。

笹鳴に泪ながれてゐたりけり　（随筆『隠岐』）

芭蕉を研究していく中で〝主客浸透〟の作句理念を得た楸邨と、既に卒業論文「子規の俳論」の中で〈芭蕉は物の形よりもその形以上のものを尊ぶ詩人〉であり、〈芭蕉に於ける自然描写（子規のいわゆる記実）の目的は、自然をあるがままに模倣するのではなく、自然を写すことによつて自己の「心の色」を表現することであつた〉と看破していた静雄。自然を描写することは、その自然と対峙した際の自己の心象を描くことであり、〝外〟を描くことはすなわち〝内〟を描くことなのだ、と考える二人の詩人が、荒れた海の景を共に自らの「心の色」と捉え、それを言葉に残したことになる。〈ひとは征き〜〉の感慨と焦燥も、同世代であり共に教師でもあった二人が共有するものであったろう。征く側も、作品を通じて想いを受け止めていた。十七年秋、出征前に楸邨のもとを訪ねた俳人の森澄夫は、隠岐の一連の句を〈鬱屈した、暗い表情で、一句一句嚙みしめるように読み上げてくれた〉楸邨の朗読を、自身の暗鬱とした未来と重ねながら聞いている（『加藤楸邨全集　第八巻』講談社、月報6、一九八一年）。

昭和十七年一月の静雄の日記に〈二十四日土曜　午後四時頃より阪急ホテル別館に田中克己君を訪問。同君は徴用令にて、南方出発前を同ホテルに宿泊中なり。此度徴用せられし人々中われの知る者は、外に神保光太郎、北川冬彦らなり。ビルマへ派せらるると云へど確かならず〉の一文が見える。

〈後に田中繁君も来る。田中君よく喋る。同君の手帳に
神人が虚空にひかりみしといふ
みんなみのいくさ
きみもみにゆく
といふ歌一首かきておくる。神人云々は同君の詩句をとれる也〉と日記は続き、〈二十七日　二日程前より風邪にて臥床中なりまき子（長女、筆者注）熱ひきしが、身体いまだだるげなり。われも気分わるるし、はやくいぬ。

みささぎにふるはるのゆき　以下詩なかなか成らず〉と、何度も推敲を繰り返している様子がうかがえる。（この時の一節が後に「春の雪」に結実したのだった。）〈よく喋る〉のは、出征の不安の裏返しの饒舌であり、常態との差異に気づいた静雄の鋭敏な観察眼が、この一言を書き留めさせたに相違ない。〈ひかり〉という言葉を贈る心境と、我が子に〈ひかりありしや〉と問いかける（あれ、と願う）心境とに、どれほどの開きがあろうか。我が子の看病をしながら〈身体いまだだるげなり〉という一言を記す心境にも、不穏な時代状況を背景として、毎日の平凡な暮らしや子供との交流が、かけがえのないものとして深く心に残るようになってきている様がうかがえる。

静雄の日記は、毎日のように書きつけられたものではない。現存する限りではあるが、戦局が厳しくなっていく昭和十八年、十九年はほぼ毎月のように詳細に記しているのに対し、昭和十四年は二月と九月のみ。年頭に詩集『夏花』を公刊した十五年は、そもそも日記の記載がない。時代の暗雲を予感する詩として先に引いた「夏の終」が発表された年でもあるが、遺された書簡をみると、家庭内でも静雄を悩ませる事態が起きている時期であったことがわかる。

昭和十五年三月十八日付の小高根二郎宛書簡には、〈いつものことながら、呆然として暮らしてゐます。詩は中々書きにくい状態です。みな注文も断つてゐる始末〉とあり、教師としての日々に忙殺されているらしい様子がうかがえるが、更に六月になると〈家内に重病人出来まして、身心共に疲労の極にあり〉（六月十日潁原退蔵宛）〈看病の傍ら、古い歌謡の本をよんでゐます。隆達や、地唄などです。これは自分の鎮魂のためと、自分の文学の模索のためであります〉（六月中旬頃、池田勉宛）という文言が見える。池田勉宛書簡には、「蛍」という詩が書きつけられているが、終り三行は〈差しのばす手の指の間を／垂火逃げゆく檐の空／思ひ出に似たもどかしさ〉という、逃げていく命の火を、摑もうとしながら成しえない、という哀調を帯びた詩行。「蛍」は和泉式部の「物おもへば沢の蛍もわが身よりあくがれ出づる魂かとぞみる」を踏まえていると言われるが、物狂おしく抜け出そうとするのは、我が魂なのか、あるいは大切な家族の命なのか……。自分の鎮魂、という言葉も、抑制された筆致ながらただ事ではない。

四か月後の十月、池田勉に〈お見舞い有難う～九分通り快癒、子供もあと十日もすれば退院の筈です〉と書き送っているので、ひとまず窮地は脱したとも見えるが、翌十六年三月の小高根宛書簡に〈このごろ漸く私も身心共に快調、これからたんと方々に書きますから、びつくりせずにゐて下さい～去年はいろいろなことがありました。口には一寸云へないほどです〉と記しているところを見ると、やはり、心身を消耗する相当の苦悩だったと思われる。

十六年は四月十一日の日記のみ。いささか煩雑だが、推敲の跡がよくわかる例として、この日の日記を引く。

四月　十一日　疲労甚し。酒欲し。

をさながくれし草の花
きい花　白花　名はしらず
「あゝくら」と　まみをひそめて
わがをさない（き）ものは　へやにいりくる
あゝくら　と　へやにいりくる
わがをさなきものは（の）　まみひそみたり
「あゝくら」と　へやにいりくる
わがをさなきものをみれば
そのまみ　ひそめたり

あゝくらと　まみをほそめて　をさなきものの　しつにいりくる
いつのまに　くれししつない（くらきつくゐのあたり）　のはいまだ

あゝくらと　めほそめて　をさなきものの　しつーにーいりくる　いつのまにーく
れし　つくゐのほとり　のはいまだ　ひかりありてや　ひとりつみて来し　くさ

何度も微妙に表現を変えながら繰り返される「春浅き」の推敲過程。〈へや〉が〈しつ〉になり、〈ひかりありてや〉が〈ひかりありしや〉に変化するのは、音の響きの美しさを吟味したことによろうか。杉本秀太郎が〈サ行偏愛〉とすら呼ぶ静雄の音韻的特徴は、さざめくような響きへの偏愛とも言い換えられよう。

冒頭の新体詩張りの七五調の歌謡体も、完成作では姿を消している。「春浅き」を音韻の上から読み直すと、字余り、字足らずを織り交ぜつつ、いわゆる五七主体の長歌のリズムを自在に組み替えていくような進行と、三行ずつに整えられた詩形の美しさが印象に残る。萩原朔太郎、高村光太郎や三好達治、あるいは中原中也などの先行詩人達の工夫や試行と比して、特別目新しいことや斬新なことを試みているとは言えないかもしれない。しかし、日記に残された推敲過程からは、何度も口ずさみつつ読み返しつつ、形も音も納得のいくまで整えていこうとする、言葉の彫琢者としての姿が立ち上がって来る。

「春浅き」と同様、推敲過程を日記に書き遺している作品に「春の雪」がある。昭和十七年、病欠の生徒を見舞い、出征前の田中克己を慰めた（一月二十四日）記述の後、娘の病のこと、妹りつの忘れ物を駅で尋ねたことが記され（二十七日）、続いて「春の雪」が、三度も書き直されているのが見える。それだけ思い入れの深い作品ということでもあろう。「春浅き」が三行十連の形であるのに対して、翌年発表された「春の雪」は三行三連の、より引き締まった美しい詩形を取る。これは第二詩集『夏花』中の「沫雪」（十四年に亡くなった立原道造の追悼詩）の形を踏襲したものであり、昭和十四年の十月に書かれた富士正晴宛書簡中の〈具体的に云ふと、三行三連の詩形式の完成といふのが、私のいまの野心です～そのために、リルケを殊に新詩集をしつかりよんでみようと思つてゐます〉という意欲を実証する試行でもある。第三詩集『春のいそぎ』では、この詩をはさむように「送別」と「大詔」が配された。「春の雪」については後にふれることにして、その前に置かれた「送別」を見ておこう。

送別　田中克己の南征

みそらに銀河懸くるごとく
春つぐるたのしき泉のこゑのごと

うつくしきうた　残しつつ
南をさしてゆきにけるかな

「送別」は、芭蕉の「荒海や〜」や万葉集の「石ばしる垂水の〜」のように、君のうたも後世に残るだろう、という激励の意も含んでいよう。「大詔」の後には、戦後、『反響』に再録される際に〈昭和十七年の秋〉という添え書きが加えられた「菊を想ふ」が置かれ、その後、〈秋は来て夏過ぎがての〉から始まる「淀の河辺」と続いていく。

前章でも触れたが、「菊を想ふ」は不思議な読後感を呼ぶ作品である。我が子が朝顔の種を小箱に入れ、〈蔵(しま)つておいてね〉と手渡すシーンから始まるのだが、朝顔は植えられることはなかったのだろう、こぼれ種が家の周りや野菜畑の隅に〈ひなびた色の朝顔〉ばかりを咲かせていた、という淋しい夏が回想される。朝顔、などという風流なものにかまけている余裕は既に無くなっていて、人々の関心は〈トマトや芋のはうに〉向いている。後半を引く。

十月の末　気象特報のつづいた
ざわめく雨のころまで

それは咲いてをつた
昔の歌や俳諧の　なるほどこれは秋の花
——世の態(すがた)と花のさが
自分はひとりで面白かつた
しかしいまは誇高い菊の季節
したたかにうるはしい菊を
想ふ日多く
けふも久しぶりに琴が聴きたくて
子供の母にそれをいふと
彼女はまるでとりあはず　笑つてもみせなんだ

満州を巡ってじりじりと孤立化していく日本の状況は、報道管制や情報操作によって、世界列強に追い詰められていく日本、というイメージを庶民に植え付けていった。当初はナチスに対して批判的だった日本の知識人たちも、ヒトラーの〝躍進〟を英雄的なものとみなす風潮に次第に呑みこまれていく。静雄がかつて講読していた雑誌「改造」が治安維持法違反に問われ、発売禁止となったのは、十七年の夏のことである。

「大詔」という、開戦の日の異様な高揚感に満ちた一瞬を回想風に書き留めたすぐ後に、庶民の風流の代表格でもある朝顔ですら楽しむ余裕が無くなっている世の姿を配置した静雄の意図はどこにあったのだろう。琴を聞きたいというわがままも笑みをもっての否定ではなく、このご時世に何を寝ぼけたことを、とでも言わんばかりの冷たい拒否である。〈いま〉〈菊〉を想う、それも〈したたかにうるはしい〉菊を想う、といういささか屈折した表現に、人心が戦争一色に傾いていくことへのシニカルな、どこか斜に構えたような視線が秘められていると読むのは、穿ちすぎだろうか。

静雄は、マルクス主義、あるいはその〝革命的思想〟を〈頭では〉納得しつつも、〈ヘルツ（ハート）が云ふことをきかない〉と、醒めた目で見ていた。国家によるマルクス主義への弾圧、という背景があったことを差し引いても、熱狂的に一つの思想の中に巻き込まれていくことに、本質的に忌避感情を抱く性向を持っていた詩人だったと思われる。それにもかかわらず、戦後自ら否定することになる〝戦争詩〟七篇を、なぜ書くことになっていったのか。

## 4 「夏の終」とその時代

戦争の予感と時代の閉塞感、文学探求における迷走、家族の病という切実な問題……その重苦しい沈鬱な心象が、昭和十五年から十六年にかけての詩、「春浅き」や「夏の終」などに描かれていることを見て来たわけだが、それらはいずれも詩集後半に置かれていた。『春のいそぎ』掲載順に初出を整理してみよう（後に静雄が自ら省くことになった〝戦争詩〟には＊を付してある）。

＊序　（口語）
＊わがうたさへや　（文語）（17.4「文芸世紀」）（※昭和十七年四月　以下略記）
かの旅　（文語）（18.6「コギト」）
＊那智　（文語）（18.7「文芸文化」）
＊久住の歌　（文語）（18.2「新文化」）
秋の海　（文語）（18.2「文芸世紀」）
＊述懐　（文語）（17.12.4「大阪毎日新聞」）
なれとわれ　（文語）（17.10「コギト」）
＊海戦想望　（文語）（17.5「コギト」）
＊つはものの祈　（文語）（17.4「コギト」）
送別　（文語）（17.3「コギト」）
春の雪　（文語）（17.3「文芸文化」）

＊大詔　（口語）（17.1「コギト」）
菊を想ふ　（口語）（16.12.1「日本読書新聞」）
淀の河辺　（文語）（18.1「文芸文化」）
九月七日・月明　（文語）（17.1「四季」）
第一日　（文語）（16.10.27「帝国大学新聞」）
七月二日・初蟬　（口語）（16.8「天性」）（※『全集』では「コギト」七月と誤記）
なかぞらのいづこより　（文語）（16.4「文学界」）
羨望　（口語）（16.10「天性」）
山村遊行　（文語）（16.6「コギト」）
庭の蟬　（口語）（16.7「コギト」）
春浅き　（文語）（16.5「四季」）
百千の　（文語）（15.12「文学界」）
わが家はいよいよ小さし　（文語）（16.1「文芸」）
夏の終　（口語）（15.10「公論」）（※『全集』では「不明」と記載）
蛍　（童謡風口語）（15.8「天性」）
小曲　（童謡風口語）（15.4「改造」）
誕生日の即興歌　（童謡風口語）（15.2「文芸世紀」）

並べてみると、「大詔」を中心にして前半に太平洋戦争開戦後の詩篇、後半に主にそれ以前の詩篇が収められていることがわかる。後半は沈鬱な開戦前夜の気分と、その中で子供の未来に寄せる希望や祈りが詠われ、前半には大詔渙発以来の明朗な心境、兵士たちへの共感や祈りを歌った詩が置かれていることになる。

静雄の書いた〝戦争詩〟には、どのような特徴があるだろう。一章でも少し触れたが、静雄の詩は、十五年戦争期、特に太平洋戦争期に大量に生み出された翼賛詩――命を捨てよ、と煽り、鬼畜米英と罵倒し、戦死者を軍神として崇め奉る――とは、いささか趣が異なっていた。まずは詩集巻頭の「わがうたさへや」を再確認しておきたい。

おほいなる　神のふるきみくにに
いまあらた
大いなる戦ひとうたのとき
酣(たけなわ)にして
神讃(ほ)むる
くにたみの高き諸声(もろごゑ)

そのこゑにまじればあはれ
浅茅がもとの虫の音の
わがうたさへや
あなをかし　けふの日の恭なさは

没個性的な六行の前歌と、文字を落とし傍らに添えるように置かれた後歌、とでも称すべき二連構成。箏と共に奏するなら、重厚な前奏にのせて〈おほいなる〜〉と歌い出し、諸声、と途切れた後に華やかな手事、やがてゆるやかな単旋律が戻って来たところで〈わがうたさへや〉と静かに歌い納めることになろうか。

当時の戦争詩——当時の呼称にならえば愛国詩[*5]——は、この詩の前半部分のような内容を漢文調の雄渾な調子で、あるいは大和歌の響きを生かして朗々と歌い上げる類のものが多い。「国民詩」や「辻詩集」など戦時中のアンソロジーでは〝個〟を手放してしまった愛国詩が目につくのだが（逆に〝個〟に徹した詩も散見される）、静雄の詩のように〝個〟を離れ集団に埋没するかのような詩句と、〝個〟を手放さない詩句とを並置する詩は少ないように思う。静雄が二連構成の形式を取り、個のうたを添える意味、この詩を巻頭に置いた意図は、『春のいそぎ』全体の構成にも関わる、重要な意味を持つのではないだろうか。

『哀歌』の原稿を何度も差し替えるなど、静雄は詩集の構成に意を注ぐ詩人だった。『哀歌』の巻頭に置かれた「晴れた日に」は、分裂する自己もしくは理想化された恋人が登場し、故郷へのアンビバレントな感情が表出されるなど、詩集全体のテーマが複雑に織り込まれた作品である。詰屈の多い作品自体の印象と、傑作と凡作が入り混じるような『哀歌』全体の印象とは奇妙に符合している。第二詩集『夏花』の巻頭に置かれた「燕」は、死の波濤をくぐり抜けた燕が故郷で歓喜の声をあげる景を、長短の詩句を巧みに組み合わせた音楽的な文体で歌った作品。この詩も、生と死がせめぎあう緊張感に満ちた『夏花』全体の印象を集約したような作品となっている。第四詩集『反響』の巻頭に置かれた「野の夜」は、虚脱感を抱えて〈くらい野〉を行く静雄が、〈野の空の星〉の光が水に映っていることに気付いた瞬間を描いた作品。夜の水辺にしゃがみ、水に映る星やまだ幼い蛍の光の美しさに見とれる〈わが目〉を、困惑しながら見つめている〈自分〉、その静けさと虚無感、光に目覚めていくような眼差しは、『反響』の中の、特に戦後作品の印象に合致する。

第三詩集『春のいそぎ』巻頭の「わがうたさへや」は、漢字の〈声〉と、ひらがなの〈こゑ〉とが向き合い、公と私、大と小、讃嘆／歓呼と謙遜／恭順の心情とが対比されつつ響き合っている。〈まじれば〉という語からも分かるように、個の声が集団の中に吸収されていくことに〈あはれ〉を感じ、感慨を覚えている。〈あはれ〉はもちろん〝哀れ〟ではなく、しみじみとした感動を呼び覚まされている様であるが、同時に〈浅茅がもと〉を頭韻で呼ぶ詠嘆であり、無数の虫の音の一つに過ぎないささやかな〈わがうた〉ですら、〈くにたみ〉の声に和することができる今日のこの日が、もったいなくも嬉しく感じられる、と喜びを歌っている――とひとまずは文字通りに読んでおこう。

せっかく〝個〟の声を歌っているにもかかわらず、それを集団に埋没させることを、その機会を与えられたことを喜ぶのか……暗澹たる思いにとらわれるが、戦後民主主義教育の中で育った筆者の価値観をそのままあてはめることはできないだろう。ここでは、詩集前半の詩群が〈諸声〉に没することによって生まれ、後半の詩群が没入直前で留まっている個の〈こゑ〉からなること――他の詩集と同様、巻頭詩が詩集全体のイメージ（配置）と相似していることを確認した上で、なぜ〝没入〟への希求が起きたのか、という問題について、静雄の教師としての側面、詩人としての側面、その双方から考えていきたい。

手始めに、「夏の終」が掲載された「公論」（第一公論社）昭和十五年の十月号を開いてみよう。静雄を取り巻く思想状況の一端、当時の〝ムード〟を知ることができる。

冒頭の社説は「皇国与論と宣伝教育」。「日本人の心性」というエッセイでは、小我を捨てて大我に生きることこそ日本人の美徳であることが説かれ、〈大君の辺にこそ死なめ〉

という戦中に準国歌とも呼ばれた「海行かば」の一節が引かれる。「旧世界の動揺と日本」という論文では、大英帝国の衰退とドイツの躍進、世界地図が塗り替えられようとしている現状が述べられ、アジアを経済的に支配下に置こうとする米国の〝野望〟を断つために、日本は南進すべきである、という議論が展開される。七月に成立した第二次近衛内閣の国策にそった〝北守南進〟論である。コラム的ページには「女子徴用論」などもあり、十七歳になったら女子を看護婦として養成し、集団的に訓練して野戦病院の人員不足に対処せよ、と大学教授が〝女性の活用法〟について論じている。「愛国運動の研究」と題した座談会や、「西北支那と回教民族」「南方アジア及西南アジア踏査記」など、広く世界に目を向けた（日本の版図拡大を意図する政府の意向に沿った）硬派な記事が続き、最後の方に紀行エッセイや詩歌の文学コーナーが設けられている。詩は伊東静雄、短歌は穂積忠（きよし）、俳句は富安風生。「世界の動き」という情報コーナーの後、短編小説と連載小説が配置された、総合オピニオン誌であった。詩の寄稿に当たって、静雄が雑誌の性格を顧慮した可能性もある。

穂積忠は、北原白秋門下、折口信夫に師事した歌人である。「公論」掲出の十首は、

わが命（いのち）またたく思はね戦ふと曠野（あらの）の丘に病馬（びょうば）捨て来つ
人間の言葉さびしとひた思ふ移動す軍を病馬追ひ来る
嘶（いなな）きて応（こた）ふる木魂（こだま）なかりけり草原（そうげん）の月に病馬さまよふ

など、戦場の悲痛を格調高く詠う十首。日中戦争を主題にした〝便乗歌〟と言えなくもないが、戦意昂揚の翼賛歌とは誰も思わないだろう。凄まじいまでの月光の中で、疲弊した軍馬を捨てて立ち去る軍隊。戦争の非情が切々と伝わって来る。

富安風生は東京帝大独法科卒の官吏で、高浜虚子門の俳人。「四萬の夏」と題した十句は

蟬の木々簾（すだれ）おろせば幽（かす）かなり
覆（くつが）へす草刈籠に夏桔梗
水清冽（せいれつ）山椒魚も寸（すん）ばかり

といった、明朗な自然観照の句である。「公論」に掲載された臨戦態勢のような論文を読んだ後にこの句と出会うと、意識的に戦争の気配から距離を置いたような静謐な印象を受ける。

静雄の「夏の終」は、この両者と比較するなら富安の句風に近い立場で歌われている。過度の感情移入や述志を律し、その場の自分が感じ取ったものとその時の心象を写生した詩といえばよいだろうか。芭蕉の俳句を詩と呼ぶところから出発した静雄は、言葉の流れや響きよりもイメージの衝突や競合を重視することで『哀歌』中の秀作を生み出したよう

に思われる。『夏花』の中の名作「八月の石にすがりて」も、苛烈なまでの自然観照と真夏と真冬、蝶と獣、明と暗といった激しいイメージの対比が作品の核となっている。「夏の終」もまた、自然と我とを対峙させつつ写生風に綴る、俳句的発想法から生み出された詩群の中に位置づけられるだろう。だが、静雄は短歌的抒情、あるいは漢詩的述志の方向へ急速に傾いていく。その経緯を辿る前に、静雄を圧迫していく思想的な背景を、父／教師としての側面から見ておこう。

「夏の終」が執筆された当時、静雄の家のそばには陸軍病院があった。〈ひつきりなしに、傷病兵が、バスで運ばれた。私は毎日のやうに子供をつれて路傍に立ち、敬礼した。家にじつと坐つてゐても、胸がはあはあと息づき強く、我慢出来ず興奮したりした。そんななかで、わたしの書く詩は、依然として、花や鳥の詩になるのであつた。〉（「コギト」昭和十五年五月号）坂下の大道路を、〈深夜覆ひをした大砲や恐ろしいほどの軍馬の数が〉地響きを立てて轟轟と行き過ぎていく。日中戦争の膠着状態を肌身で感じてもいた静雄が恐れていた、日本崩壊の予感、〝個〟の消滅の不安……子煩悩の静雄にとって、国家の存亡と我が子の将来とは切り離せない懸念であったはずである。

また、この頃書かれた手紙に、最近わかってきたこととして〈則天去私といふことが大切といふこと、文学は決して直接、個人の生活と体験をのみ土台としてはいけないといふ覚悟であります。それと同時に、各自の苦しみを我慢して公の仕事をして行く、人間のいとほしさをしみじみと感ずるのです〉（昭和十五年六月中旬頃池田勉宛）という文言が見える。職場では教師に徹し、詩人であることをむしろ伏せていた静雄にとって、公の仕事、とは、まずは教師としての職務である。

昭和七年、満州事変の勃発後に国民精神文化研究所が設立され、師範学校その他中等学校教員の思想再教育を行う事業部が設けられた。昭和十二年に発行された『国体の本義』の編集にも研究所は大きな影響を及ぼしている。『国体の本義』は和辻哲郎など一流文化人の助力も得て、当時の知識人層が納得できることを目安として国体概念を解説した本で、定価三十五銭の小冊子ながら初版二十万部、昭和十八年の段階で百七十万部が印刷されて一般に流布したという。中等学校では副読本的な扱いを受け、受験、特に陸海軍の学校を受験する者にとっては必読の書であった。受験指導の必要上、静雄も精読していたに相違ない。

さらに、昭和十六年には『国体の本義』に基づく国民（臣民）の道を明らかにしようとする意図で『臣民の道』が刊行されている。初版三万部、解説書も含めると百四十七万部余りも出版されたという（阿部猛『太平洋戦争と歴史学』など）。

『臣民の道』の第一章は「世界新秩序の建設」、二章は「国体と臣民の道」、三章は「臣民の道の実践」――要するに、列強の圧力からアジアを開放するのが我が国の使命であり、そのために〈万世一系〉歴代の天皇は力を尽くしてきた、〈而してこの大義に基づき、一大家族国家として億兆一心聖旨を奉体して、克く忠孝の美徳を発揮する。これ、我が国体の精華とするところ〉（『国体の本義』）という、皇国史観と武士道的倫理と宗教学や国学、民俗学……などを総合した、にわか作りのキメラのような異様な書物が、青少年の指導者を中心に大量配布されたわけである。

「公論」など民間の雑誌も動員して、国家の〝大義〟は静雄のような市井の知識人をターゲットとして文章化されていった。日本の未来を憂うほど、この戦争に勝利する他に道はない、という隘路に静雄が導かれていったこともうなずける。当時のオピニオン誌で展開された、亜細亜を〝唱導〟しようとする日本の〝高邁な〟大望を邪魔し、阻止しようと無理難題を吹っ掛けて来る欧米諸国の〝傍若無人〟にひたすら耐え忍ぶ義の国日本、というイメージと、現実との差異が生み出すストレスは（もちろん、そう思うように当時の日本人たちが思考誘導されていた、ともいえるのだが）たわめられた鋼のように極点に達していたろう。静雄の作品でいえば『夏花』の「水中花」（昭和十二年八月）に、その当時の心象が濃厚に現れているのではないだろうか。あらゆるものが〈死ね〉と迫って来る切迫感、その緊張感のゆえに、いっそのこと、全てを投げ打ってしまいたい、という発作的な衝動に駆られる心情。滅びを惨めな敗北ではなく、美しい憧憬の対象として措定し、死という究極の到達点に到る過程をいかに輝かしく辿るか、ということを主題とする（つまり、生のベクトルではなく、死のベクトルへ向かう）方向性。

先行きが見えない不安な状況であるからこそ、その先に勝利があるのか滅びがあるのか不明であろうとも、いや、不明であるからこそ、ただひたすらに前進する他ない、というような（無謀な精神論にも結び付く）保田與重郎らの英雄論に若者たちが感化された理由も、日本を覆う不安の圧の強さにその一因を求められるだろう。陰鬱に押しつぶすような不安から一気に解放をもたらしたものが、開戦の詔勅であったのだ。

静雄の「大詔」で歌われたのは、なによりもその〈清しさ〉であった。そしてその清々しさは、いよいよ本当の亜細亜創設のための戦いが始まるのだ、という自己正当性の確認であり、開戦当初の連日の戦勝の報道によって増幅された開放感であった（子安宣邦『「近代の超克」とは何か』七章「宣戦になぜかくも感動したのか」など）。いつのまにか中国大陸で戦闘が始まっていた、という不透明感、欧米の圧力から亜細亜を解放する聖戦であるはずの戦いが、当の亜細亜で行われているという矛盾、国際的不況の中で日本が帝国主義列強に〝理不尽に〟追い詰められている、というイメージが創り出され、強まって行く不満……そうした鬱屈した国民の思いを、一息に開放するのが昭和十六年十二月八日の「大詔」だったのだ。そして、その興奮の中に静雄も呑みこまれていく。

静雄の親友であった小高根二郎が、『詩人、その生涯と運命』の中で、当時のことを率直に回想している。

十二月八日の早朝、若手社員の合宿に参加していた小高根は、宇治の山荘でラジオから流れる大本営発表を聞いた。〈私も同僚である技術家たちも、一瞬、箸を止め髪白むおもいで粛然とした。合宿一番の道化師だった技術家のSも、水を浴びたように顔面を蒼白にすると、「阿保ヤなァ……負けんノわかッとるやないか！」と口惜しがった。その語気があまりに断定的だったので、食卓を囲んでいる者の間で物議を醸した〉。化学や技術工学に通じている者たちにとっては、Sの〝絶対敗戦論〟は自明のことであったろう。しかし同時に、〈しかし絶対敗戦論には心底で反撥する沸騰する感情があった。それは自己保存の本能だ。生きのびようとする命ぎりぎりの抵抗だ。日本が、日本人が、今日まで生き永らえてきた実証……。それは絶対敗戦論をくつがえす時限爆弾となった〉。日清、日露、そして満州が、〝敗戦予測の転覆〟の後押しをしただろう。実際、真珠湾の奇襲攻撃は成功し、上海では英国砲艦を撃破、米砲艦は降服、シンガポール、ダバオ、グアムでの戦果が次々と報じられるに至って、日本全土が異様な歓喜と陶酔に包まれていった。小高根はその日のことを描いた静雄の「大詔」を挙げながら〈感激屋の伊東は、朝礼後の生徒の体操を見ながら、その秩序の美に涙腺をほころばせた～秩序の美に涙もろい資質は、いわば時流という傾向がもたらす秩序にも、感激しないまでも、随順する性向を物語っているようである。宣戦の大詔にとめどなく涙を流したとしても別に不思議はない〉と記している。

昭和十七年前半に集中的に作詩された静雄の戦争詩、時局詩は、こうした非論理的な感動や感激に突き動かされて創作されたものが多い。田中克己の応召に際して歌われた「送別」（昭和十七年三月）には、「コギト」での初出時点では田中の「神軍」と題する詩を読んで感化された旨の添書きがある。「神軍」は、ハワイ海戦、マレー沖海戦、フィリピン上陸成功、と続く太平洋戦争開戦当初の、征くところ敵なしという〝帝国海軍〟の戦果を神業として称えた詩であった。落下傘部隊の写真を見て感激した静雄が、その高揚感のままに作詩した「つはものの祈」（「コギト」昭和十七年四月）には、〈いくさを知らぬわれ〉が〈勇士らがこころになりて〉歌った歌という添書きがある。

などいのち惜しからむ
ただこのかさの
ひらかずば
いかなりしいくさの状（さま）ぞと
問はすらむ神のみまへの
畏しや
わがかへり言

小高根の解釈を引こう。落下傘が〈開くことを祈るのは、自分の命が惜しいからではない。立派な復命ができるよう、傘が開くことを謙虚に祈っているだけである〉〈当時、こんな消極的な戦争詩は誰も歌わなかった。〈ただこのかさの　ひらかずば〉なぞという消極的な祈を表現することは、「卑怯者の歌」という烙印を押される危険さえあった。〈などいのち惜しからむ〉という非積極的な勇気は、勇気のカテゴリーより臆病のそれに分類される時勢だったのである〉

小高根は、昭和十七年の秋、自身に召集令状が到来した折の心情と、それに対する伊東からの返信の落差とについても包み隠さず語っている。小高根にとっては、〈文学的な出発を帳消しにされる悲痛事だった。覚悟はしていたというものの、地獄への意志せざる招待だった。その意味からも、も少し招待の遅いことを伊東に惜んでもらいたかった〉それは秘かな願望だったろう。静雄は、小高根に対して〈この一年、あなたは美しい文章を沢山書かれた。あなたとしては思ひ残すことも、ひとに比べて少いことと思ひます。身体をいたはつて、専心、御奉行ください。『コギト』は頓にさびしくなります。私もこのごろいくらか身体よろしい故、出来るだけ書いてみようと思ひます。あなたが帰られる日までどうか、『コギト』つづいてゐるやうにしたいものです〉小高根はこの手紙を受け取り、静雄に〈突っ放されたような思いを味わわされた〉と記している。乙種合格の自分と、丙種合格の静雄との差を、小高根はそこに見た。〈召されゆく者と、召される可能性の稀薄な者、或は全く安全地帯にある者。その三者の間の感情の懸隔を、私は悲痛なほど味わわ

された〉
　静雄は、出立する者が思い残すことのないように、精一杯の餞の言葉を用意したはずである。小高根が戻って来るまで「コギト」を存続させる、（もちろん、生きて帰って来てくれ、という強い願いが込められている）そのためにも、少しでも良いものを書く、それが自分の務めだ、そう思っての手紙であろう。だが、小高根の反応を予測できなかった鈍感さは、「菊を想ふ」で突然「琴を聴きたい」と言い出す場違いぶりに通じる不器用さのように思われてならない。
　後に兵役法が改正されて、静雄も徴兵される可能性が出てきた時には、残される家族のために遺言書も認めている。静雄に徴兵逃れの意識は毛頭なかったであろうし、死の覚悟も既に出来ていたことだろう。有為な若者が次々出征していくのを見送らねばならなかった静雄は（そして、戦死の報も次々に受けねばならなかった）悲観を通り越して、諦観の域で戦時を見つめていたのだろうか。その諦観が、小高根とのすれ違いを産んだように思われてならない。

　さて、太平洋戦争開戦直前の時期に〈則天去私〉という言葉の意味（生き方）について考えていた静雄のことを先に書いた。公と私とを教師と父という社会的役割の中で見てきたが、詩人にとっての公と私についても考えておきたい。教師静雄にとっては、詩作は〝私〟

の仕事ということになろうが（教え子の西垣脩によれば、静雄は職場では詩人であることを伏せていた。知らない者も多かったという）、生涯を通じて求道者のように詩を求め続けた静雄にとって、詩作は天職（Beruf）としてのもう一つの〝公〟の仕事でもあったろうと思われるからである。

## 5　響きあう詩想と希望の余韻

戦地に向かう若者たちに思いを馳せ、あるいは日本の行く末を憂い、この時代に生きる民としてあるべき生き方は何か、と問う〝公人〟としての立場に立って生み出す詩と、家族や身近ないのちが心身に触れてくる感興に素直に心を傾け、将来を案じつつ〝いま〟をかけがえのないものとして書き記していく〝私人〟としての詩。『春のいそぎ』前半には昭和十七年から十八年の作品が置かれたが、それは〝公〟の意識が勝った作品となった。後半には昭和十五年から十六年にかけての作品が配されたが、こちらは〝私〟の性質が強い作品群である。太平洋戦争の開戦を契機として、疑念を抱いていた日本の〝正義〟についてもついに静雄は信じる（疑念を放棄する）気持ちに傾いていったように思われる――それは、現在からみれば、政府主導のプロパガンダに知識人が陥落していく過程である。しかし、戦場の生の声も正確な情報も遮蔽された状況下で、次々と繰り出される国策の精神指導要領に常に触れつづける教師でもあった静雄の心情の変化を、私は声高に批判することはできない。むしろ、なぜそのような変化が訪れたのか、その仕組みを、そのプロセスを、丁寧に洗い出して現在、そして未来へと伝えていくことこそが大切であると考える。〝戦争詩〟を書くに至った静雄を〝弁護〟するつもりはない。ただ、先にも確認したように「改造」その他、いわゆるオピニオン誌の当時の記事を見ても、欧州列強の「植民地」として虐げられたアジア諸国を解放し、欧州衰退の期に乗じて太平洋の覇権を手中に収めようとしているアメリカの野望を阻止することが、アジア全体を守るために急務である、という主張がもっぱらであった。日本の植民地政策に異を唱えたり、民族自決を尊重せよと述べる論文は悉く発禁となり（例えば、細川嘉六の横浜事件。昭和十七〔一九四二〕年九月）大東亜文学者会議の第一回大会（昭和十七年十一月）が「満州国」「中華民国」「蒙古」の代表二十一名を招待するというパフォーマンスと共に開催され、従軍記者の記事や、「戦場ルポ」のために（男女を問わず）派遣された作家たちの華々しい報告が文芸誌や新聞紙上を賑わせる、という情況であったことは確認しておきたい。そして、何よりもそのこと自体を、私たちは〝反省〟しなければならない。報道の自由の制限が、ファシズムの野望を正義と思いこませ、〝国民〟を〝国家〟の意志に従う〝皇国臣民〟へと醸成していくのであるから。

　治安維持法下の日本の検閲の状況を確認していくことは今、ここで扱うには大きすぎる課題だが、伊東静雄に関わる範囲で見ても、たとえば静雄が参加していた詩誌「天性」では、戦死者の数を〝うっかり〟記した詩が掲載されたがゆえに発禁処分となったことがある。発行者がうまく特高の査察をやり過ごしたゆえに事なきを得たが、戦況に関する情報は徹底して隠蔽されていた。北園克衛の「VOU」に参加していた詩人、長島三芳などの証言も思い起こしたい。実際の戦況が傷病兵の口から洩れることを恐れ、軍部は日本に一時帰還した傷病兵たちを監視下に置いていたのだった(『長島三芳詩集』)。こうした状況下で、昭和十七年から十八年にかけて編まれ、九月に発刊された『春のいそぎ』であることをふまえて考えたい。

不安に苛まれ、疑いを抱き続ける日々は苦しい。その疑念の放棄がもたらした晴朗の心境こそが、開戦の詔勅が静雄の心にもたらした感涙の源泉であったろう。しかし静雄は、『春のいそぎ』をその前半部のみでは編まなかった。詩集の自序にもある通り、〈鬱屈〉の心情が「大詔」を拝した時に〈勇進〉の心境に変化した、その前後の〝父〟の思いをこそ書き遺しておきたい、と編んだ詩集は、〈鬱屈〉の心境の中で切ないほどに子どもらの未来を願う心が読後に静かに滲みだす詩集となった。前半に置かれた作品も、同時代に多く生み出された勇猛果敢な昂揚詩の文体とは異なり、戦時においても古典的優雅、やまとことばの美しさや代々受け継がれてきた雅趣のとらえ方を手放そうとはしていない。そうした審美的な姿勢が、国民の〈高き諸声〉を一方に聞きながら、己のささやかな〈こゑ〉を対置するという歌の据え方――かろうじて諸声への埋没をまぬがれ、個のこゑを残し得た姿勢に表れているようにも思う。詩集後半に収められた家族を歌った詩をもう少し見ていくことにしよう。

戦後公刊された『反響』に再録された際、『春のいそぎ』の作品群は「わが家はいよいよ小さし」という章題のもとに自序や〝戦争詩〟七篇などを省く形で収められたが、作品順にも多少の入れ替えが生じている。

戦時中刊の『春のいそぎ』では、「夏の終」の後に「蛍」が置かれ、その次に童謡風の「小曲」、「誕生日の即興歌」が配されている。一方戦後の『反響』では「小曲」「誕生日の即興歌」「夏の終り（夏の終）」という順番に変わり、「蛍」は省かれた。『反響』を開くと

　そんなことは皆どうでもよいのだつた
　ただ壮大なものが徐（しづ）かに傾いてゐるのであつた
　そしてときどき吹きつける砂が脚に痛かつた

という印象的な詩句の後に、大きく黒々と〈反響終〉の文字が印字されている。何かが終わろうとしているのだ、という詩と同じページに、この詩集はこれで終り、と厳然と記す、二重の〈終〉。

気になるのは、戦争詩でもなく、(手紙などから推測すると)我が子の病が癒えることを祈る中で生まれた詩であったはずの「蛍」が、省かれたことである。

かすかに花のにほひする
くらひ茂みの庭の隅
つゆの霽(は)れ間(ま)の夜の靄が
そこはかとなく動いてて
しづかなしづかな樹々の黒
今夜は犬もおとなしく
ことりともせぬ小舎(こや)の方(はう)
微温(ぬる)い空気をつたはつて
ただをりをりの汽車のふえ
道往く人の咳(しはぶき)や
それさへ親しい夜のけはひ
立木の闇にふはふはと
ふたつ三つ出た蛍かな
窓べにちかくよると見て

差しのばす手の指の間をまを
垂火逃げゆく檐のそら
思ひ出に似たもどかしさ

この歌うような小品は、和泉式部の「物おもへば沢の蛍もわが身よりあくがれいづる魂かとぞみる」(『後拾遺和歌集』)を本歌取りしたとする評を散見する。しかし、和泉式部の歌と重なるのは末尾の六行に過ぎない。しかも物狂おしいような熱情を吐露する式部の歌とは、いささか異なる質感を覚える。この時期、「コギト」の詩人保田與重郎は、「和泉式部私抄」(昭和十一年～十七年)をはじめ、近世から記紀歌謡時代に至るまで、様々な詩人、歌人を採り上げ、旺盛な評論活動を展開していた。ドイツのみならずエセーニンなど海外の詩人にも目配りをしていた保田の評論を、静雄は深い敬意を持って(時には、自分もこのような仕事がしたい、というある種の羨望の気持ちも抱きつつ)享受していた。保田の和泉式部論のみならず、蓮田善明を通じて付き合いのあった清水文雄も和泉式部の研究を専門としていて、静雄にも少なからぬ影響を与えたと思われるが、静雄自身はさほど和泉式部に執着しているようには見えない。むしろ、「蛍」を読んだときに(リズムやイメージから)直感されるのは、中原中也ではないだろうか。

「蛍」は闇の深さが際立つ歌だ。かすかな花の匂いが、生き物の気配を確かに伝えてはくれるが、木々はもちろん、犬すらも息を殺す静けさが梅雨晴れの闇の中に漂っている。〝なにものか〟が潜んでいそうな、生暖かい夜の闇の不気味さ。暗がりの向こうから聞こえて来る汽車の警笛や道行く人の咳払いなどが、わずかに人の気配を感じさせ、ほっと体の緊張を解く。その窓辺に、ふわふわと蛍が数匹、飛び交うのである。……ぬくみを持った闇。それは、生き物のようにのしかかってくる闇であり、子供が暗がりに怯える原初的な感覚に近いものがある。

先に触れたように、当時、静雄の家のそばには陸軍病院があって、軍馬や軍の車両が深夜に地響きを立てて通り過ぎることも度々だった。見えない軍勢が過ぎていく物音を、今後の日本の行く末を案じながら聞いている。そのような折に掻き立てられる不安が、静雄を責め立て（はぁはぁと息が上がるような）切迫感を感じさせていたのであろうし、何事もない静けさもまた、夜陰が生き物のように家を覆う感覚を覚えさせたであろう。子供が不安を振り払うために、大きな声で歌を歌ったりすることがあるが、「蛍」の耳馴染みの良い歌謡体のリズム、〈そこはかとなく動いてて〉という口語口調のような軽やかさには、そんな〝闇払い〟の意識も込められているのではないか。

〈看病の傍ら、古い歌謡の本をよんでゐます。隆達や、地唄などです。これは自分の鎮魂のためと、自分の文学の模索のためであります〉（六月、池田勉宛）といういささか大仰で重苦しい内容とと共に、同じ手紙に書きつけられた「蛍」は、当然のことながら静雄の古歌謡研究の作物ということになるが、迫って来る闇の中、不安に苛まれるあまり〈あくがれ〉出でようとする魂の深刻さを、歌謡的な〝かろみ〟の声調に転じようとする意識がある。そこには深い闇に眼をこらそうとする詩人の姿がある。

『春のいそぎ』からは少し遡るが、静雄は中也に注目し、『山羊の歌』（昭和九年）を予約注文していたことが知られている。『わがひとに與ふる哀歌』（昭和十年）の出版記念会で初めて出会った中原中也の家に、その日の内に泊りに行ってしまったというエピソードも、静雄の抱いていた中也への親近感を示しているように思われる。しかし、二人は意気投合する、というわけにはいかなかった。中也は日記に〈コギトに、伊東静雄に関する原稿の断り状を出す。二三日前に来た伊東静雄の手紙、素直な手紙、而して素直なだけ。ああいふ人はどんな気持で生きてゐるのか。アイドントノウ〉とシニカルに記している。静雄も何か感じるところがあったろう。（高橋渡『雑誌コギトと伊東静雄』など）

エピソード的な事柄が評価にどこまで影響するものか留保すべきだが、後の静雄が中也の作品を批判的に見ていたことは確かなようである。富士正晴宛の手紙の中で、〈あなたの議論も、中原の晩年に完成を見てをられるやうですが、あそこから再出発を予想することは、矢張りわたしには困難です。彼の晩年が「運命的」であればあるほど、再出発は他の人によつて代つて行はるべきだといふ印象を却つてあなたの論からうけました。この点いかがです。そんなに一人の詩人に多くをのぞむべきかどうか私は甚だ疑問です。わたしはもう中原には「月の光」だけで充分。この一回きりの完成だけで充分詩人の光栄。生かしときたかつたのは矢張り立原。立原は中原について「彼は立ちどまつてゐる、問ひかけが彼にはない」と言つてゐます。〉（昭和十四年十月五日）と厳しい評価を下している。立原の詩を考える上で「問いかけ」は重要なキーワードであり、静雄の立原への共感の由来を探る上でも大切な問題だが、今はひとまず傍らに措く。ここでは静雄が言及している「月の光」を見ておこう。

月の光　その一

月の光が照つてゐた
月の光が照つてゐた

お庭の隅（すみ）の草叢（くさむら）に
隠れてゐるのは死んだ児（こ）だ

月の光が照つてゐた
月の光が照つてゐた

おや、チルシスとアマントが[*6]
　芝生の上に出て来てる

ギタアを持つては来てゐるが
おつぽり出してあるばかり

月の光が照つてゐた
月の光が照つてゐた

## 月の光　その二

おゝチルシスとアマントが
庭に出て来て遊んでる

ほんに今夜は春の宵（よひ）

なまあつたかい靄（もや）もある
月の光に照らされて
庭のベンチの上にゐる

ギタアがそばにはあるけれど
いつかう弾（ひ）き出しさうもない

芝生のむかふは森でして
とても黒々してゐます

おゝチルシスとアマントが
こそこそ話してゐる間

森の中では死んだ子が
螢（ほたる）のやうに蹲（しやが）んでる

「蛍」の童謡風のリズムのみならず、詩想自体も静雄が中也の詩から学んだものであったかもしれない。特に「月の光」その二と、生暖かい靄や黒々とした木々のイメージに通じ合うものがある。死せる子が月下の物陰に隠れている。いなくなってしまったのではない、目に見えないだけ。気配は確かに、そこに居るのだ……子を失った中也の悲しみに、子煩悩な静雄が共鳴したことは想像に難くない。見えない者が確かにそこにいる、その気配を写実的にとらえようとした静雄と、非現実の存在がリアリティーをもってそこに〝ゐる〟のを、垢ぬけた主人公たちを設定して難なく描き出してみせた中也。中也のこの作品を絶賛していた静雄は、ひそかに自分なりに翻案して『春のいそぎ』には収めてみたものの、やはりオリジナルには敵わない、と（『反響』に収めるのを）取りやめたのではあるまいか。

右記は多分に想像も含んだ推測だが、子守歌のような「小曲」については同時代の作品と、もう少し具体的な影響関係を見ることができる。

昭和十五年六月二十八日付けの富士正晴宛葉書に、静雄は〈佐藤春夫の『東天紅』感心して再読三読してゐます〉と記していた。実際、『東天紅』と『春のいそぎ』を比較すると静雄が佐藤春夫から形式的にも内容的にも強い影響を受けたことが見て取れる。（米倉巌『伊東静雄』など）たとえば「自嘲」という佐藤の作品。

よき父となり
日もすがら
子と独楽(こま)まはす
　木の片(きれ)に命授(いのちさづ)けて
　時にまた憂国の論はあれども
　わが説は人うけがはず。

よき兄子(せこ)となり
日もすがら
花をうつせり
　面影を花に見いでて
　時にまた反逆あれど
　わが恋は知る人もなし。

あはれなる詩人(うたびと)となり
夜もすがら
歌成りがたし

時にまた老杜の集を繙けば
わが歌は自嘲の証。（後略）

〈よき父〉〈よき兄子〉である小市民的な自己を正面から受け止め、肯定する一方で、高みを目指しながら（俗世間から離れ、風雅の境地に生きる文人に憧れつつ）果たし得ずにいる自分に、あえて自嘲という言葉を投げかける〝詩人〟。佐藤春夫の「自嘲」に詠われた内面世界は、たとえば静雄の「山村遊行」において、より想像力豊かに、具体的な景を伴って再現されるだろう。

子供への愛情をストレートに歌う詩も印象に残る。

佐藤春夫の「りんごのお化」という童謡風の作品は、〈頭を洗ふことのきらひな子供がよくがまんして頭を洗つて来たのを見て、お父さんがうたひはやしてほめた歌です〉という詞書が付されている。〈そら出た。そら出た。／出て来たぞ。／りんごのお化が出て来たぞ。～りんごのお化はよいお化、／にこにこ笑つてよいお化。／おつむを洗つていい匂ひ、／りんごのお化は可愛いいな。／可愛いお化のいふことに、／おのどがかわいてしかたがない。／りんごのおつゆを下さいな。〉ほっぺを真っ赤に上気させた坊やをにぎやかに囃したてる、ほほえましい家族の光景が立ち上がって来る。爽やかな林檎の香りと、真っ赤でかわいらしい形象。それ以上の意味と感情を求める必要はないかもしれない。しかし、西欧の知識や思考法の偏重に対する疑問が提示されつつあった時代に〈りんご〉の持つ象徴性と〝お化け〟という不穏なイメージを結び付け——そのイメージを詩人のもとに運んできた童（坊や）が、リンゴをジュースにして飲んでしまう、という解決策を提示するという展開に、子供の告げ知らせることに耳を一心に傾けようとする詩人の姿が現れている、とみることもできるのではなかろうか。

静雄の「小曲」（昭和十五年四月）は、のどかな田園風景の景を彷彿とさせながら、子守歌のような美しいリフレインを響かせる佳作である。（参考に、『四季』昭和十七年五月号に書き留められた未定稿　仮題「闇をゆく牛」を下段に記して置く。）

天空(そら)には　雲の　影移り
しづかに　めぐる　水ぐるま
　手にした　灯(ともし)　いまは消し
　夜道して来た　牛方と
　五頭の牛が　あゆみます

ねむたい　野辺の　のこり雪
しづかに　めぐる　水ぐるま

わたしはみた　十頭の牛の
つぎつぎに　闇をぬうてゆくのを、
電車の灯は華やかに　間どほに
折々牛らを照らしてゆくが

たれもみぬ　これらの牛は
同じ向きに角をむけて

どんなに　黄金(きん)に　光つたろ
灯(ともし)の想ひ　牛方と
五頭の牛が　あゆみます

しづかに　めぐる　水ぐるま
冬木(ふゆぎ)の　うれの　宿り木よ
しとしと　あゆむ　牛方と
五頭の牛の　夜のあけに
子供がうたふ　をさな歌

つぎつぎに乏しい燈(あかり)をぬけてゆく、
たれもゐぬ　電車道路を

風さへねむる　夜半のみちのべ
まがきのばらの匂ひはたかく
灯の下を　やみの下を
十頭の牛がゆくのを見た。

暗い（そして、昏い）夜道を歩き続けた牛方が、心細い暗がりを照らしてくれたささやかな灯の、金色の光の美しさを思い返しながら、ようやく明け始めた空の下を歩いている。夜明けの薄明りに野辺の雪が白々と光り、次第に強まって来る朝陽に水車の水が輝きを増していく。そこに響いてくる、幼子の歌声。まるで、幼子の歌が夜明けをもたらすかのようだ。五頭の牛とは、何を表すのか。牛を用いた農耕や運搬と、豊かな水の流れるアジアの風土のイメージ。当時盛んに標榜された五族協和のスローガンが脳裏をよぎる。夜道を歩き続けた牛方とは、日本のことなのだろうか。

後に写生詩風に書き改められた「小曲」（闇をゆく牛）からは、牧歌的なイメージも快い水音も消え、人の灯す明りが電車の燈という人工的なものに変り、空に動く雲の流れがほの見えた夜空が〈風さへねむる〉闇夜へと変容している。牛たちは、薔薇の匂いだけが濃い誰も居ない道を、誰にも見られぬまま、同じ方向に角を向けて歩いていく。「小曲」では牛方と共に自ら望んで歩いているように思われる牛の姿が、「闇をゆく牛」では牛方の姿が消え、〈つぎつぎに　闇をぬうて〉という措辞もあって、機械的に追い立てられていく印象を受ける。何より、明け方の希望と幼子の歌が消えている。昭和十六年冬の「開戦」の熱狂も、十七年の春には既に醒めて、不安の中にあったということだろうか。静雄の身辺では、萩原朔太郎死去、詩集『夏花』の透谷賞受賞、〈胃癌ぢやないかと、一時は悲観して〉いたほどの体調不良（昭和十七年五月二十七日大谷正雄宛書簡）という〝事件〟が次々に生じている時期でもあった。昭和十八年刊の『春のいそぎ』に作品を収録する際、牛方の詩は童謡風と写生風、二つのバージョンがあったことになるが、静雄は牧歌的な、希望の余韻を残す方を選んだのだった。

## 6　誰がために咲きつぐわれぞ——後世へのメッセージ

先行きの見えない日中戦争、詩友たちの死——濃度を増していく不安の中で、それでも昭和十五年の初めごろに生まれ、『春のいそぎ』に収録されることになった「小曲」や「誕生日の即興歌」は、子供への温かい眼差しによって光彩を放っている。家庭詩、生活詩として重視されることの少なかった作品だが、光に注目して鑑賞する時、闇に光を点じていくような配置が、詩集そのものの余韻となって深い印象を残す。

静雄の憂慮が現れた「わが家はいよいよ小さし」や、迫りくる破滅の予感に対峙する「夏の終」の後に置かれた「蛍」は家族の看病の不安の中で生れた作品だが……情景として見るならば、重苦しい湿った闇に仄かな明るさを点ずる蛍の光、その捉え難いもどかしさが〈美〉として描きとられている。続いて置かれた「小曲」は、明方の光の中で、夜道を金の光で照らした燈火の美しさを回想する歌である。しかもその歌は、〈子供がうたふ　をさな歌〉であるという。その景を想う時、私は吉原幸子の詩の一節を思い出さずにはいられない。

とほいゆきやまがゆふひにあかくそまる
きよいかはぎしのどのいしにもののとりがぢつととまつて

をさなごがふたりすんだそぷらのでうたつてゐる
わたしはまもなくしんでゆくのに
せかいがこんなにうつくしくては　こまる

明方と夕方、時間帯が異なるのは、自らを取り巻く世界の〝夜明け〟を願う詩人と、世界への哀惜を歌う詩人という、スタンスの差異であるのかもしれない。いずれにせよ、子供の澄んだ歌声に二人の詩人は〈美〉を感じ、そこに詩情を覚えている。

昭和十八年の時点で、明るい未来の願いを子供に託すような詩を詩集の最後に置いた静雄の想いはどのようなものだったのだろう。単純な逆編年体による詩集の編成とは異なる、深い意図が込められているのではなかろうか。子供の歌の響く「小曲」の後に置かれた「誕生日の即興歌」を詳しく見ていきながら、そのことについて考えてみたい。冬の嵐に翻弄される小さな〈わが家〉で、愛娘に呼びかけるざれ歌、という趣向の詩である。

くらい　西の屋角（やすみ）に　翻筋斗（もんどり）うつて　そこいらに
もつるる　あの響　樹々の喚（さけ）びと　警（いまし）むる　草のしい
つしつ　よひ毎に　吹き出（づ）る風の　けふいく夜　何（いづ）
処（こ）より来て　ああにぎはしや　わがいのち　生くる

いはひ　まあ子や　この父の為　灯(ともしび)さげて　折つて
来い　隣家(となり)の　ひと住まぬ　籬(まがき)のうちの　かの山茶
花の枝　いや　いや　闇のお化けや　風の胴間声
それさへ　怖くないのなら　尤(とが)むるひとの　あるも
のか　寧ろまあ子　こよひ　わが祝ひに　あの花の
こころを　言はうなら「ああかくて　誰がために
咲きつぐわれぞ」　さあ　折つておいで　まあ子

自註　まあ子はわが女の子の愛称。私の誕生日は十二月十日。
この頃、海から吹上ぐる西風烈しく、丘陵の斜面に在る
わが家は動揺して、眠られぬ夜が屢々(しばしば)である。家の裏は、
籬で隣家の大きな庭園に続いてゐて、もう永くひとが
住んでゐない。一坪の庭もない私は、暖い日にはよくこ
つそり侵入して、そこの荒れた草木の姿を写生する。（傍点ママ）

長歌のようでありながら自由にリズムを崩し、しかも完全に散文とはならないところで踏みとどまる。乱拍子の囃子唄のような不思議なリズムが、全篇を支配している。木々は

叫び、草は軋むようにうめいている。

風当たりの強い丘の中腹にある静雄の家は、さほど大きくはない借家であった。訪れた学生に、寒いので（外套を脱がず）そのままで、と促したという話もある。風雨の度に烈しく家鳴りし、冬場は隙間風も吹き込む厳しさがあったろう。嵐の中で、〈ああにぎはしや　わがいのち〉というように〝生〟を実感する静雄の姿は、夏場の台風、野分の際にも見出される。

『夏花』所収の「野分に寄す」は、〈野分の夜半こそ愉しけれ〉と始まり、〈真に独りなるひとは自然の大いなる聯関のうちに／恒に覚めゐむことを希ふ〉という哲学的箴言――一時の生（個々の人生）を永続の生（自然の命の循環、リルケの宇宙生命的な生や、禅や老荘思想における東洋的な生）の中に見る、覚者としての眼差しを願う心――を挟み、嵐に翻弄されて落果する葡萄や、地に叩きつけられる菊や薔薇の短い生を想いながら〈物皆の凋落の季節をえらびて咲き出でし／あはれ汝らが矜高かる心〉を称える。嵐の〝時〟に生まれてしまったことを嘆くのではなく、自らこの〝時〟を選んだのだ、滅ぼされるのではなく、自ら滅ぶのだ、という、受動ではなく能動の生への転換、と言い換えてもいいだろう。そして、〈こころ賑はしきかな〉〈野分よさらば駆けゆけ〉と詩は閉じられる。花たちよ、滅ぶなら滅びよ、嵐よ、吹くならば吹け！　と、意味としては反語的に、語調としては極めてパセティックに展開する「野分に寄す」は、『春のいそぎ』の「誕生日の即興歌」の予兆であり、即興歌は季節を反転させたものともいえる。

もちろん〝滅び〟を運命づけられた生を、いかに受容するか、という当時の若者たちが直面していた実存的問いに対して、たとえいかなる末路が控えていようとも、雄々しく斃れゆく〝英雄的生〟に悲壮な美を見出そうとする、ロマンティシズム――不安や苦悩による生の断念や放棄ではなく、短くとも烈しい生を受容し、肯定しようとした日本浪曼派のパトス（中でも保田與重郎の思想）が、戦場に向かう青年たちを鼓舞することになった過去の歴史を、忘れるわけにはいかない。（その過去を二度と再来させないために、当時の青年たちの想いを辿り直し、私たちの未来への反省とするために、私は今、この稿を書いている。）

パセティックな情動そのものは、人生の艱難に際して生きる事にくじけそうになっている人々にとって、今もなお魅力的である。情熱を燃やし続ける、ということ、生きる実感を得る、ということ。心が折れそうになるわたし、生を逃避したい、と死へ惹かれていくわたし。その背を押し、手を取って〝生〟の方向へ力強く引き戻してくれる情動を喚起するもの。そうした、詩情の在り方が、静雄の詩のひとつの魅力となっていることは否めない。そして、その魅力は普遍的なものでもあろう。そうした威力を持つものであるからこそ、過去の戦争でもロマン派の芸術（特に英雄的生のイメージ）は権力者によって〝利用〟された。その苦い過去の反省に立って、二度とそうならないように注意深く目を注ぎながら、生の鼓舞者としての詩情そのものは大切に受けとめたい、と私は思っている。

浪漫派的詩情が歪められた理由は、個々の生の価値探求を否定し、公（戦時においては国家）の為に滅私奉公する生にのみ生きる価値がある、という壮大な欺瞞の中に回収されていったからであろう。静雄は、果たしてその国家的欺瞞の中に、どのようにして呑みこまれていったのか。あるいは、どこまで染まらずに在ることができたのか。

「誕生日の即興歌」に戻ろう。暴風に翻弄される〈わが家〉で、負けじと力強く歌い返す静雄。詩人は、夜の闇と吹きすさぶ風の叫び、それが怖くさえなかったら、父である私のために、〈灯（ともしび）さげて〉荒んだ無人の庭に咲いている山茶花の枝を、一枝折ってきておくれ、と愛娘に歌いかける。人が住まなくなった後も、変わることなく咲き続ける花。国破れて山河あり、城春にして草木深し――人生のはかなさと、自然の永続とに深い思いを寄せていた静雄が、山茶花の一枝を求めるのは、なぜだろう。「庭の蟬」の一節にあるように〈おれはなにか詩のやうなものを／書きたく思ひ〉ながら、なかなか思うに任せなかった静雄に、詩情をもたらすもの、詩趣を喚起させるもの、その象徴的存在として、人の住まぬ家で、冬のさなかにも咲き続ける山茶花を求めたのであろうか。

父が娘に、花を取って来てやるのではない。娘に向かって、暗闇の中を灯をともして、お化けや烈風の唸りをも恐れずに、父の為に花を取ってきておくれ、と呼びかける。もちろんこれはざれ歌であって、実際に娘に命じたわけではない。しかし、暗がりで憂鬱に沈んでいる父のもとに、娘が光と共に訪れ〝花〟をもたらす、という構図は、二章冒頭で鑑賞した「春浅き」に顕著に表れているものでもある。
〈あの花のこころを　言はうなら「ああかくて　誰がために　咲きつぐわれぞ」〉カギかっこに収められた部分は、誰かの詩の一節なのかもしれないが、未だ確認できていない。暫定的に、強調のためのカッコとして読み進める。父が自身の誕生日に、娘に花を取ってきておくれ、と頼む。そして、その花の心は、「ああ、誰のために私は咲き継ぐのか」なのだよ、と、父は娘に伝える。誰がために、という問いに反語として隠されているのは君がため、でろう。花は、大切なことを〝君〟に伝えるために、〈自然が与へる暗示〉として、花開くのだ——昭和十四年に『知性』に発表された「そんなに凝視めるな」において、静雄が呼びかけたように。

そんなに凝視めるな　わかい友
自然が与へる暗示は
いかにそれが光耀にみちてゐようとも
凝視めるふかい瞳にはつひに悲しみだ
鳥の飛翔の跡を天空にさがすな
夕陽と朝陽のなかに立ちどまるな
手にふるる野花はそれを摘み

花とみづからをささへつつ歩みを運べ
問ひはそのままに答へであり
堪へる痛みもすでにひとつの睡眠(ねむり)だ
風がつたへる白い稜石(かどいし)の反射を　わかい友
そんなに永く凝視(みつ)めるな
われ等は自然の多様と変化のうちにこそ育ち
あゝ　歓びと意志も亦そこにあると知れ

生きる途上で出会う〝花〟、すなわち〈美〉や〝詩情〟、心に豊かさをもたらすもの……それらに出会ったならそれを摘み、〝花〟と共に（その花によって）自らを支えて歩み続けよ。生きるとは何か。レゾン・デートル……その問いの答えを求めようと焦るのではなく、むしろ問い続けることこそが生きることなのだ、その辛い歩みを支えるものこそ、途上で出会う野の花の美しさであり、砕いた大理石の煌めきのような、一瞬の耀きなのだ。その辛い歩みに堪える痛みは、問う事こそが答えであり、確たる答えなどないのだ、と気づく（覚醒する）前の、睡眠のようなものだ。

（「野分に寄す」で述べたように）人は自然の大いなる聯関の内で、目覚めていることを希う。その目覚めは、（「わがひとに與ふる哀歌」で歌ったように）〈音なき空虚を／歴然と見わくる目〉

を得ることでもあるだろう。それは、〈凝視（みつ）めるふかい瞳にはつひに悲しみ〉を与えるだけのものであるかもしれない。なぜなら、鳥の飛翔の跡や、消えていく夕陽の美しさのように、必ず消え去って行くものの痕跡を追うことは、いかなるものも永続しない、という存在の根本的な悲しみ、存在の空虚を知ることでもあるからだ。だからこそ〈そのことを知ってしまった〉我々は、消え去っていくものを追うのではなく、〈われ等は自然の多様と変化のうちにこそ育ち／あゝ　歓びと意志も亦そこにある〉と知らねばならない……

「誕生日の即興歌」の中で、幼い娘に呼びかけるざれ歌、として描かれていても、こうした静雄の思想／詩想を見て取ることができる。嵐も恐れず、闇も恐れず〝花〟を採りに行くことを、そうした果敢な前進をし続けることを娘に望むのである。そして、その花のこころを教え、花と出会うことの意味、為すべき行為を伝えるのが、父であり、詩人である静雄の役目であろう。

　名が真を表すものであるなら、花の心、その真意を明かすことと、本当の名を告げることとは同義である。ここにも、「春浅き」で花の名を娘に伝えようとする父の姿が反復されている。時系列でいえば「誕生日の即興歌」の方が先に創作されているので、即興的に生み出された詩情を、「春浅き」において、より深く詩人は造形化した、とも言える。〈即興歌〉という趣向は、自分の娘に愛称で呼びかけるという、本来なら極めて私的な行為を、公刊の詩集に収めるための方便としても機能しているだろう。

詩集冒頭の自序に、〈ひとたび　大詔を拝し皇軍の雄叫びをきいてあぢはつた海闊勇進の思は、自分は自分流にわが子になりとも語り伝へたかつた〉と静雄は記した。戦時中の公刊であり、表現の際には検閲の問題（恐怖）も大きくのしかかっていたであろう。後世、詩集から除外されることになった〝戦争詩〟は七篇。二十八篇の詩篇から構成される『春のいそぎ』の四分の一である。〝戦争詩〟は本心を守り公刊を担保するための戦時のカモフラージュである、というような欺瞞的な〝弁護〟をするつもりはない。静雄は市井の一国民として、ごく自然な感情の発出のままに〝戦争詩〟を書いたであろうし、その経緯や作品としての質（の低下）について、私たちは真摯に考え続けねばならない。しかし、皇国の御為に……という思いからのみ詩集が編まれたわけでも無い。詩集の四分の三を占める、詩人としての在り方、父としての思い、ごく私的な家族や友人への思いもまた、詩集を編む重要な動機になっていたはずである。

詩集の掉尾を、なぜ娘への呼びかけの歌で締めくくったのだろう。静雄は『春のいそぎ』を、〈わが子〉への贈り物、戦争で死ぬであろう自分の、遺言としたのではなかろうか。自らが精神的な葛藤、苦悩を経て見出したこと、〈音なき空虚を／歴然と見わくる目〉と引き換えに自らが得た智慧を、娘と息子に伝えたかったのだ、と思う。

改めて、『春のいそぎ』の詩篇の配列を眺める（本書104—105頁参照）。友人の妻を哀悼する「秋の海」、故郷に初めて妻を伴って帰郷する感慨を歌った「なれとわれ」を、静雄は「戦争詩」の間にはめ込むように配置している。日米開戦時の高揚を謳った「大詔」のすぐ後に、朝顔を楽しむ余裕も失い、琴を楽しむ風流も抑えねばならない庶民の日常を描く「菊を想ふ」、語りかける言葉を飲み込んだまま、友と川面を眺めた日のことを歌う「淀の河辺」、子供の看病をしながら医者を待つ心情に託して〈わが待つものの　遅きかな〉と記す「九月七日・月明」を配する。日中戦争に従軍した兵士の体験を聞き書きした「第一日」の後に、妻子に何か〈言つてやりたかつたが〉言うべき言葉の見つからないまま、各々が黙って初蟬に耳を傾ける姿を描きとめた「七月二日・初蟬」を置く……。言い差したまま言葉を飲み込む日々の連続の中で、憂鬱に沈む自分に光をもたらしてくれるわが子へ、静雄は日々の想いを〈語り伝へ〉ておきたかったのだ。

## 7　文語詩と口語詩――『春のいそぎ』の構成を考える

静雄の作品に見られる、光陰、公と私、さらに肉体の目と心の目、現実の景と幻想の景の対比、その振幅の大きさ、ダイナミックさが、彫りの深い彫刻のように静雄の作品に深みを与えている。第一詩集においては、それがとりわけ顕著だった。振り子が振り切れるような極端さがあり、その激しさや苛烈さが萩原朔太郎を感動させ、また、風光明媚な故郷をこよなく愛しながら、同時にその地の貧しさや人々の（時には）卑屈、陰湿とも見える感情への嫌悪といった、愛憎の表出の激しさにも結び付いていたように思う。次第にその振幅はまろやかになってはいくが、『春のいそぎ』においてもそのコントラストを見出すことができる。

4節の『春のいそぎ』初出一覧をもう一度見てみよう。厳密な区分ではないが、〝公〟のテーマ性、あるいは家族や自分以外の他者に向かう性質の強い作品が十一篇、〝私〟のテーマ性（家族に歌いかけたり、自身の詩作を問うたりするもの）の強い作品が十六篇、「大詔」を挟んで置かれている。半分というよりは前半三分の一にあたる位置だが、前半は格調の高い文語体。口語も取り入れつつ自分自身や自身の家庭へと向かう後半作品との比重を考えれば、この分量比で前後のバランスが釣り合っているともいえる。

「春の雪」の後、冒頭の「わがうたさへや」（開戦の日の思いを歌ったうた）に呼応するかのように、口語で綴られた〈昭和十六年十二月八日〉を記念する「大詔」が置かれる。「わがうたさへや」から「春の雪」まで、文語で綴られた前半部をひと括りとし、口語で歌われる「大詔」を後半部の巻頭とみて、全体が二部で構成されていると見ることができる。

後半の詩篇を並べてみよう。

菊を想う　（口語）〈吾子〉〈子供の母〉との日常詠
淀の河辺　（文語）〈水を掬びてゐむ〉友を思う歌
九月七日・月明　（文語）〈吾子〉の看病をする歌
第一日　（文語）戦闘を体験した〈友〉の聞き書き
七月二日・初蟬　（口語）娘と〈その子のはは〉と共に聴く、初蟬への思いをつづった歌

一見するとテーマがバラバラであるようにも見えるが、口語（そして妻子への思いを歌う日常詠）で、文語詩を挟む構成になっている。内容も、当時の日常から取材されていると見てよいだろう。
続く四篇は左記の通り。

なかぞらのいづこより　（文語）
羨望　（口語）
山村遊行　（文語）
庭の蟬　（口語）

「なかぞらのいづこより」は叙景歌であると共に、物思いに沈む自身のことを、〈ふる妻〉に〈新しき恋や得たる〉とからかわれた、という日常詠を含んでいる。さらに、最終連は、〈去年（こぞ）の朽葉〉が春の水に〈かろき黄金（きん）のごと〉浮いて流れているだろう、と想像力を膨らませるのだが……沈んでいる自身の言の葉が、軽やかに流れ出すさまを願う、自身の詩作への思いを歌った詩、あるいは祈る歌、と見ることができる。

「羨望」は、詩人になりたい、と尋ねて来た青年との会話を記した日常詠。三好達治が『詩を読む人のために』で褒めた静雄の詩、「訪問者」に通じるような若者との対話である。静雄は、蟬の声がうるさくて勉強が手につかない、と愚痴をこぼす〈若い友〉を、そんなことでは〈日本の詩人にはなれまいよ〉とからかうのだが、その時の返答――「でも――それが迚も耐まらないものなのです」に、〈一種の感じ〉と、〈訳のわからぬうらやましい心持〉を抱いた、と記す。

なんとも捉え難い、自然主義風の謎めいた詩、ということになるが……「七月二日・初蟬」の中の、〈初蟬をきく／はじめ／地虫かときいてゐた〉という一節を念頭に置きつつ、第一詩集の『わがひとに與ふる哀歌』の「鶯」を思い返してみる。「鶯」は、幼い頃に聴き馴染んだ美しい鳴き声を忘れてしまった〈私の友〉に対して、呼びかけた歌である。（解釈上、自分自身に対する呼びかけ、とも読めるが、友人の大塚を意図している、という静雄自身の言葉も残されている。）さらには〈七面鳥や　蛇や　雀や／地虫や　いろんな種類の家畜や／数へきれない植物・気候のなかに〉感じ取ったであろう諸々の詩情を、すっかり忘れてしまった〈君の老年のために〉、自ずから自身の唇にのぼって来る〈一篇の詩〉を書き留めること、それが私の詩作、私の使命なのだ、という、静雄自身の詩論を述べたような作品である。

地虫かと蟬の声を聞く、という共通性も含めれば、〈私の友〉が忘れてしまった自然の声、自然の歌、の中に、蟬の声も当然含まれることになろう。静雄が「羨望」（『春のいそぎ』）に歌われた〈剣道二段の受験生〉であり、〈年少の友人〉でもある青年に対して抱いた〈感じ〉とは、何だろう。なぜ、「羨望」を感じるのだろう。

のちに作詩された「訪問者」（『反響』）の中で、静雄は、詩人になりたい、と訪れた少女の詩作品に〈やつと目覚めたばかりの愛〉を認め、〈自分で課した絶望で懸命に拒絶し防禦してゐる〉〈純潔な何か〉を感知し、最後に〈生涯を詩に捧げたいと／少女は言つたつけ／この世での仕事の意味もまだ知らずに〉と締めくくる。無我夢中で詩作に憧れ、邁進している若者が、詩作という苦悩、青春期に通過する絶望をまだ知らずにいる……ことへの羨望であろうか。反語的に、そうした無我夢中の情熱を失ってしまった自身を省みている、とも取れる。

「七月二日・初蟬」において、蟬の声をききながら、同じようにそれを聞いている妻子に何か〈言つてやりたかつたが〉黙っている詩人、言葉にし得ない苦悩を抱えてしまった詩人としての自己を省み、そうした苦悩を知らずに詩作に純粋に憧れている若者に「羨望」を抱いたのではないか。このように見て来ると、「羨望」と言う作品も、自身の詩作に関わる問いかけを含んだ作品、ということが見えてくるように思う。

「山村遊行」は、二章冒頭で触れた作品だが、これも夢想の内に迷い込んだイマージュを彫り出す人々への憧憬と、そうした場に到ることができない自分自身の立ち位置とのジレンマを綴った作品、と読むことができるだろう。これもまた、詩作とはなんぞや、という静雄のイマジネーションが生み出した作品に含めることができるだろう。

文語、口語、と交互に置かれた四作の最後に「庭の蟬」が置かれている。

庭の蟬

旅からかへつてみると
この庭にはこの庭の蟬が鳴いてゐる
おれはなにか詩のやうなものを
書きたく思ひ
紙をのべると
水のやうに平明な幾行もが出て来た

そして
おれは書かれたものをまへにして
不意にそれとはまるで異様な
一種前生(ぜんしやう)のおもひと
かすかな暈(めま)ひをともなふ吐気とで
蟬をきいてゐた

ここで言う〈旅〉とは実際の旅であると同時に、夢想世界、詩の世界への旅、でもあろう。『哀歌』の「河辺の歌」の中で〈永い不在の歳月の後に／私は再び帰つて来た〉〈けれど少年時の／飛行の夢に／私は決して見捨てられは／しなかつたのだ〉と静雄は綴っている。静雄の詩に現れる〝帰還〟への希求、幼年期の豊かさへの憧れ、〈私さへ信じない一篇の詩〉（鶯）私ですら信じられない、どこか遙か遠くから自然に湧き起こって唇に浮かぶ、幼年期に聞き覚えた美しい歌、自然の奏でる歌……それが静雄の理想とする詩であるとするなら。〈水のやうに〉出て来た〈平明な幾行〉とは、まさしくそうした理想的な詩行のことを指していると思われるのだが、しかしその詩行を前に、静雄は一種の〈前生〉を思い、吐き気を覚えている、というのだ。〈蟬〉は果たして、自らの運命（地上に生まれた後は七日とも言われる短命）を知っているのだろうか。「八月の石にすがりて」（『夏花』）では、

〈わが運命（さだめ）〉を知らぬがゆえに〈さち多き〉と形容される〈蝶〉の息絶える瞬間が歌われている。運命、自らの行く末を知ること、あるいは自らの来歴を知ることの苦悩。

静雄が、初めて詩誌に発表した「空の浴槽」（本書31頁参照）にも、前生という詩句が現れていた。〈あゝ彼が、私の内の食肉禽が、彼の前生の人間であつたことを知り抜いてさへゐなかつたなら。〉それぞれの庭、それぞれの場所で、〝おのがじし〟精一杯に生を謳っている蟬。私には、うるさくて堪らない程に激しく、命の限りに鳴き続ける蟬と、詩人の奥に巣食い、喉を破らんばかりに激しく叫び続ける食肉禽の姿が重なってみえる。運命を慮ることなく、思うままに生を謳歌できたら、どんなによいか……知らぬがゆえに幸福な生を生き切ることのできる蝶や蟬たちを想いながら、死の運命を悟ってしまった後にも生き続けねばならない〈おれ〉……。伊東静雄はヘルダーリンに深く傾倒していたと言われるが、ヘルダーリンの未完の戯曲の主人公、エンペドクレスもまた魂の転生説を支持していたことを思い出す。

この「庭の蟬」の後に、二章冒頭で最初に読んだ「春浅き」が置かれている。鬱々と行く末を思い悩む〈ちち〉のもとに、光をまとい、未だ運命を思い煩うことを知らぬ〈をさなきもの〉が、野の光の欠片を宿しているような〈しろ花、黄い花〉を持って現れるのだ。その後に置かれた「百千の」の平明な詩行は、まさしく〈水のやうに〉詩人の内から流れ出した詩行ではあるまいか。夏の終り、〈かすかな暈（めま）ひをともなふ吐気〉を伴って蟬をきいていた詩人は、春先の幸福なひと時を思い出し、〈われ秋の太陽に謝す〉という穏やかな心境に至る……しかし現実には〈うつくしき日和つきむとし〉ており、〈壮大なものが徐(しづ)かに傾いてゐる〉。

『春のいそぎ』の中で、最も完成度の高い繊細な光陰を示す作品と言われる作品が「春の雪」である。

春の雪

みささぎにふるはるの雪
枝透きてあかるき木々に
つもるともえせぬけはひは

なく声のけさはきこえず
まなこ閉ぢ百(もも)ゐむ鳥の
しづかなるはねにかつ消え

ながめゐしわれが想ひに
下草のしめりもかすか
春来むとゆきふるあした

「春の雪」は、文語、三行三連という、極めて整った形式を持っている。試作段階の経過が日記に〈みささぎにふるはるのゆき　以下詩なかなか成らず〉とあることから、静雄がまず、一行めを得たことがわかる。ふる、はる、に響くfもしくはhの音のやわらかさ、みささぎと平仮名で記されたゆえの柔らかさと、語意の持つ高雅さ。古典的格調の高さと、音の響きの柔らかさの中に叙景歌（そして、叙景が自ずから抒情となる歌）が生みなされていく。

春先の裸木の枝先が明るく見えているのだから、雪雲は灰色の鈍重なものではなく、既に雪の降りやみそうな、曇りガラスのような薄明りを帯びている。降り積むそばから消えていく雪の淡さは、冬季の凍てついた寒気ではなく、既に湿りを含んだ、ほのかな温もりすら感じさせる……春の到来も間近と感じさせる雪の朝である。下書きの段階では〈百ゐるとりのはねに消えかつは消ゆらむ〉となっている詩句が、〈百ゐむ鳥の／しづかなるはねにかつ消え〉と推敲されていることも興味深い。

いる、がいむ、となっているのは、音の響きによる選択であると共に、〈ゐる〉プラス推量の〈む〉を採用した、ということだろう。すなわち、「そこにいる」実景を肉体の目で見て写実的に記しているのではなく、居ることを心で推し量り（あるいは遠目に、ぼんやりと見えている状態で、詳細な情景を）心の目で見ているということを強調したかったのだと思われる。「文芸文化」初出時には、この詩行は〈まなこ閉ぢもも居む鳥の〉となっていた。詩集に収録する際には、百と漢字に戻して意味を確定し、ルビで〈もも〉と入れている。まなこ、もも、ゐむ、とmの響きを続けたかったことがわかる。

〈まなこ〉を閉じているのは、もちろん鳥たちであろうけれども、私はここに、静雄が〈まなこ〉を閉じて瞑想している様子を重ねてみたい。枝を透かして、明るい雪空が見える……ここまでは実景の写生であるとしても、さらにクローズアップして、枝にとまる鳥たちの様子であったり、その羽根に降り積む（そして消えていくであろう）雪の様子といった微細な景は、想像力を働かせて心眼で見る（文字通りの意味で〝思い遣る〟ことによって得た）景に他ならないからである。（心眼で見ているはずの景を、肉体の目による写生のように叙景する作品を静雄はたびたび記している。）

〈消ゆらむ〉消えていくだろう、という推量の終止形が省略され、〈かつ消え〉とまだ続いていきそうな響きで止めることにより、二連は余韻を残して閉じられることになった。

蛇足だが、この時の〈かつ〉は、〈かつ消えかつ結びて〉の〈かつ〉ではなく、「陸奥(みちのく)の安(あ)積(さか)の沼の花がつみかつ見る人に恋ひやわたらむ」（古今集）の〈かつ〉、すなわち、少しだけ羽にかかって、すぐに消えていく、そんなはかない雪の様子を描いている。

下書きでは〈ながめゐしわれのおもひに下草のしめりもかすか〉となっているのを、いったん、〈ながめゐしわれのおもひや〉と感嘆を強調し、最終的には〈や〉を消して〈ながめゐしわれが想ひに〉としていること、優しい響きの〈の〉から〈が〉という強い響きの格助詞に変更していることにも留意したい。われの想い、が、下草のしめりにも呼応している、その微妙な関係性を大切にしたかったのだと思われる。（や、を入れれば、切字の効果によって当然、その関係性は途切れてしまう。）しめり、と嘆きのイメージはつきものだが、ここではどうだろう。したくさ、しめり、の「し」の連鎖が醸し出す余韻。かすか、とあるので、ぐっしょり濡れているわけではない。暗喩よりも実際に濡れていることの方が、ここでは重要だろうか。もうすぐ春を迎える時期の下草、その湿りであるなら、これから芽吹く準備を整えている、そんなみずみずしさのイメージも含んでいるかもしれない。積雪で重く湿った冬の下草ではなく、降ってもすぐに消えてしまう、そんな春先の雪によって、微かに湿りを与えられている下草を思い描いているのだ。

耐える季節、冬はもうすぐ過ぎ去ろうとしている。そのことを、なによりも春めいた温かい大気と、降ってもすぐに消えてしまう雪の軽さ、はかなさが告げてくれている。明るい空も、明るい未来を予感させるようだ。枝にびっしり寄り添って互いに温め合いながら、鳴き交わすこともせず沈黙の内にじっと冬が過ぎ去るのを耐えている鳥たちも（きっと、この季節が過ぎ去るのをじっと息を殺して待っている私たちと同様）同じ気持ちだろう。寒さに膨らんだ羽に雪がふっては消えていく様が、私の心の目に、ありありと見えている。その景を、みささぎにおわします方が、じっと見守っていてくださる。

一字一句に神経を注ぎ、響きとイメージにこだわり、典雅で古典的な、形式の整った静謐な作品を創作する……その詩作が、〈大いなる戦ひとうたのとき〉〈神讃（ほ）むる／くにたみの高き諸声（もろごゑ）〉が響く中で続けられたことを思うと、奇妙とすら呼びたいような気持ちに駆られる。「春の雪」（昭和十七年三月）は、声高々と歌うにふさわしい歌ではない。静雄が自ら『春のいそぎ』巻頭に置いた「わがうたさへや」（昭和十七年四月）の中で、〈くにたみの高き諸声〉に〈まじればあはれ〉と謙譲しながら対置した〈浅茅がもとの虫の音の／わがうた〉の典型であろう。勇猛さではなく静謐さを、荒ぶる〝益荒男ぶり〟ではなく優雅な〝手弱女ぶり〟を尊重する、大和言葉主体のやわらかなうた。緊張にさらされる兵士たちの気持ちを、穏やかに慰めるには資するかもしれないが、臣民の気持ちを昂揚させ戦意を喚起する役に立つとは、到底思えない作風である。太平洋戦争開戦前にも、典雅な古典的美を持つ「百千の」（昭和十五年十二月）や「なかぞらのいづこより」（昭和十六年四月）などが創作されている。「春の雪」のように穏やかな心で雪解けを待つ詩と、「大詔」で歌われたような開戦の詔勅を聞いた直後の〈清しさのおもひ極まり〉〈われら尽（ことごと）く／――誰か涙をとどめ得たらう〉という感涙の烈しい情動とは表裏であったということもできるだろう。

「大詔」の後に置かれた「菊を想ふ」（昭和十六年十二月一日）では、日中戦争も泥沼化して先行きが見えぬ不安の中、〝臣民〟皆が食料の心配をしている時に、（おそらくは花壇をつぶして作った畑の）トマトや芋の出来ばかりが気になって朝顔を愛でる人が減ったことを嘆き、（この非常時に不謹慎な、とたしなめられながらも）久しぶりに箏の音を聴きたい、などと言い出すアマノジャクぶり、場違いな文人ぶりが歌われている。〝臣民〟の〈諸声〉に同調しきれずに、〈わがうた〉のかぼそい源泉を求めずにはいられない、詩人であり私人である〈われ〉の姿が、そこにはまぎれもなく描き出されている。

　鬱々と日々を過ごし、不安に苛まれる〈われ〉も、〈御言〉に安堵し〈春〉の訪れを信じて耐える平静な〈われ〉も、感涙にむせび戦地の兵の心に成りきろうとする〈われ〉も……そして非常時の緊張から離脱して詩情の桃源に心を遊ばせたいと願う〈われ〉も、確かにそこに生きて〝ゐた〟。静雄はそのことを、〈自分は自分流に、わが子になりとも語り伝へたかつた〉のだ――詩集『春のいそぎ』を読み終えたいま、私にはそう思われてならない。

＊1　『反響』では〈室（しつ）〉、〈幾時（いくとき）〉とルビが付された。
＊2　『反響』では〈家（いへ）〉〈小（ち）さし〉とルビ。
＊3　『定本　伊東静雄全集』人文書院、一九七一年（以下『全集』）には収録されていない、伊東静雄研究会上村紀元編の『伊東静雄　酒井家への書簡』二〇一三年に収載されている書簡より引用。

＊4　初出時は「夏の終り」。『全集』の作品年譜では初出誌と時期は不明となっているが、平成元（一九八九）年の『全集』第七刷の栞「伊東静雄研究文献目録総覧追加（昭和四十六年十二月〜平成元年三月）」において、『公論』昭和十五年十月号、と追加訂正されている。また、『反響』に再録される際に「夏の終」は「夏の終り」に、また、〈ただある壮大なものが〉から〈ある〉が省かれている。

＊5　今村冬三『幻影解「大東亜戦争」』葦書房、一九八九年他。

＊6　チルシスとアマントは、西欧の牧歌詩に歌われる少女と少年。ヴェルレーヌの詩などにも登場する。

# 三章　『夏花』を読む

## 1　心眼と肉眼

生と死の相克――詩を生み出す過程、あるいはその事後の凝視――思索と挑戦による〝創造〟と、舌頭千転による〝完成〟に至る過程――モダニズムを横断する白のイメージと、静雄をとらえた白――破滅的美への刹那的な陶酔と、生々流転し続ける瞬間の美へのまなざし――光と共に到来するものへの希求――物象としての永続性の断念と、自然の多様と変化の内にこそ永続を見ようとする心性――蟬の声を〝きく〟こと――朝顔への思い――

伊東静雄の詩を読んでいると、平坦に脳裏に流れ込むという感覚ではなく、鮮烈に心に差し入るような感覚で流入してくるものがある。とりわけその濃淡の印象が色濃く残るのが第二詩集『夏花』である。

冒頭に森亮訳の『ルバイヤット』からの一節――〈おほかたの親しき友〉は次々に永遠

の憩いへと旅立った、〈友ら去りにしこの部屋に、今夏花の／新よそほひや、楽しみてさざめく我等、／われらとて地（つち）の臥所（ふしど）の下びにしづみ／おのが身を臥所とすらめ、誰がために。〉という、追悼と鎮魂の思いを詠うフレーズをエピグラフに置いた本書は、自費出版で刊行した処女詩集を高く評価された詩人が、版元の求めに応じて刊行した詩集でもあった。詩友や去り行く時代への哀悼であると同時に、その先へと生きていく者への想いを深く秘めた詩集であり、静雄の思想性、響きや調子、リズムなどの音楽性や（詩作すること、生きること自体への内省とその超克といった）自己批評性が強く現れた詩集でもある。扉に〈なつばな〉と読みを記しているが、季語にもなっている夏花（げばな）——夏安居（げあんご）の時期に仏前に備える花を含意してもいる（田中俊廣「『夏花』＊〈凝視〉による超克」／「レクイエムとしての詩宇宙」『痛き夢の行方』）。戦後、自作詩の自選アンソロジーを意図した静雄が編んだ『反響』には、『夏花』から選ばれた作品および、『夏花』に収め得る時期に創作された作品が「凝視と陶酔」という章題のもとに収められている。改めて作品を読み直し特色を確認しつつ、静雄が『夏花』を編んだ心裡を探ってみたい。

＊

詩集『夏花』を手にして、激しく感動した一人の青年がいた。名は平岡公威（きみたけ）、後の三島由紀夫である。当時十七歳だった平岡は、自分が編集する学習院の学内誌（「輔仁会雑誌」一六八号）の巻頭言に、静雄に無断で詩句の一部を引用する。昭和十七年秋のことだった。

　真に独りなるひとは自然の大いなる聯関のうちに恒に覚めゐむ事を希ふ

「野分に寄す」の一節を、平岡は「凜冽な詩の決意と孤高のまことの意味とその美しさを漲らせたたぐひまれな詩句」と評している。詩篇全行を引用しよう。

野分の夜半こそ愉しけれ。そは懐しく寂しきゆふぐれの
つかれごころに早く寝入りしひとの眠を、
空しく明くるみづ色の朝につづかせぬため
木々の歓声とすべての窓の性急なる叩もてよび覚ます。

真に独りなるひとは自然の大いなる聯関のうちに
恒に覚めゐむ事を希ふ。窓を透し眸は大海の彼方を得望まねど、
わが屋を揺するこの疾風ぞ雲ふき散りし星空の下、
まつ暗き海の面に怒れる浪を上げて来し。

柳は狂ひし女のごとく逆まにその毛髪を振りみだし、
摘まざるままに腐りたる葡萄の実はわが眠目覚むるまへに
ことごとく地に叩きつけられけむ。
篠懸の葉は翼撃たれし鳥に似て次々に黒く縺(もつ)れて淩(さら)はれゆく。

いま如何ならんかの暗き庭隅の菊や薔薇や。されどわれ
汝らを憐まんとはせじ。
物皆の凋落の季節をえらびて咲き出でし
あはれ汝らが矜高かる心には暴風もなどか今さらに悲しからむ。

こころ賑はしきかな。ふとうち見たる室内の
燈にひかる鏡の面にいきいきとわが双の眼燃ゆ。
野分よさらば駆けゆけ。目とむれば草紅葉すとひとは言へど、
野はいま一色に物悲しくも蒼褪めし彼方ぞ。

まさに疾風怒濤のロマン派的叙景詩である。この詩を、まずはじっくり〝読む〟こと

から始めたい。

一連。夕暮れの憂愁に囚われ、心沈んだまま寝入った詩人を目覚めさせたのは、窓を誰かが打ち叩くような、激しい木々の騒めきであった。唸るような風の音も響いているだろう。激しく身をよじる木々の呻きを、静雄は〈歓声〉と聞き取る。冒頭に愉しい、とあるように、聴覚がとらえた外界の変動がもたらす心身の高揚を、静雄は愉しさや歓びの感情として受け止めているのだ。屋外の木々の思いに自身の高揚感を重ね、同化させている、とも読める。

二連で、〈真に独りなるひと〉が現れる。ぎしぎしと揺れる暗い部屋の中で一人目覚めている詩人は、激しい自然の変動の中で〈恒に覚め〉ていたい、と強く願う。それは、物事を見て、見尽くして、その向こうにある本質を感じ取りたい、という願い、いや、決意の表明ではなかったか（この部分の解釈については、後に触れる）。窓を見る静雄の眸（ひとみ）、つまり肉眼は、実際の海を見てはいない。しかし、聴覚を通じて刺激された静雄の想像力は、風が怒りの浪を掻き立てつつ、勢いで雲すら吹き散らしながら（ということは、星は輝いているだろう）、夜の海を渡って来たのを〝観て〟いる。星明りに照らし出された、荒れ狂う真っ暗な海と白い波頭。押し寄せる風、もしくは風に乱された海との間にある感情は、〈怒り〉である。風がもたらす怒りのエネルギーを、陸の木々はむしろ歓びとして受け止めている。その関係を、静雄は暗闇で一人凝視めている。

　三連もまた、想像力による心眼が見た屋外の景。狂女のように枝を振り乱す柳、実る前に地に叩きつけられる葡萄の房。プラタナスの葉が吹き飛ばされていくのを、羽ばたきの自由を奪われ、どこか遠くへ〈浚はれゆく〉鳥になぞらえているのが象徴的だ。葡萄は成熟を完結することなく、中途でもぎ取られる。鳥は自由な飛翔を奪われ、今、ここではないどこかへ、連れ去られることを〝強いられる〟。

　四連も心眼で屋外を観ている。庭の菊や薔薇は、今、どうしているだろう――魂を戸外に飛ばすように、静雄の心は室内を抜け出し、萎れ行く花の傍らに立つ。ここで現れるのが、〈物皆の凋落の季節をえらびて〉というフレーズである。花たちは滅びゆく運命（さだめ）を知りながら咲いたのだ、その〈矜高かる心〉で花は悲嘆することなく死んでいくのだ。だから萎れ、吹き散らされても自分はその花たちを憐れむまい。

　文言通りに読むことはできないだろう。〈憐まんとはせじ。〉〈などか今さらに悲しからむ。〉この、自らに言い聞かせるような、思い切るためにあえて口に出すような、強い調子が気にかかる。そこに現れた静雄の屈折。その内に踏み入らねばならない。

　思えば「野分に寄す」が収載された『夏花』は、病と闘い、夭折していった詩友たちへの追悼の相貌を持つ詩集でもあった。「野分に寄す」の後には、N君に、と献辞のある「若死」、そして立原道造への追悼詩「沫雪」が続く。「若死」については、静雄の親友であった小高根の、静雄は誰よりも夭折を嫌忌していた、という証言を後で参照することにして、「野分に寄す」に戻ろう。

終連、静雄の眼は再び室内に戻る。花の枯死の命運を思い、そこに千々の感慨を重ね……おそらくはそれゆえに騒ついた心中を〈こころ賑わしきかな〉と、明るみの方に差し向けた後、燈火の反射する室内の鏡に、燃えるような自分の双眼が映り込んでいるのを、静雄は直視する。鬼気迫る異様な景が心中に浮かぶ。

真っ暗な室内で嵐を聞いていた静雄は、いつ燈火を点けたのだろう。あるいは目覚めてすぐ、小さな燈を灯していたのか。いずれにせよ、静雄の魂は荒れ狂う風と共に、屋外をしばし彷徨い、引きちぎられる木々や倒れ伏す草花の景をつぶさに〝眺めて〟来たのだった。我に返った静雄が、自らの姿を鏡の中に認める、それは、自分は生きている、ということを、客観的に視認する行為ではなかったか。嵐に滅びゆく外界、そして、その中で孤立して命の火を燃やしている自分。〈野分よさらば駆けゆけ〉いっそのこと、なお激しく吹き荒れよ、と念じるかのような激した言葉が垣間見せる外界と内界の乖離は、押し寄せる物に抗して、いや、俺はここに生きているぞ、と雄叫びを上げているようにも思われてくる。〈目とむれば～〉以降の二行が、正直なところ、私にはよくわからない。わからないけれども、「野分に寄す」の約一年後に発表された「そんなに凝視めるな」と重ねつつ読むと、目を止めて過ぎ行くものを見つめるなら、その目に映るのは紅葉し枯死していく姿でしかない、しかし今、彼方の野辺は、蒼褪めた緑（命の色）一色で、風雨に曝されている（その瞬間こそが、真に生きている、ということだ、今生きている色をこそ、観よ）ということになろうか。
〈燈(ともしび)にひかる鏡の面(おもて)にいきいきとわが双(さう)の眼(まなこ)燃ゆ〉死を呼ぶ闇の中で燃える命の光。このイメージは、「野分に寄す」の前に置かれた二篇、「夜の葦」＝〈六月の夜の闇の余りの深さに　驚いて〉いる人が見つめる〈最初の星がかがやき出す刹那〉の光――「燈台の光を見つつ」＝〈くらい海の上に　燈台の緑のひかりの／何といふやさしさ／明滅しつつ　廻転しつつ／おれの夜を／ひと夜　彷徨(さまよ)ふ〉――において反復され増幅されたイメージでもある。燈台のひかりに〈おまへ〉と呼び掛ける二連、三連を引こう。

さうしておまへは
おれの夜に
いろんな　いろんな　意味をあたへる
嘆きや　ねがひや　の
いひ知れぬ――

あゝ　嘆きや　ねがひや　何といふやさしさ
なにもないのに
おれの夜を
ひと夜
燈台の緑のひかりが　彷徨(さまよ)ふ

夜が〈おれの夜〉と言い直され、夜の海の景（肉眼の景）が心の内に広がる〝夜の海〟の景に変容する。心眼が見る〝夜の海〟は、暗い感情のうねりに〈意味〉を与える意識の光が〈明滅しつつ　廻転しつつ／おれの夜を／ひと夜　彷徨(さまよ)ふ〉〝海〟なのだ。『夏花』の読者は、この〈ひかり〉の余韻を抱いたまま、続く「野分に寄す」を読むことになる。

パセティックな情感を畳みかけていく「野分に寄す」は、聴覚から心眼で観た景に移り、滅びゆく死を悲劇的、英雄的に受け止めようとする決意を示しながら、肉眼による視覚へと回帰する。『哀歌』では、「曠野の歌」や「わがひとに與ふる哀歌」のように心眼による景を主体とするものと、「帰郷者」や「病院の患者の歌」のように肉眼による景を主体とする作品の混交により、分裂した様相を見せていたのに比して、第二詩集『夏花』では、肉眼と心眼の交代や混交が滑らかに行われる作品が目につくようになる。たとえば冒頭の「燕」は、視覚と聴覚が認める、ひかりの中の燕の実景から始まり、想像力が〝観た〟燕の旅路、心眼の景と肉眼の景を交代させながら、最後は肉眼の景に回帰していた。続く「砂の花」では、客観写生の体裁を取りながら、幼子の眼を通して真の生死の量りがたさを問う。〈砂のお家〉を作って遊んでいる〈坊や〉が、折り取った〝つわの花〟を砂に挿す。花はしばらくは美しさを保っているが、ほどなく萎れ枯死するだろう。そこに、モンシロチョウがやってきて花に止まる。〈造りもの〉の〈花ばたけ〉に止まる蝶を見て、〈坊や〉は問うのだ――「死んでる？　生きてる？」――

名作といわれる「水中花」は、肉眼による客観写生的な語りにより、生きているように花開く人工物（死物）の像を読者に印象付けた上で、心象と実景とがガラス絵を重ねるように重なり合う景を現出する。散文による前書きの後に置かれた、うたの部分を引く。

今歳水無月のなどかくは美しき。
軒端を見れば息吹のごとく
萌えいでにける釣しのぶ。
忍ぶべき昔はなくて
何をか吾の嘆きてあらむ。
六月の夜と昼のあはひに

万象のこれは自ら光る明るさの時刻。
遂ひ逢はざりし人の面影
一茎の葵の花の前に立て。
堪へがたければわれ空に投げうつ水中花。
金魚の影もそこに閃きつ。
すべてのものは吾にむかひて
死ねといふ、
わが水無月のなどかくはうつくしき。

毎年、変わりなく芽吹く釣シノブを眺めやりながら、二度と繰り返されることのない自身の過去を思い合わせ、なぜ、今、このときがこんなにも美しく（それゆえに切なく）胸に迫るのか、と、詩人は自らに問いかける。偲ぶべき〝昔〟など、自分にはあるだろうか（そんなものはない、無いと思い定めて、生きていく他ないではないか）。このまま自分は、小さなコップの中に人造の美として閉塞した時を過ごすのか――いっそのこと、逢わなかった（逢えなかった）人への思い、たわめられた鋼のように圧となってのしかかる時代の鬱屈、生活の辛苦、そうした諸々の耐え難い思いを、一気に開放してしまいたい。たとえそれが、滅びゆく刹那の美であったとしても。解き放った瞬間の景を思い描くゆえに、〈わが水無月〉は、かくも美しいのか……とひとり歎息するのである。

元来死せるものである水中花が、コップや水槽という限られた空間において、まるで生き物のように美しく咲いている（そこでしか開くことができない）というアイロニーへの痛切な思いも、そこには重ねられているだろう。水中花の美もまた〈造りもの〉である。肉眼で見る人造の美が心眼には生きた花の美と映る。どちらが人にとっての真実であるのか。滅びを目前として、あらゆるものが美しく見えるという逆説、あらゆるものが〈死ね〉と迫って来るような戦時下の緊迫した意識と、その強迫に向って一息に〈投げうつ〉というパセティックな行為で対抗する詩人の意識が歌われる。

「水中花」の次に置かれた「自然に、充分自然に」は、瀕死の小鳥を愛撫しようとした子供が、思いがけず必死の抵抗にあって〈小鳥を力まかせに投げつけた〉様子を描いている。小鳥は生命を取り戻したかのように〈自然にかたへの枝を〉選んで、そこに止まるかのように見えた。しかし、結局その小鳥は死に、子供は〈礫（こいし）のやうにそれが地上に落ちるのを〉見ることになる。死を運命づけられた者の最後のあがきに心動かされて、気まぐれに救済しようとし、掌を返すようにそれを打ち捨てる子供の行為は、人の目には理不尽に映る自然（神）の行為の寓意そのものだ。童の無心・無邪気な歌の中に、神慮、神意が宿っている、という考え方は、今でも様々な民族芸能や伝統行事の中に痕跡を見ることができる。神意は人間にとって都合の良いことばかりではない。無慈悲にも子供は真実を告げる、という言い方をしてもよい。『夏花』の中の「砂の花」と「自然に、充分自然に」の二篇は、子供なればこそ、知らぬ間に真実を告げることになった顚末を歌っている作品だといえよう。

坊やはねらふ　もんもん蝶

……………………

その一撃に
花にうつ俯す　蝶のいろ
あゝ　おもしろ
花にしづまる　造りもの

「死んでる？　生きてる？」

（「砂の花」）

造りもの、であるのは幼児に叩き落された蝶なのか、切り取られて砂に挿され、あたかも生き生きと命を保っているように見えるつわの花なのか。子供の無邪気な問い「死んでる？　生きてる？」の一行は怖ろしい。神の被造物という言い方もあるが〝つくりもの〟

という言葉の持つ語感は、疑似的に生きているように見えるに過ぎない〝いずれ死すべきもの〟を想起させる。

『春のいそぎ』以降、心眼と肉眼の景の連結は、表層的な現れ方の度合いも含めて、なお一層、巧みなものとなっていく。戦後の詩においては、一見すると肉眼の景による叙述に再帰したようにも見えるが、一段深い心象景を象徴的に示している。同時に、詩作に向かおうとする時点の作、完成品として〝成った〟時点の作、そして、詩作の事後の時点という時間的経緯を、小説のような超越的視点から叙述するという作へと、作品傾向が新たに分化していくのが認められる。それは、病のためについに幻に終わったが、小説への挑戦を予見させる分化であったのかもしれない。

いささか先走ったが、心眼の景と肉眼の景を主観と客観と呼び替えれば、こうした創作時の視点の取り方の変容は、静雄の卒業論文、「子規の俳論」から一貫して静雄が主張する芸術的態度の探求であり、詩作を通じての実践でもある。

「子規の俳論」を大まかに概括しておこう。子規の芭蕉批判は、芭蕉の偶像視の打破や、芭蕉を乗り越えたとする自負が動機となっており、子規の批判にも肯うところはある。しかし子規は自らの客観写生論を外界の表層的な模倣に求め、その再現の精確さを評価の基準としたがために、芭蕉に対して見当違いの痛罵を浴びせることになったのだ。芭蕉は、現象を看破して本質を見抜き、それを〈匂い〉や〈色〉といった感触を通じて象徴的に作品で表現しようとする真の芸術家であった、という論旨である。外界（の事物）を表層的に模倣するのではなく、事物の現象を真に観察、凝視して、その奥にある本質を直観し、それを自らの心に照らして真に再現しようとする態度こそが、芸術的価値を持つのだ、という詩論の表明であり、以降の詩作においてそれは確かに実践されていくことになる。

## 2　夭折の嫌忌

「野分に寄す」に現れる屈折、滅びゆくことを嘆くものか、むしろ喜べ、そう自らに言い聞かせるような、思い切ることを自らに強いるような口調は、なぜ生まれたのだろう。その謎を、「若死」や「沫雪」などの追悼詩を読みながら考えていきたい。

昭和十四年三月上旬、余寒の残る昼下がりのことであった。風当たりの強い三国ケ丘の静雄宅を訪れた小高根二郎は、静雄が「若死」を朗誦するのを聞く。〈隙間風がよく通る三畳の凍てついた玄関兼書斎で、私は慄えながらこの酷薄華麗な詩の朗誦を聞いていた。伊東と私の間には小さな瀬戸火鉢があった～伊東は朗誦に自ら陶酔するに従って火鉢を両腕に抱いてしまった。私は凍えた靴下の爪先だけを火鉢の肌に触れ、からくも凍えからまぬがれてる格好だった〉。

大川(おほかは)の面(おもて)にするどい皺がよつてゐる。
昨夜(さくや)の氷は解けはじめた。
　アロイヂオといふ名と終油(しゆうゆ)とを授かつて、
　かれは天国へ行つたのださうだ。

大川(おほかは)は張つてゐた氷が解けはじめた。
鉄橋のうへを汽車が通る。
　さつきの郵便でかれの形見がとゞいた、
寝転(ねころ)んでおれは舞踏(ぶたふ)といふことを考へてゐた時。

しん底(そこ)冷え切つた朱色(しゆいろ)の小匣(こばこ)の、
真珠の花の螺鈿(らでん)。
　若死をするほどの者は、
自分のことだけしか考へないのだ。

おれはこの小匣（こばこ）を何処（どこ）に蔵（しま）つたものか。
気疎（けうと）いアロイヂオになつてしまつて……。
　鉄橋の方を見てゐると、
　　のろのろとまた汽車がやつて来た。

小高根は、静雄からの聞き書きと思しき文言を続ける。〈大川の氷は解け初めアロイヂオ・Nはつつがなく天国に着いたそうだ。大和川の鉄橋を刻みながら遠ざかる貨物列車。その列車が置いていったかのように、形見分けの螺鈿をほどこした小匣がとどいた。教師の俺は延命の策である生の象徴としての「舞踏」を懸命に考えてるというのに、教え子である若いNはのんきに天国へ旅立ってしまった。自分のことだけ考えてればいいんだからナ〜俺の兄貴の英一[*1]、潤三、岩蔵……にしてからがみんなそれだ〜朗誦を聞いていた私は、寒さと感銘のため、歯の根が口腔の奥でカチ！カチ！鳴っていた〜私は伊東ほど若死を嫌忌した者をしらない。四男坊で家督を継がねばならなかった自らの苦い体験から、極端といっていいほど若死を嫌忌したのだ〉小高根の叙述は、録音の再現ではない。小高根の心の中に響いている、その時の静雄の声の再現、という方が近いように思う。
あるいは、静雄が朗誦する詩篇から得た印象を織り交ぜながら、静雄から常々聞いていていた話と重ねて、再構成したものであるのかもしれない。いずれにせよ、小高根は「若死」の朗誦に、身震いするような感動を得たのであった。その時の印象が混ざり合い、まるで小説のように、小高根を語り手として現れ出たものであろう。伊東家の長男の享年は三十五歳、次男は十六歳（静雄が十二歳という、多感な時期の死であった）。三男は生後十一ヵ月で亡くなっている。その後生まれた男子である静雄も、決して体の丈夫な方ではなかった。信心深かったという母の祈りを日々、色濃く感じながら成長したに相違ない。小高根は、〈長兄の生の限界であった年齢まで後一年しかあまさなくなった三十四歳の静雄〉が「若死」を朗誦するのを聞きつつ、〈歯の根が合わぬほど私が感銘させられたのは、寒気も手伝ってはいたが、死を歌いつつ、それ以上の愛執で生を守ろうとしている伊東の意志である〉〈そう言えば、死を歌いながら、結局それ以上の愛執で生を歌ってしまう傾向は、一年半前、満二十八歳の若さで天国に旅立った辻野久憲に捧げた「わが笛」でも顕著であった〉と作品評に繋げていく。『夏花』には収録されなかったが、静雄の特色が良く現れている詩なので読んでおきたい。（この詩にはすべての漢字にルビが付されているので一部を省略した。）

### わが笛

君（きみ）が花さきし命よそは実（げ）に五月（ごぐわつ）の

夜の庭の橘の如くなりき
君は開花もて専らわが憂愁と
追慕とを歌ひぬ
その中にして
いかに灝気のうちに於ける如く安らけく
われは古人と語りしよ
術ぞなし
いま君が若き命をかけて眺めし野より
灝気は消え失せたり
そはもと君が呼吸にてありしかば
さあれわれ十月の葉がくれに見出でて
黄なる君が果実の
わが掌に重きに驚く
友よ讃めよこれの現に残りし野に
わが吹きて行く笛の音を

(昭和十二年「コギト」十二月号)

きなるきみがかじつ……頭韻とKの音に導かれつつ、橘の花が実となって現れる。橘は、『古事記』に〝非時香果〟と記された果実の異名であり、不老不死の力を持ち、〝常世の国〟に実ると古来考えられてきた果樹である。『哀歌』の「曠野の歌」（初出「コギト」昭和十年）の中で〈ひと知れぬ泉をすぎ／非時の木の実熟るる／隠れたる場しよを過ぎ〉と記された果樹でもある。〈木の実照り　泉はわらひ……／わが痛き夢よこの時ぞ遂に／休らはむもの！〉と閉じられる「曠野の歌」の中で、死後に〈永久の帰郷〉を果たすはずの広やかで明るい場所、雪を戴いた連嶺の白い光に照らされた場所。それは死者のみが辿り着く場所であったのだろうか。夢想によって魂の至り得る、詩が〈灝気〉のように漂う場所、詩人の〈呼吸〉すなわち息吹、息遣い、歌の響きが行き通う場所、ではないのか。詩人辻野が、〈若き命をかけて眺めし野〉であり、静雄がセガンティーニの澄明な絵にそのイメージを重ねた場所であり、現実に残された者が歌の響き（笛の音）によって朧に通じ合うことの叶う、いわば詩によって〝顕れる／開かれる〟時空、であるといえよう。

――辻野のうた（詩）は、人知れず漂ってくる常世の国の花の香を思わせた。君の息遣い（詩句の呼吸）は聴く者（読む者）を詩の国（永遠の場所）へと誘ってくれた。君が旅立った今、君があんなにも憧憬の目を注いでいた野からは、詩の香気は消え失せてしまっている。しかし、君の詩への探求は、私の手の中に重い実りとなって確かに届いている（その実は私に永遠を垣間見せてくれるだろう）、だから讃めてくれ、私が笛を吹きながら浮世を行く、その音色を（この響きは、君の命が花開かせ、実りへと導き、私に手渡してくれたものでもあるのだ、その実りを手にした者は、君の憧れた野にいつか至るだろう）。……意訳というより超訳かもしれないが、ひとつの解釈として提示してみたい。少なくとも静雄が「わが笛」に託した追悼の思いは、辻野の死を悔やみ、喪失を嘆くことに力点を置くのではなく、むしろ自らが受け継いでいくという、遺された者の意思表明のような性質を持つことは明らかであろう。

「曠野の歌」の〈痛き夢〉とは何か。悲恋の痛み、自我の分裂に引き裂かれる痛み、生活に追われ理想に辿り着き得ない痛み……十五年戦争の渦中である。健康な者は兵士として、虚弱な者は病により、夢半ばにして夭折する青年たちへの思いも、教師であればなおさら身につまされる痛みであったに相違ない。「わが笛」と同じ頃、「四季」一月号に発表された「詩一篇」（昭和十三年、これも『夏花』未収録）に、次のようなフレーズがある。

危く、うつくしい方よ。あなたが出会つたひとは、終焉をいそいでゐたのです。
あのひとは死を通じてあなたを呼び、あなたは、喪ふために近づかれたのです。
そこであのひとはつか〱と死の中に、あなたの目の前で歩み入られた。
すべて美しいものの、それが運命です。　青春の意味なのです。

小高根によれば、辻野久憲の内妻であった女性に捧げられた詩だという。静雄にしては珍しい文体だが、美しいものは死に招じ入れられる、それが運命、〈青春の意味〉だという言い切りの厳しさが、まさにロマン派的な青春期の痛みを表しているように思う（当時の静雄の書簡を見ると、ゲーテの詩を愛読したり、ヴェルレーヌの詩を歌ったレコードを聞いたりしていた様子がうかがえる）。[*2]

先に『夏花』がレクイエムともいえる詩集であることに触れたが、一般的なレクイエムのイメージとは異なり、静かに死者を追憶し冥福を祈る、という死者に向き合うベクトルではなく、生者が受けた影響を見つめ、遺された者がいかに生きていくのか、という生き方を問うベクトルであることには注意しておきたい。小高根の言葉を借りれば、静雄には明らかに〈死者より反射的に生者に眼をそむける傾向〉、〈若死を嫌忌する伊東の心情は、生者に組し加担〉する傾向があった。

生きている限り、この痛き夢から逃れることはできない。むしろ、美しいものに惹かれ、近づこうとするたび、それは喪失への道程と重なって行かざるを得ない。（そのことを知ってしまったからには）逃れようもない運命として、もはやその痛みを引き受け、歩み続ける他ないではないか。いつか、永遠の地に帰った時にようやくその喪失の痛みから解き放たれるとしても、それまでは、ただひたすら、巡り合う花を手に取りながら、それを自らの支えとして歩み続ける他はない。〝花〟を、痛みを耐えるささやかな歓びとして、振り返ることも立ち止まって注視することもせずに……当時の静雄が辿り着いた詩観を格調高く歌い上げた作品が、先にも触れた「そんなに凝視めるな」である。

〈手にふるる野花はそれを摘み／花とみづからをささへつつ歩みを運べ～風がつたへる白い稜石の反射を　わかい友／そんなに永く凝視めるな〉……。

〈白い稜石の反射〉、〈手にふるる野花はそれを摘み〉この美しい情景は、『春のいそぎ』の「山村遊行」に反復されるだろう。大理石の煌めきのイメージも相まってホラティウスの詩句 carpe diem ――その日を摘め、一日の花を摘め――を連想させる詩句でもある。勉強熱心な静雄であったから、西欧古典の中でホラティウスの詩句にも出会っていたかもしれない。（この作品については四章で再度触れたいと思う。）

## 3　賑やかな彼岸

「若死」に添えられた〈N君に〉という追悼の献辞は、小高根によれば夭折した静雄の教え子だということだが、鮮明な残像を残す形見の小匣やモダンな西欧の香り、字下げのレイアウトとその詩形が醸し出す印象などは、中原中也的色調を強く私に思い起こさせる。

あるいは、ひそかに中原のNを含意していたのではなかったか……。実際、静雄は中也の愛読者でもあった。市販わずか一五〇部だった中也の処女詩集『山羊の歌』の直接購読者の一人であり、中也自筆の紙片（反故紙のようにすら見えたらしい一葉）を大切に示しながら、中也の「秋の夜空」や「春の日の夕暮」を〈甘い節回しで朗誦して〉聞かせてくれた、と小高根は回想している。『哀歌』の「氷れる谷間」のように文体の上でも中也の影響が顕著な作品もあるが（「春の日の夕暮」は『山羊の歌』の巻頭詩。シュルレアリスム風の飛躍や諧謔味も含んだ奔放な展開に驚かされる作品で、静雄が『哀歌』の冒頭に「晴れた日に」を置く〝挑戦〟を刺激したかもしれない）、「秋の夜空」や「月の光」を愛唱していたところを見ると、中也が肉眼と心眼で見た景を一篇の詩の中で融合させ、ひとつの詩空間を現出させているところに静雄は強く反応しているように思われる。

静雄の「蛍」と中也の「月の光」とについては二章5節で採り上げたのでここでは繰り返さないが、中也の「月の光」の特質は、その一、その二、共に〈死んだ子〉が現世に現れ、生者と共に居る不思議な時空を描きだしていることにある。幽明定かならぬ時空という混沌ではなく、死者と生者とを隔てる境が消え、澄明な同じ時空間にリアリティーを持って存在して居る世界。中也の「秋の夜空」は、静かな秋の夜に〈上天界〉で開かれているあかるく賑わしい、しかし〈しづかなしづかな〉夜の宴について歌った詩だ。死者たちの領域とも思しい天上界と生者との隔ては消え、幻視の力で〝透き通って〟見えているが、天界と下界との間の途方もない距離はそのまま残されている。「月の光」ではその距離が薄れ、春の靄の中、月の光に照らされている空間に、〈隠れてゐるのは死んだ児（こ）だ〉〈蛍のやうに蹲（しゃが）んでる〉というように、手をのばせば届くほどの地平に、まるで子供がかくれんぼしているように確かに居る、つまり死者もまた、そこに〝生きて〟いる、永遠に失われたわけではない……そのような時空を、詩によって作り出す（隠れているものを露わにする）ことに成功した詩、といえるだろう。中也はそれを童謡風の優しい調べで試みているが、静雄はより現実に即して、あるいは内省的な〝実感〟に忠実に表現しようとしているように思われる。

静雄が愛唱したという中也の「秋の夜空」を引く。

これはまあ、おにぎはしい、
みんなてんでなことをいふ
それでもつれぬみやびさよ
いづれ揃つて夫人たち。
　下界は秋の夜といふに
上天界のにぎはしさ。

すべすべしてゐる床(ゆか)の上、
金のカンテラ点(つ)いてゐる。
小さな頭、長い裳裾(すそ)、
椅子は一つもないのです。
　　下界は秋の夜といふに
上天界のあかるさよ。

ほんのりあかるい上天界
遐(とほ)き昔の影祭、
しづかなしづかな賑はしさ
上天界の夜(よる)の宴。
　　私は下界で見てゐたが、
知らないあひだに退散した。

上天界――天国とも思しき場所で繰り広げられる、往古の欧州の舞踏会を思わせる雅やかな景色。椅子はない、つまり、貴婦人たちは疲れも知らずに舞踏に興じている。中也は、それを下界に居て——淋しさのつのる秋の夜に、自らは参加できない傍観者として、その景色を幻視しているのである。ほんのりした明るさと、静けさが印象に残る。

静雄の「若死」は、天国へと旅立った若者と、その若者から〈形見〉として（現世に残る者のもとへ）届けられた螺鈿の小匣がモチーフとなっている。その小匣を運ぶ汽車は、鉄橋を渡って（こちら側へ、あちら側に逝った者の形見を届けに）やってきたのかもしれない。彼岸と此岸とを隔てる川を結ぶ橋を汽車が渡って来たとも読める。

『哀歌』の「田舎道にて」では、〈死んだ女(ひと)〉が居る〈あつち〉は〈ずつとおれより賑やかなのだ〉と歌われていた。〈いやに透明〉な日光に照らされた田舎道（「曠野の歌」に射してくる澄明な日光と同質の光）を行く静雄が、からっぽの胸を抱えたまま地上に独り投げ出されている情景と、死者が死後の世界で仲間たちとにぎやかに幸せに過ごしているであろう夢想とを並置している。現世に居る自分が辛ければ辛いほど、死後の世界は呑気で多幸だとでもいうように。

日光はいやに透明に
おれの行く田舎道のうへにふる
そして　自然がぐるりに

おれにてんで見覚えの無いのはなぜだらう

死んだ女はあつちで
ずつとおれより賑やかなのだ
でないと　おれの胸がこんなに
真鍮の籠のやうなのはなぜだらう

其れで遊んだことのない
おれの玩具の単調な音がする
そして　おれの冒険ののち
名前ない体験のなり止まぬのはなぜだらう

見覚えのない場所に一人で置かれているような孤独感。死後の世界で賑わいの内に過ごしている死者と、それを〝見せられて〟いる静雄の魂……冷たく光る真鍮の籠に閉じ込められたような体感、閉塞感、空虚な独りの場所から身動きならない魂の焦燥。あるいは〝からっぽ〟の虚脱の感覚。物心ついて以来の記憶としては思い出せないのに、幼く（自我も知らず）ただそこに在るだけで充足していた頃に聞いたのかも知れない、ガラガラやでんでん太鼓の〈単調な音〉……気持ちが高揚した時に意識される心音に触発された連想とも思われるが、〝詩人〟に〝ひびき〟が到来する瞬間の不思議に触れてぃはしまいか。〈いやに透明な光〉に充たされた時、自身を巡る世界が〈見覚えのない〉ものに変容し、死者たちの居る場所と自分の居場所とが透き通るように開かれる一瞬の高揚。現世でありながら異界であるような、その不思議な空間を歩むという〈冒険〉が詩人にもたらす〝おののき〟。その時、記憶の底から湧き上がってくる単調な玩具の音。それは、聞いたことすら定かではないような漠たるものでありながら、しかし確かに体験したと信ぜられる〝名づけ得ない〟体験、つまり、詩人が〝詩〟を〈体験〉した瞬間なのだ。

十五年戦争の最中(さなか)、頑健な若者は兵士として死地に赴き、虚弱な若者は夢半ばにして天界に召されるのが、逃れようのない運命(さだめ)として重くのしかかっていた時代、死後の世界の〝賑わしさ〟は、静雄の目にどのように映っていたのだろうか。

昭和十五年の「コギト」五月号に、静雄は次のような文章を寄せている。

「哀歌」を出した頃は、何だかひどく今より賑やかであつた。田中克己、神保光太郎、中原中也、立原道造、津村信夫の諸氏が、大へん私を刺激した。その人達に見て貰ひたい気持が、私を元気づけたところもあつた。そして、保田與重郎氏等を中心とする日本浪曼派の運動が自分を激動させた。中でも萩原朔太郎先生の御声援は、生涯の最も輝かしい思出になる底（ママ）のものであつた。それは自分にも信ぜられぬほどの光栄であつた。

それからいくらも年月は経てゐない。それにもかかはらず、大へん時が過ぎてゐるやうに感ぜられる。『詩集夏花』が、「哀歌」とは又別趣味なところがあるとするなら作者自身のこの茫漠・脱落の気持のせいであらうと思ふ～「夏花」という表題は、森亮氏訳のルバイヤットの一句から得たものである。「友ら去りにしこの部屋に、今夏花の新よそほひや、楽しみてさざめく我等」

この間に、立原道造、中原中也、辻野久憲、中村武三郎、松下武雄の諸氏が死んでゐる。これらの人々は、現実に深い交を結んだ友とは言ひ難いが、その詩精神は、私の最深部に強く作用したものである。人にはそれぞれ口には言ひ難い微妙な友情を感ずる「同時代の友」があつて、その友情は、その人の後半生をも支配する力をもつものと思ふ。上記の人々は、私にとつてそんな友ではなかつたであらうか。そして「友ら去」つた後に、各自は、自己流に、「楽しみてさざめく」術を体得して、生きて行くのであらう。そして私も永生きをしたいと思ふ。

いささか長い引用になったが、文学を志す同志への熱い思いを感じさせる文章である。

彼らとの友情は、彼らの死後も現世に生きる者に強く働き、彼らに〈見て貰ひたい〉という気持ちが〈自己流に〉「楽しみてさざめく」術、すなわち文学を創作して生きる励みとなる、という気持ちの表れであると読むことができるのではないだろうか。「夏花」が供花であるなら、詩集『夏花』それ自体が、彼らに捧げられた供花の花束ということになる。死者ではなく生者の側に眼を向けているような素振りを一方で示しながら、詩篇を死者への供花として制作し、死後も〝生き続ける〟友達に、この歌を見てくれ、君たちに手渡されたものを受け継いで歌う私の歌を聞いてくれ、と呼びかける屈折。『哀歌』において〈行つて　お前のその憂愁の深さのほどに／明るくかし処を彩れ〉と歌ったイロニーが、ここにも表れている。

## 4　木草（きぐさ）の花は咲きつがむ——個の命と永続するいのち

伊東静雄の教え子、西垣脩の友人だった鈴木亨が、「沫雪」という題で、立原逝去[*3]の折の静雄の様子を活写している。

昭和十四年、静雄は春の休暇で上京していた。三月末とはいえ、夜来の雪の残る春寒の日、萩原朔太郎を訪問するから一緒に来てくれ、と頼まれた鈴木亨は、ガランとした安宿で、火鉢一つを挟んで静雄と対峙する。
「立原、きのう死にました。詩ができたので、聞いて下さい」
端座する静雄が、低く柔らかく歌いだす。

冬は過ぎぬ　冬は過ぎぬ。匂ひやかなる沫雪(あわゆき)の
今朝(けさ)わが庭にふりつみぬ。籬(まがき)　枯生(かれふ)　はた菜園(さいゑん)のうへに
そは早き春(はる)の花(はな)よりもあたたかし。

さなり　やがてまた野いばらは野に咲き満(み)たむ。
さまざまなる木草(きぐさ)の花は咲きつがむ　ああ　その
まつたきひかりの日にわが往(ゆ)きてうたはむは何処(いづこ)の野べ。

……　いな　いな　……　耳傾けよ。
はや庭をめぐりて競(きそ)ひおつる樹々のしづくの
雪解(ゆきど)けのせはしき歌はいま汝(なれ)をぞうたふ。

〈一連にうたわれているような風景がそこからは見られたが、現実のそれは何とうそ寒いものであったか〉と鈴木亨は記している。〈実はこれは自分のために二連まで書いたのだが、急に立原に献げたくなったので、最後の三連はそのつもりで書きついだ〉という静雄の言葉も鈴木は書き留めている。寒々しい春先の景が、静雄の眼にはなぜ、〈春の花よりもあたたかし〉と映ったのだろう。また、一連、二連、と、華やかな光に満ちた花盛りの春へと幻想は向かい……否、とそれを否定して現実に戻る三連を、立原に献げる詩句として書き継いだ意図は、どこにあったのだろう。

ようやく冬が過ぎた、これから、暖かい春がやってくるに違いない。その期待が、枝に降り積む淡雪を花と幻視させ、やがて訪れる春の豊かさを暗示するものとして静雄の胸中に花の盛りの景を現出させた……ことは想像に難くない。しかし、そこに呼び込まれる明るみは〈まつたきひかりの日〉という特別な言葉で表されている。それは、現実の春の景なのだろうか。現実の景であれば、わざわざ〈往きて〉歌うことはない。それは、生者としては行くことの叶わない、特異な空間なのではなかろうか。〝完全な〟光に照らされる場所、天の光に充たされる時、つまり、歌い手の私が〈わが死せむ美しき日〉を迎えた時、ようやくたどり着く場所。その時、私が歌う野辺は何処にあるのか、と、静雄は問うているのではないか。誰に？　先に逝った、立原に。そして、静雄は現実に回帰する。現世においた、既に雪解け水が、競うように立原、君のことを歌っているよ、と。

立原の枕頭に立ち、看病に当たった水戸部アサイの献身に感動していた静雄。冬の厳しさを立原の闘病の苦難に、訪れた春の予感を、死という平安への解放に重ねて感受する。また、真綿のような温もりを感じさせる雪の花、淡く儚く消え去る淡雪を、新しい詩人として咲き初め、やがて来る詩人たちの花盛りの季節を見ることなく逝った立原の早逝に重ねて感受する。

この時点で、静雄の目に映る現実の早春の景は、立原の早逝を悼みつつ出現を言祝ぐ自然からのメッセージへと変容する。

沫雪はあたたかい花だ、これから春が来るのだ、と宣べるところから始まる歌。それは、冬という辛い闘病の時期を過ぎて、死後の平安を得た立原をねぎらい、喜んでいる、とすら読める。沫雪が予示するように、様々な木々の花（詩）がいつか咲き誇るだろう。それは、立原の咲き初めを〈咲きつぐ〉ものとして現れるだろう。ああ、その〈まつたき光の日〉に、私が歌う野辺はどこにあるのか。（先に逝った立原よ、どうか私に教えてくれ。）それは、ここではない。（現世においては永遠に見出せない場所であろうか。）いや、耳をすませて聞くがよい。早くも今、ここで、立原を謳う自然の声が響いている。競い落ちる雪解けの雫、これから伸びていく物の芽を育むであろう水の響きが、君の詩業を讃え、旅立ちを祝している……

「沫雪」は、伊東静雄が立原道造に贈ったオード（頌歌）なのだ、エレジー（哀歌）ではなく。あるいは、明るい期待と希望を込めた、レクイエム（鎮魂歌）。静雄の中で、立原は死者ではない。冥界で耳を澄まし、静雄の歌を聞く者として、そこに生きている。

小高根二郎と立原道造との交流にも印象的なエピソードがある。小高根は立原の詩集『暁と夕の詩』を恵送してもらったお礼に、奈良でみつけたマリアの厨子を贈った。一見すると観世音菩薩だが、よく見ると乳飲み子を抱いた聖母像で、三つに折りたたむとマッチ箱ほどの大きさになる銅製の厨子だったという。立原の返礼の手紙を一部引用する。

〜一羽の小鳥に　すぎなくなつた　僕のちひさい生命が　夜にだけ　それを明るい夜にする　ランプのそばで　生きること　かんがへました　しかし　それは　死なのではないでせうか　別離に　耐へながら　光に　みちた真昼に　唯一つすべてを肯定した微笑に　信頼して　つづけ営まれる生を　おもひます　新しく生きたいとおもひます

そのやうな日に　お贈り下さつた　マリヤ様が　何であるか！〜それは　ファウスト・第一部の最後に聞かれた　ひとつの声でありました　物体の美しさに　『仕事

の営み』を　持ちながら　それと一致したい欲望をすら考へねばならないまでに
僕は　肉体を拒絶する　精神を持ちました〜

　美しい夕べにだけ　感謝にみちた　告白が　白い花のほとりでなされました　それは　嘗ての形式のやうにおもはれます　一切の汚れをすら、光らせる　真昼の時間に　だれも　ゐない　つめたい石の上で　愛と感謝と　信頼と祈りとを　告白します

　僕らが　別々の時間に立つことのある　同じ場所——たとえば　僕らの国の青春だつた場所　や　人間の素朴な驚きが　何かを問ひかねた場所で　僕たちはつながれてゐます　孤独ではあり得ない孤独の感謝が　つくりもせず　つくられもせずに　僕たちを結んでしまひます　言葉はなくなり　ただ　歌が　あるのではないかしら

〜春が来て　馬酔木の咲く日に　お約束しませう　僕たちは　奈良が　青く　かがやく　午前にする再会を——あなたとの再会は　ひとつの故郷ではないでせうか……古代の寺院のほとりで　ふたたび　たつたひとつの感嘆詞を　言ひかはすときは！

　春は　いま　僕のすべての　願望のうちに　息づいてゐます。

　では　その春の　花の　午前に　お目にかかつて　けふの心のこりを　美しく

成就いたしませう〜

熱い思いの溢れる詩人の手紙。立原は確かに〝恋〟をしていたに相違ない。小高根も含め、詩への情熱をたぎらせる青年、壮年の詩人たち、いや、彼らの情熱そのものに対して。そして、詩が（歌が）輝き渡り、その栄光の明るみの中で、彼らの魂が共に手を取り合って〈たつたひとつの感嘆詞を〉共に言い交す日が来ることを……〈別離に耐へながら　光に　みちた真昼〉、その荘厳な美しい〈成就〉がなされることを、激しく願っていたに相違ない。それは、生きること、〈新しく生きたい〉という意志の持続を自らに促すための、カンフル剤ともなる言葉ではなかったか。

立原に、馬酔木の咲く日は、二度と来なかった。

## 5　〝夜の闇〟を突き抜けていく力

『夏花』の哀悼や追悼の祈りが込められた作品を見てきた。冒頭に置かれたエピグラフでは、賑わしい生と墓所に葬られて後の安息が、〈誰がために〉という問いで結ばれていた。

（この問いは、後に詩集『春のいそぎ』の最終歌において〈あゝかくて　誰がために　咲きつぐわれぞ〉と反復されるだろう。）『哀歌』の成功の後、第二詩集の『夏花』を刊行するまでの間に、自分の詩をぜひ見てもらいたい、刺激を受けたい、と憧憬も抱き、ライバル視もした詩友たちの多くが病に斃れるという状況もあった。

『夏花』集中の詩では、昭和十二年の三月に「コギト」と「むらさき」に掲載された「夢からさめて」は特に献辞はないが、前年に亡くなった母への追悼詩である。（怪しく獣めく〝夜鳥の声〟に夢を破られた静雄が、失われた故郷の家で独り酒を呑んでいる夢の中に母の姿を垣間見て、実は悲しみのあまり知らぬ間に自ら歌っていた〝声〟であったことに気付く、という詩である。）〈～かの蜩の哀音（あいおん）を、／いかなればかくもきみが歌はひびかする～曽（かつ）て飾らざる水中花と養はざる金魚をきみの愛するはいかに。〉という、前年に発表した「水中花」のモチーフを引き継いだフレーズを持つ「いかなれば」も、献辞はないが明らかに追悼詩である。（静雄は哀音にあいおん、とルビを付けているが、ギリシア語のアイオーンの響きも含んでいるような気がしてならない。）

その他の哀悼詩は、〈「白の侵入」の著者、中村武三郎氏に〉という献辞を持つ「決心」、〈辻野久憲氏に〉捧げられた「朝顔」、そして（「八月の石にすがりて」「水中花」「野分に寄す」などを挟んで）〈N君に〉という献辞を持つ「若死」、立原道造への追悼詩「沫雪」というように配置されている。哀悼の作品群を、巻頭の「燕」、中間の「八月の石にすがりて」や「野分に寄す」、掉尾に配された「疾駆」がまるで包み込んでいるかのような構成のゆえか、

『夏花』総体では、死の世界を振りきって――死にとらわれ、無念に苛まれるわれ、を振り切って――生へと突き抜けていこうとする――今を生き切ろう、どんなことがあっても最後まで生き抜こう、とする――エネルギーの強さを謳う詩集という読後感を受ける。突破する力の源はどこから生まれるのだろう。

日記や手紙などから、『夏花』が成立した時期（昭和十一年～十五年頃）の静雄は、神経症に近いような精神的危機と戦っていたことが知られている。『夏花』の後半に「孔雀の悲しみ」という不思議な小品がある。

蝶はわが睡眠の周囲を舞ふ
くるはしく旋回の輪はちぢまり音もなく
はや清涼剤をわれはねがはず
深く約せしこと有れば

かくて衣光りわれは睡りつつ歩む
散らばれる反射をくぐり……
玻璃なる空はみづから堪へずして

聴け！　われを呼ぶ

孔雀が尾を広げた時の、めくるめくような、万華鏡のような光景であろうとは思いつつ、冒頭の不眠を思わせる描写や、乱反射する光に飲み込まれながら幻聴を聴くような連に謎が残る。

この詩は、芥川龍之介が不眠症や神経症、精神の破綻の恐怖におびえていた時期に書かれた『歯車』の一節を思い起こさせる。

> 何ものかの僕を狙つてゐることは一足毎に僕を不安にし出した。そこへ半透明な歯車も一つづつ僕の視野を遮り出した。僕は愈最後の時の近づいたことを恐れながら、頸すぢをまつ直にして歩いて行つた。歯車は数の殖えるのにつれ、だんだん急にまはりはじめた。同時に又右の松林はひつそりと枝をかはしたまま、丁度細かい切子硝子を透かして見るやうになりはじめた。僕は動悸の高まるのを感じ、何度も道ばたに立ち止まらうとした。けれども誰かに押されるやうに立ち止まることさへ容易ではなかつた。

この後〈僕〉は、まな裏に〈銀色の羽根を鱗のやうに畳んだ翼〉の幻影を見、お父さんが死んでしまうのではないか、と家族が怯えるところで物語は終わる。静雄の描写との相似は比べるまでもないだろう。当時の静雄も、芥川が陥っていた精神の危機と同様の状態にあったことがうかがわれる。

芥川の作品については、就職して間もない頃に、静雄は自ら〈私の内の芥川的傾向を克服するために~全集などもとめて芥川氏研究に少しづつ時間を費してゐる〉と手紙に記していた。芥川の死の衝撃から約二年後である。〈自分の過去の教養――自然主義的な個人主義の根強さに驚いてゐるのでございます、今更、そして、私共年輩の者が皆さうでありまず様に、新しく開けさうに見える、今迄の私共の教養があまり役に立たない、ばかりではなく邪魔になりさうな世界に当面した様な気が致しまして、危惧し、願望してゐるのでございます。そして、こんな時代に学問を志すものはどんな態度をとればいいことであらうかと苦しんでゐるのでございます。〉（昭和四年十月二二日潁原退蔵宛）

大正時代の自由の気風、人間の自然本性に基づく在り方を問うという開明に触れた者が、昭和の軍国主義が強まっていく時代に若者たちを〝教導〟する立場に立ったわけである。自覚しつつの内省であったと思われる。

日中戦争の行く末への不安に加えて、家族の病や、母や詩友たちの続けざまの死がもたらした〈茫漠・脱落の気持〉（「コギト」昭十五年）が静雄を追い詰めていた。そうした状況下で、時に七転八倒しながら静雄は詩を紡ぎ出していく。

「笑む稚児よ……」という詩を見てみよう。

笑む稚児よわが膝に縋れ
水脈をつたつて潮は奔り去れ
わたしがねがふのは日の出ではない
自若として鶏鳴をきく心だ
わたしは岩の間を逍遥ひ
彼らが千の日の白昼を招くのを見た
また夕べ獣は水の畔に忍ぶだらう
道は遥に村から村へ通じ
平然とわたしはその上を往く

我が子に膝にすがれ、と呼びかけているが、すがってくれ、という願いであるのかもしれない。私を押し流そうとする大波が去ることを願い、今はまだ暗夜であるとしても、泰然自若として明け方を待つ心を欲する詩である。その先は難解。多様な解釈を許す作品だと思うが、岩の間をさまようイメージは『哀歌』に描かれた曠野における精神の彷徨を、〈千の日の白昼〉の訪れや、渇きに苦しむ獣が水を得たり、村々に道が通じていくイメージは、明るく開放的な未来の訪れを祈念しているように思われる。（〈わたしがねがふのは日の出ではない／自若（じじゃく）として鶏鳴をきく心だ〉という〝願ひ〟は、『春のいそぎ』において、〈詔〉をひとたび奉戴したからには〈などてせむ一喜一憂〉〈たたかひの短き長き／そを問はじ〉という〝決意〟についに至り着くだろう。〝奉戴〟に至る手前で、いかに気づいて踏みとどまり、いかに押し返すか、それが現在の課題なのだ。）

先に引いた「孔雀の悲しみ」の中の〈深く約せしこと有れば〉という謎めいた一節、〈わが膝に縋れ〉という力強い宣言は――いささか飛躍した思考であるかもしれないが、父として子に約束しよう、どんなに辛くとも、生き抜く、ということを――という想いの現れではないだろうか。「孔雀の悲しみ」に描かれたような神経症的な逼迫、一向に黎明の兆しの見えない社会情勢、次々と死に打倒されていく詩友への想い、自身の将来への不安……そうした自己の内部に押し寄せる潮のような不安を打ち破るのは、外圧としての、やらねばならない、やらざるを得ない、という義務感を自ら引き受けていく〝行為〟や、〝行為〟への意志ではなかったか。

「水中花」などの詩を個別に読むと、一見、滅びを肯定し美しく散ることを願うかのような詩とも読めるが、『夏花』の巻頭に置かれた「燕」――〈遥かなる彼方の空〉から〈夜の闇〉と〈繁き海波(かいは)を〉乗り越えて〈ひかりまぶしき　高きところに〉ようやく辿り着いた小さな燕の〈するどく　翳(かげり)なく〉鳴いている姿に共振する詩――や、集中に収められた追悼詩などと合わせ読むと、当時静雄が抱いていた不安や憂愁、無念といった停滞の感情をいかに受け止め、突き抜け、その先へと進むべきか、詩の模索を通じて探索して行く過程で得た自らを鼓舞する言葉であり、困難な生を前進させるための逆説的な死の措定であったように思われてならない。

真の〈夢〉の実現、真の休息は死後にしか与えられない、そのことを知りつつも生き抜くほかはない……ということを〈歴然と見わくる目〉を、『哀歌』において静雄は既に見出していた。いっそのこと、この困難な生を投げ出してしまいたい、そのような激情に襲われたり、生への執着を奪われるような虚無に取りつかれたりすることもたびたびだったろう（自らの内の芥川的傾向についても、静雄は明確に自覚していた。）むろん、生活者（父、教師）としての静雄は、生を投げ出してしまうわけにはいかない。いや、むしろ父であるからこそ、子供への愛、家族への想いの強さによって、生きる気力を奮い起こすことが出来たのではないか。そのために、あえて創作作品の中で、仮構としての死を疑似体験する。死の安息を希求する己の魂をいったん死の世界に鎮め、そこから再び日常生活圏に戻って来ることによって、自らの活力と成す。死への憧憬と生への義務感とに引き裂かれ、疲弊してしまった自らの精神を、一度死を疑似的に通過することによって――あるいは自ら望み、引き受けた滅びなのだ、と葛藤なく受け入れる姿勢を疑似的に体験し、通過することによって——衰えた炎にふいごで活力を取り戻すように——再生させる。その烈しい精神の振幅の軌跡を、『夏花』は基層としている。

## 6 憧憬の行方

人の気配のない、非時の空間——それは死した後にしか訪なうことのできない空域であり、そこに至ってようやく、静雄を烈しく苛んでいる憧憬、渇望が癒されるであろう場所——わが〈痛き夢〉の安らう場所は、その地点にしかない、と予見し、思い切るところから出発した静雄の詩業は、振り出しからして、あまりにも現実の静雄の場所とかけ離れた空域から始まっている。それは、思索とは、創造とは何か、恋とは、真の愛とは、芸術とは、そして、自己とは何か、と執拗に己を問い詰め、貪るように小説や評論、哲学書を読み続けた青春期の延長にある時空、あるいはその思考の行き着く果てに現れた景であり、ひとつの終着点と見ることもできるかもしれない。

十七、八歳の頃の、まさに静雄の青春期の思考を書き留めた日記を読むたびに、岩を彫るように頑強で緻密な思考と冷静な自己観察、その合間に噴出するように現れる火傷しそうな情動の烈しさ、その振幅の大きさに眩暈に近い感覚を覚える——いずれこの『日記』についても詳細に検討していきたいのだが、今は立ち入らないでおこう——この青春期の情熱、憧憬を突き詰めていった先に表れた詩篇が、たとえば初めて活字になった散文詩「空の浴槽」の内包する激情であり、西欧文学、特にドイツの詩や思想を学ぶ中で辿り着いた思索的詩篇であろう。『わがひとに與ふる哀歌』以前の作品としては、昭和七年、同人誌「呂」に発表された「事物の本抄」などがこうした思索的傾向の強い詩の代表例といえる。

浅く潜まり未だ冷やかな雲の、どうしてかう道に誘ふのか。　　花らを、期待の中で準備さするのか。

とき放て、とき放て、朝の風の命ずる場所にゆけ。　　従順な決心が真に歓ばしい。

私は静かに歩るき出した。　　白い花環

を編むために、独りごとする為にけれど
時々私は道に跼(かが)む。

古樅(こしょう)の白い膚に光り青苔は完く目覚めて
ゐた。かすかな共感にたよりながら細流
は其の下を流れた。

私はお前に逢ふ、太陽は近い湖のざはざ
はする岸で。　其処に航路を始めてゐ
る舟らを、離れて楽しい気がかりで眺め
る。

雨が洗つた十月の森の道よ。　私を超
ゆる言葉はないか、其の花季(どき)よりも尚ほ
かぐはしいお前の枝らの様に。

私は物の間で目覚める。朝はまはりに響

きだし、物の高さの処へ爽やかな風が私を翹(あ)げる
陽の耀く中をゆき、まもるべき自分はないのを発見する。私の手にふれたがる道の花らを触れながら、私は林を進む。
この蒼空の為めの日は、静かな平野へ私を迎へる寛やかな日はまたと来ないだらう。そして明日も蒼空は明けるだらう。

『哀歌』に歌われた真白い花と広大な平野、透明な日差しに照らされた道。『夏花』の時期に書かれ、後に『反響』に収められた〈手にふるる野花はそれを摘み／花とみづからをささへつつ歩みを運べ〉や『春のいそぎ』の〈手にふるる花摘みゆきわがこころなほかりとして反復されるであろう詩想が、既にこの時点で書き留められている。〈とき放て、とき放て、朝の風の命ずる場所にゆけ〉という清新な一行は、立原の〝午前〟を求める心と共振するものがあるだろう。

『哀歌』に現れる非時の異郷を歌った数点や『夏花』での達成にちなんで〝非時と覚醒の詩境〟と名付けてみたい誘惑に駆られる。『哀歌』においては、この詩境は想像の中に見出されていた。『夏花』においては、それは現実景と胸中の想像景との重なり合いの中に生み出されている。『春のいそぎ』においては、現実景の濃度が強まると同時に、『哀歌』から『夏花』に至る過程で達成された詩境が靄に閉ざされるように見えにくくなるが、現実景の〝外〟から差しいる光に象徴されるような形で、見えざる彼方からの救いに希望が託されたような数篇を見出すことができる。

もちろん、名高い処女詩集はこうした非現実の詩境を歌う作品ばかりで構成されているわけではない。市井の人々の暮らしをドキュメンタリータッチでリズミカルに歌おうと試みた作品など、複数の方法や方向性が模索された感のある作品が一集に収められていて、あえて言うなら一冊の詩集としての完成度としてはやや難があると私は考えているのだが、現実の領域から人智を越えた異郷に至るまで、詩人としての出発時にこれほどに大きな空間を確保し得ていたということはやはり特筆すべきことではなかろうか。

やがて静雄は、いきなり非現実の詩境に飛躍するのではなく、現実の景を媒介にしてそこから非現実の世界を透かし見る、という方向に動いていく。その実践が試みられたのが『夏花』ということになるだろう。それを、自らの肉体を飛び出した魂が彷徨の果てに辿り着く景を見ようとする危うさから離れた、と言い直してみる。〝魂離る（たまさか）〟危機を抜けて、魂を肉体の内に置いたまま異界が透けて見えた瞬間を捉え、凝視することによって現実景を透過するように詩境を訪ねていく道を選び直した、と言えるかもしれない。それは、たとえば川村二郎、磯田光一、藤井貞和の鼎談の副題に「暗黒の格闘」から「平明な思索」へ、と付されているように（『現代詩読本　伊東静雄』や田中俊廣『痛き夢の行方』「〈凝視〉による超克」など）先学たちによって既に幾度も指摘されてきた静雄の特質であるかもしれないが、同じことをもう少し異なった視点から——詩人の魂の在り処、どの空域に語り出す場所を持つか、というところから、改めて問い直してみたいのだ。

　いささか抽象的な言い回しになったが、『夏花』においてそれが最も顕著に表れた作品を読んでみたいと思う。

『わがひとに與ふる哀歌』の表題作や「曠野の歌」、「冷めたい場所で」などに見られる、いきなり非現実の詩境に〝飛んで〟そこから語り出す、歌い出す、という飛躍の幅、想像力の大きさ、あるいは自由度は、現実の景から歌い出したそれ以降の作品にも見ることができる。その飛躍、跳躍を促しているのは、敗北の予感（世界情勢や戦況の先行きへの不安）、さらには必死の覚悟を刻印されながらも、最後まで生き抜こうとする生命の生の燃焼へと向かう意志の力、その力への憧憬であったろう。『夏花』の「八月の石にすがりて」は、その憧憬が最も鮮烈に現れた詩である。

八月の石にすがりて
さち多き蝶ぞ、いま、息たゆる。
わが運命（さだめ）を知りしのち、
たれかよくこの烈しき
夏の陽光のなかに生きむ。

運命（さだめ）？　さなり、
あゝわれら自ら（みづか）孤寂（こせき）なる発光体なり！
白き外部世界なり。

見よや、太陽はかしこに
わづかにおのれがためにこそ
深く、美しき木蔭をつくれ。
われも亦、

雪原（せつげん）に倒れふし、飢ゑにかげりて
青みし狼の目を、
しばし夢みむ。

真夏の庭先の景から、一気に何処とも知れぬ雪原の狼のもとに飛躍する詩想。〈夢みむ〉と付されているのは、その飛躍の幅の大きさを自ら自覚していたがゆえの、読者への付言かもしれない。だが、孤寂なる発光体であることを認識した詩人にとって、死ぬことを知らぬがゆえに生き続けようとする飽くなき努力を捨てずに、もがきながら死んでいく蝶の生へのあがきと、ランランと渇望に目を光らせながら、広大な雪原の中で死んでいく狼の姿とは無理なく繋がっている。この作品で、恐らく実景として見かけた蝶の生——生きることへの執着——の凝視から始まる思考は静雄が現実界に身を置いたままなされているが、〈われも亦〉、という認識は、〝われ〟を照らされる対象から自ら発光する主体へと変貌させる。酷薄な真実を照らし出す真夏の太陽に〝照らされる〟側から、自ら〝照らす〟側への転換が起きている、と言っても良いかもしれない。

陽光が作り出す影。それは、物体がそこに、確かに存在している（いた）という証しでもある。蝶もまた、己に見合った影をくっきりと大地に残したまま息絶えたことだろう。〈われら〉もまた、影をくっきりと残す存在である、否、われらは認識の力によって、物

の存在を自ら照らし出す存在であることも知っているではないか。（それは知ってしまったがゆえの不幸、でもあるのだが、そのことを知り抜いた上でなお、）〈われも亦、〉〈おのれがために〉己の影を残そう。壮絶に美しい雪原の煌めきの中で、精悍な狼が最後まで目を見開き、飢え（＝渇望）を最期まで手放さずに果てていくように死んでいきたい。私には白い光の中で、狼の眼が蒼く翳り、やがて光を失っていくのが見える、それこそが〈われ〉の望む死の姿だ……。

己もまた、発光体なのだ！　その〝発見〟と驚きは、真夏の陽光の眩しさの中に立つ自分を、自ら発する光の中に立つ〈われ〉へと反転させるだろう。光り輝く真昼の景は、自らを中心点とする〈白き外部世界〉の中にただ一人立つ〈われ〉の姿を現出させる。その〈われ〉は、死に絶えていく蝶を凝視するうちに、その内に視点を入り込ませ、そこから外界を見る〈われ〉でもある。〈われ〉＝蝶の視点は、夢想の内に狼を幻視し、〈白き外部世界〉のただ中で斃れる狼を見つめている〈われ〉でもある。真夏の熱気と厳冬の冷気、現実の景と心象の景、照らされる〈われ〉と照らす〈われ〉。それらが真っ白にハレーションを起こしているような〈白き外部世界〉の中に置かれているのだ。

詩の語り手は、読者を一気に非現実の世界に運んでいく。そして、書き手と共に強引に幻想界に連れ出された読者は、酷暑から厳寒へ、眩暈のするような跳躍に立ち会わされたあげく、この異界に放置される……その景を夢想の内に私は見たのだ、という言葉を残して。この詩を書いた時のことを、昭和十一年、池田勉宛に〈三日三晩のたうちまはつたあげく目もあてられぬ下手くその詩を今やつとひねり出して書いて送つて、がつかり気ぬけしてゐるところです〉と書き送っているが、あながち誇張でも謙遜でもないだろう。

「野分に寄す」では、暴風に吹き散らされる菊や薔薇を哀れんだりはするまい、なぜなら〈物皆(ものみな)の凋落の季節(とき)をえらびて咲き出でし〉花、つまり自ら死の季節を選んで果敢に開いた花なのであり、〈汝らが矜(ほこり)高かる心には暴風(あらし)もなどか今さらに悲しからむ。〉と、まるで滅びを讃えるかのように歌い上げていたが、花の運命に自らを仮託していく過程で、まさに魂は肉体を離れて、暴風雨の中の花々に肉迫していく。そうして〝戸外に〟彷徨い出た意識が、〈真に独りなるひと〉である認識を感得させるのだ。自己を鏡に映る像の内に再確認するのは、彷徨い出た魂が我に返った、まさにその瞬間の自覚が描き留められているからである。

静雄が戦後の自選詩集『反響』に納める時に付した章題を援用すれば、右に述べた精神の彷徨は、凝視から始まる忘我、想像力の駆使による精神的な飛翔、その詩空間への陶酔を経て、理性の膂力によって再び自らの肉体に意識を帰還させるまでの軌跡を示している。没入、没我の域から〝我に還る〟——その覚醒があってはじめて、凝視の果ての陶酔、そして覚醒に至り言語化する、というサイクルは円環を閉じる。その円環はウロボロスの円のように一つところを巡る場合もあれば、螺旋を描くように上昇、または下降していく運動を示す場合もあるだろう。伊東静雄の運動は、いかなる軌跡を描いたのか。

第一詩集『哀歌』は、先に挙げた観念的な憧憬をなんとか具現化しようとして、幾重にも重なった層を無理やり突き破ったかのような、日本語としては不自然な翻訳文体めく作品の他に、ある種社会主義的な印象を持つ詩句から始まる「帰郷者」や、自然主義的リアリズムを目指したかのような「新世界のキィノー」、大正時代に一世を風靡した民衆詩派的な、素朴な語り物の風情を持つ「鶯」などの多様な作風を一集に収めた、さながら見本帳(ポートフォリオ)の感がある。

第二詩集『夏花』になると、朗誦を重んじ、古典に学んだ歌の形態を持つ作品と、事物や自然の情景を観察して口語体で語る〝心象写生詩〟[*4]とでも名付けたい作品とに整理されていく。文語形式の愛好は、脱卑俗、脱流行を目指す「コギト」や「日本浪曼派」の志向に感化されているところもあるだろう。～イズム、～主義と変化を追うのではなく(それは西欧主義の悪しき弊害である)、普遍的、本質的なものを追求し、文学の生命力を取り戻すべきだ、そのために古典を尊重し、学び、さらには乗り越えねばならない、という思想に、静雄は大いに影響を受けていた。(それもまた、一つの流行であった、とも言えるのだが。)

第三詩集『春のいそぎ』は、いずれ訪れる死を予感して、遺言としてまとめられた感がある。（予感が現実となり、詩集公刊後、兵役法改正によって徴兵の可能性が生じた。静雄は死を見越した遺書を認めている。）激しい生への憧憬、そのエネルギーは後退し、むしろ現世に、憂鬱に隠棲しながら、『哀歌』で垣間見た非時の空域から差しいる光、響き、歌に思いを寄せ（『夏花』の「沫雪」や『春のいそぎ』の「春浅き」など）、死後の希望、未来への希望を子どもたちに託すという私的な感慨に自らの詩の在り処を求めようとしているように見える。

## 7　滅びの美学と生の哲学との狭間で

押し寄せる不安の中で、突き抜けて生きて行く活力を得たい、と願う時、自らを鼓舞するような言葉や思想を求めるのは人の本性に根差した自然な欲求であろう。いわゆる浪漫主義には外向的なものも内向的なものも含まれるが、私が惹かれ続けている理由は、こうした生きる活力に繋がるなにかを、浪漫主義の中に感じ取っているからだと思う。そして、詩人がどのようにその欲求を作品化したのか、その足跡を訪ねることを通じて、私は、私たちは、今を生きる糧にしていきたい、そう考える。問題は、その欲求を、社会が――静雄の生きた時代に戻して考えれば、国家が――利用したとき、何が生じたのか。その過去の事実を、如何に私たちが学び、受け止め、これからを生きる指針にしていくか、判断の基準や根拠としていくか、そして、再び利用されようとする時に、いかにそれを予見し、対処していくか、という点に求められるのではないだろうか。

『夏花』集中の「水中花」は、滅びを目前として、あらゆるものが美しく見えるという逆説、あらゆるものが〈死ね〉と迫って来るような戦時下の緊迫した意識と、その強迫に一息に〈投げ打つ〉というパセティックな行為で対抗しようとする詩人の意識が歌われていた。元来死せるものである水中花が、コップや水槽という限られた空間において、まるで生き物のように美しく咲いている（そこでしか開くことができない）という痛切な思いへのアイロニーも、そこには重ねられているだろう。どこからともなく表れる金魚の幻影は、中空に舞う水中花のイメージが色と形を介して水中にひらめく金魚に変じた瞬間の美であろう。自分たちもまた、水槽に閉じ込められて泳ぐ他ない金魚なのだ、という意識も、そのイメージを強めているかもしれない。精神的危機と戦っていた時期の静雄は、一見すると滅びを肯定し、美しく散ることを願うかのような詩句を持った詩を創作したが、それは暗鬱な時代を突き抜けていくために自らを鼓舞する言葉であり、困難な生を前進させるための逆説的な死の措定であった。

　蝶の生き様に〝目前の死を思い煩うことなく、最後まで生き抜け〟それこそが幸多い生だ、というメッセージ（言霊）を読み取りつつも、今の生は水槽の中で生かされている（ように見える）水中花に過ぎない、これでも真に生きている、と言えるのか？　いっそのこと、全てを投げ打ってしまいたい……という激情との間で静雄は葛藤していた。滅びの美学への傾斜とも読める「水中花」の発表誌として「日本浪曼派」を選んでいるのは象徴的である。

あくまでも非現実の詩の空間の中で、死をも辞さず、という英雄的精神で心身を鼓舞し、現実世界の困難に耐えて生き抜く、という個人的なパトスの放出であるはずの「浪漫主義」が、戦時下においては、現実世界における死の推奨へと容易に転化される危険を有しているということ。それは、過去に起きたことであると同時に、未来に起こり得ることでもある。

『〈弱さ〉と〈抵抗〉の近代国学　戦時下の柳田國男、保田與重郎、折口信夫』の著者石川公彌子は、保田の目指した文芸の改革は、あくまでも思想的、内面的なものであったことを詳細に跡付けている。文芸への政治介入に対する保田の批判を引きながら、倒語やイロニーの背後に〈生の肯定の思想〉があり、それは〈戦争の時代にあって死を厭わぬことを説いた言説に「真っ向から」対峙することを意味する。保田にとっての文芸とは、生を否定する政治から独立し、対峙するものであった〉という。しかし、〈天皇を非私有の文化の総体を体現するものとしてとらえ～科学的真理と倫理教説の統合体としてのマルクス主義への反撥から「理論一般への美的不信」へと向かった。それゆえ、国体を美の体現としてとらえ、美への耽溺を天皇へのパセティックな忠誠として読みかえて〉行くことになった、という石川の指摘は重要である。〈宣長が公私の分化を主張して私的世界の自由を尊重し、「もののあはれ」の世界を通じて他者との共同性を重視したのに対し、保田は私的世界を重視して主観主義的立場を強調するあまり、他者との共同性を結果的に軽視し現実への追随にとどまることとなった〉のであり、それゆえ、保田たち浪漫主義者は、〈戦争に表立って反対できぬまま、内面の自由を保持するために国家のために死ぬのではなく、みずから信ずる美のために死ぬという読み替えを行ったのである。〉

あくまでも思想的、内面的……こう言ってよければ文学的に、生の肯定を死への憧憬として屈折させて放出した保田と異なり、〈知行合一あるいは言行一致を生きる「ますらをぶり」〉を生きたのが、蓮田善明であった。『蓮田善明　戦争と文学』の中で井口時男は、橋川文三の『日本浪曼派批判序説』は〈保田の文章に強く魅惑された「純粋戦中世代」たる自身の体験を剔抉し尽くそうとする内的モチーフで貫かれて〉いる、と指摘した後、橋川文三の次の言葉を引く。

〈ナチズムのニヒリズムは、「我々は闘わねばならぬ（ヴィア・ミュッセン・ケンペン）！」という呪われた無窮動にあらわれるが、しかし、私たちの感じとった日本ロマン派は、まさに「私たちは死なねばならぬ（ヴィア・ミュッセン・シュテルベン）！」という以外のものではなかった。〉

そして、井口は次のように続ける。〈だが、保田與重郎自身が「私たちは死なねばならぬ」と書いたのではなかった。それはあくまで、日中戦争開始時（一九三七年）に十五歳の少年だった橋川文三が、また彼の同年代の友人たちが、「支那事変」から「大東亜戦争」へと大規模な近代戦が拡大する中で、いっさいの功利を排して反近代、反英米の国学的発想を徹底純化していく保田の文章がアイロニカルに指し示すその果ての果てに、幻聴のように聴いた民族の没落破滅への誘惑の声にほかならなかった。

むしろ、戦争のさなか、「私たちは死なねばならぬ」ときっぱりと言挙げしたのは、保田與重郎ではなく、蓮田善明だった。〉

人は個／孤でいることに堪えられないがゆえに、常にどこかに、何かに帰属しようと欲する。しかし、集団に取り込まれ、束縛されるや否や息苦しさを覚え、離脱する願望に駆られる。静雄もまた、その烈しい葛藤を抱えながら、詩人／家庭人／教師／伊東家の家長……として、市井の人の生を生きていた。その静雄が「日本浪曼派」に感じた共振と忌避、屈折した感情とを、見ていかねばならない。

＊1 英一は通称、本名は栄一。『伊東静雄日記』に栄一と記載がある。（戒名　藤林良栄居士）

＊2 「四季」に静雄が寄稿した作品は七篇、そのうち、詩集に収載されたものは四篇。未収録の「幻」（「四季」昭和十一年五月）「詩一篇」（「四季」昭和十三年一月）「無題」（「四季」昭和十三年六月）のうち、「詩一篇」「無題」は、他者の文体を借りているような印象が残る。「四季」に寄稿していた他の詩人たちを意識しつつ、自らの新たな文体を模索した作品（結果として、自分らしくはないという理由で詩集から省かれたもの）な

のではないだろうか。

＊3　朔太郎、中也、静雄、とファーストネームで記すことに抵抗がないのに、なぜか立原道造に関しては「道造」とは生理的に呼び難いものがある。うまく説明できないのだが、立原の詩や詩想を考えていく上で、重要な気がする。

＊4　脱流行とは、漢語を主体としたり、万葉集などの古典を重視する〝流行〟に対して、古今、新古今などの〝みやび〟〝風雅〟を重んじようとする方向性のことを指す。この点については、後でまた考察する。

# 四章　伊東静雄とその時代

## 1　戦時下の葛藤

　静雄は、徴兵検査では丙種であったという。男子は二十歳で受ける徴兵検査で、甲・乙・丙・丁・戊の各種に区分される。戊は再検査ということで不合格だが、それほど多くはなかったという。丁種は身体精神等の異常ありということで不合格、甲、乙、丙は合格だが、甲、乙種が現役または補充兵として兵役に就くのに対し、丙種は召集の対象とはならない第二国民兵だった。

　戦時下の文学者の諸状況について調査している田中綾によれば、昭和十年代、第二国民兵は成年男子十人のうち二、三人であったという。伊東静雄の他多くの文学者が、近視や虚弱体質、疾病などのために第二国民兵以下に分類された。田中の作成したリストによれば、室生犀星、金子光晴、吉田一穂などの詩人、太宰治や山本周五郎、織田作之助、深沢七郎、水上勉などの小説家が軒並み丙種である。斉藤茂吉、若山牧水、石川啄木、中村草田男や前川佐美雄も丙種。国木田独歩や長塚節、谷崎潤一郎、佐藤春夫、中村真一郎などは不合格であった。（小熊秀雄賞市民実行委員会会報「しゃべり捲れ」二二号、二〇一九年、田中綾『非国民文学論』二〇二〇年）

*

昭和十二年、「日本浪曼派」の九月号の編集後記に亀井勝一郎は次のように記している。〈出征といへば、中谷孝雄も緑川貢も芳賀檀も、それぞれ予備少尉として、補充兵として、待機の状態にある。あとに残るのは保田や僕のごとき丙種の国民兵ばかりである。身体が丈夫なら従軍記者にでもなりたいが、それも思ふやうには出来ぬ。何となく淋しい気もちである。せめて立派な雑誌をつくり文章報国で責をふせぎたいと思ふ。国内に止つて日本人民の精神を鼓舞し浄化する仕事に沈潜するのも愛国の道に相違なからう。〉〈愛国精神とは学んで得らるゝ義務に非ず作為の気分でもない。わが愛する国土に、真理の実現を希望する本能であらう。〉書かれたのは七月の盧溝橋事件から雪崩を打つように日中戦争へと突き進んでいった時期。八月には国民精神総動員令が発令されている。亀井の〈せめて立派な雑誌を〉作ることが文人としての報国である、という言葉は、自身が兵として戦いに赴くことが〝できない〟、ありていに言えば戦時において〝役に立たない〟側に分類された者の自然な感情の発露でもあったろう。

しかし〈立派な〉文学をものするとはどのような方法に依ればよいのか。昭和十二年、「日本詩壇」は十一月号で〈戦争と詩歌〉の特集を組む（「日本詩壇」は昭和八年に創刊された詩誌で、当時の詩壇の公器的な存在であった。）。特集号は「戦時に際しての感想」と「戦時を主題とせる詩篇」の二部に分かれており、「感想」の部では現在でも問題となるような議論が展開されている。この特集号を詳細に検討した徐載坤（ス・ゼコン）によれば、戦争をいかに主題とするか、現実と詩人はどのように関わるべきか、といったことに対して詩人たちは様々な意見を持っていたが、時流に便乗して芸術としての永遠性を失う危険性については大方が警鐘を鳴らしていた。

たとえば切迫した現実（＝戦争）に対して詩人は無関心である、という批評家の批判に対して、戦争を主題として描くには精神の底から吹き上げてくるパトスが必要だが、それは詩人が実際に体験しているかどうか、という事に関わってくるのであり、観念的に生み出された作品は一時的なものに留まる、むしろ詩の純粋性を守ることで詩の永遠性を獲得できる（笹沢美明・詩人、ドイツ文学者）。

戦争が国民全般の体験となってきている現在、実戦の体験がない作家でもリアリティーを持った作品が生み出せるだろう、戦争を機縁として今までの日本には乏しかった大きい叙事詩の発生を期待する（喜志邦三・詩人、作詞家）。

第一次大戦の経験から得た詩が詩運動の一つの革命を起こし得たことを踏まえ、詩は直接、間接にその苦悶の時代を写して進んでいくとしながらも、安っぽいイデオロギーの戦争詩が横行することは警戒しなくてはいけない（岡本彌太・詩人）。

戦争詩、戦争文学と戦争体験は不可分の経験にあるとしつつも、真の戦争文学は〈もう一度平和の中から振り返つたとき、初めて創り出される〉ものであって、皮相な時事諷刺やマスメディアの政治用語の組み合わせなどを安易に用いれば非芸術的なものになってしまう、詩人の内部世界が社会の外的推移に触れてどこまで活動し得るか、という〈積極性をもつた精神力の発見〉が必要なのだ（安藤一郎・詩人、英文学者）など。

戦争を主題にした作品についても、実際の体験から創作された作品よりも内地に居てニュース映画や報道を基にして創作しているらしい作品や、日常化していく出征の風景を（自然主義的に）描いたものが多いこと、難解な漢語を使用した作品も数篇現れていること、などが指摘されている。（徐載坤「日中戦争勃発後の日本詩壇研究」「日本語文学」八三号、二〇一八年）（徐氏も女性詩人の作例の中に泣かずに耐える母など戦死の美化と賛美が始まっていることを指摘しているが、私見では木暮妙子や竹内てるよなど、女性詩人の作品にむしろより強く戦意昂揚的な意識が現れていることも記しておきたい。この問題に関しては、女性詩人の社会的認知への欲求など、別の視点からの検討も必要だろう。）

当時、「日本詩壇」の戦争詩特集にいち早く反応した詩人がいる。昭和十二年、十一月五日発行の「京都帝国大学新聞」第二七〇号の学芸欄に、小熊秀雄が「事変と詩人……枯渇した詩精神」と題するエッセイを寄稿している。このエッセイの中で小熊は、精神を倦怠や遅緩から救い出す〈最良の顧問は窮迫である〉というゲーテの言葉を引きつつ、〈然し今度の場合、詩人にとつては良い顧問ではなかつたやうだ、文化人の殆んどが沈黙して、事変の成り行きを見てゐた〉あるいは〈現象的に見て、追従的な態度を示し、他人目からみても醜いやうな行動をとつた〉と批判し、具体的に「日本詩壇」十一月号と「文芸春秋」十一月号とを比較している。「日本詩壇」では、若手の詩人たちを中心に戦争という現実をいかに主題とすべきか、現実と詩人はどう関わるべきかという議論が真摯に展開され、時流に便乗して芸術としての永遠性を失うことへの危機感を示す者が多かった。そうした若手詩人の葛藤と苦悩に小熊は同情的だ。〈事変が詩人に与へた精神的ショックといへるだらう、そしてこれらの詩作態度は詩人らしい良心を語るものである、鼻持ちのならないモダニズムと、詩を玩弄物視する形式主義とを取り除きさへしたら、態度としてはこれらの悲観主義は正しい〉。小熊は、むしろ当時の大家の詩作品の方を手厳しく批判する。〈いかにも国民詩人らしい顔つきをして、急に感情を燃え上らしてゐる詩人が現れた〉その代表的なものとして「文芸春秋」十一月号に掲載された佐藤惣之助と佐藤春夫の詩を挙げ、漢詩読み下し調の〈表面勇壮な〉文語体や〈安価なヒロイズムの字句を羅列して〉

軍人の死を讃えようとする作品は、〈事変などといふ重大な現象を、概括的に捉へるといふ点では典型的であるが、真の軍人精神の、言ひかへれば一個の人間の精神のデテイルにまで触れる作家的力が全く欠除されたものと言はれるべきだらう〉——詩壇に影響力を持つ〝大家〟が率先して国家のための〝責務〟を果たそうとしたのだ。その動静に真っ先に反応し批判し得たのは、幾度も官憲に逮捕されている〝市民社会〟のアウトロー的存在であった小熊秀雄のみだったということは象徴的だ。言い換えれば多くの〝司法に従順な〟一般市民たる詩人たちは、時流に乗ることを躊躇いつつも、〈殆んどが沈黙〉したり〈追従的な態度〉に終始したのではなかったか。（青柳文吉・八子正信共同編集「小熊秀雄研究」第一号、二〇〇二年）

優れた詩を生み出すことが詩人の仕事である、と安易に時流に乗ることに抵抗感を示している笹沢美明や岡本彌太などは当時三十代後半、亀井勝一郎や伊東静雄、保田與重郎は二十代後半から三十歳前後だということも考慮しつつ、（安藤一郎は亀井勝一郎と同年なので、そうした世代的傾向があるが当然、例外もある、という留保も付しつつ）戦時下の文学者の心理の推察に戻ろう。

高見順が昭和十四年に発表した小説『如何なる星の下に』には次のようなフレーズがある。〈私はひどく惨めな気持ちで坐っていた。誰に命令されてそうしている訳でもない〜

私はじッと坐っていた。そして、「──なんで俺はこんな侘しい部屋にひとりでポツンと坐っていなくてはならないのだ」と返事の出来ない問いを自分に投げていた〉（第一回心の楽屋）

別れた妻に、上海にいらっしゃい、そうすればあなたのジメジメした性格、ジメジメした小説がきっと強いものに鋳直されるとおもいますと言われた、と述べた後、〈何か逞しい小説を書きたい〉〈読者の精神を爽快にし健康にし高貴にし大胆にするような小説〉〈生活への強い意欲、逞しい精神力といったものを沸き立たせるような小説〉を書きたい、と願うようになった、〈こうした願いは、事変と共に私のうちに起きたものであった。外から要求されたものというより、私としては、内に自ずと起きた一種生理的な欲求のようなものであった。〉と記している。小説の中の〝私〟の告白だが、それゆえに率直な心情を吐露していると言えるだろう。

昭和十三年に国家総動員法が施行され、翌年には国民徴用令も公布されている。国家の非常時に、少しでも〝お役に立つ〟ことが天皇の赤子たる国民の義務である、という〝倫理〟が、手を替え品を替え、〝亜細亜〟でいち早く近代化を成し遂げた新興国の〝国民〟にじわじわと浸透していく。

昭和十二年に文部省が編纂・刊行した『国体の本義』には、〈我が国民の生活の基本は、西洋の如く個人でもなければ夫婦でもない。それは家である。家の生活は～親子の立体的関係である。この親子の関係を本として近親相倚り相扶けて一団となり、我が国体に則とつて家長の下に渾然融合したものが、即ち我が国の家である。〉（43頁）と規定されている。〈渾然融合したものが、即ち我が国の家である〉と、歴史的見地からいえば本来なら自明のものであるはずの〈家〉の概念が、改めて言い直されているのだ。それも、現代国語といってもいいような明瞭な説明的文体で。

江戸時代、武家社会においても〝家〟は重視されたが、その家の内において儒教的孝養の徳が説かれ、各々が個の力を発揮し、戦時であれば武勇を挙げて名を残す、平時であれば〝家〟のために貢献することが求められていたのではなかったか。名を名乗る、己が行動が恥とならぬよう心掛ける、家名を傷つけぬよう心を配る……それもまた個の埋没の社会的強制であったに相違ないが、功名を立てるという形で個の存立する余地が残されていた。明治維新の際、廃藩置県が議論された折に各藩を連邦とする案も浮上していたという。家として分節された単位が家臣として主君に結び付けられ、その主君がまた将軍という〝総大将〟に結び付けられる封建制は、分節化された単位の結合である。それぞれの結びつきを解体して一つに融合する群れとなし単独の頂点に結びつける全体主義とは構造が異なっている。

〈渾然融合した〉果てに現れる国家。それは、〝国民〟というひとつの集合体、一つの群れとして民を束ね、その〝親〟として唯一者の天皇が超越的に存在する超国家である。世界に先がけて〝近代化〟を実現した西欧の一神教的な世界観は、個々人が司祭などの媒介者を通じて（宗教改革後は個々人が直接、という思想も交えつつ）神とつながる、という目に視えぬ構造を持つ。その構造のアナロジーとして具現化された絶対王政、中央集権体制を日本が学んだのはプロイセンからであったことを思い出したい。

個々人が絶対王政に抵抗したり引き寄せたりしながら個人の自由を獲得しようとしていたフランス型ではなく、植民地主義においては後進国であったプロイセンに学ぶということは、国民一人一人の意志とその集合による〝下〟からの社会変革ではなく、急進的な変化が可能な、〝上〟からの啓蒙、為政者の側からの変革を選んだということだ。しかも、宗教的基盤として一神教的な社会構造を本来有していない近代日本は、社会構造の変革と同時に、新たな一神教を作り上げる必要があった。明治維新と共に万世一系が〝確認〟され、一世一元の制が定まり、神話的な日本の起源が〝実際の歴史〟として教導され流布されていく。御真影への敬礼、宮城に向けての遥拝……日々強制される行為が習慣となり〝伝統〟となり、明治、大正を経て昭和一桁の頃には身体儀礼を介在させることで庶民の間に天皇への帰属意識が作り出されていった。（島善高「万世一系の由来」『律令制から立憲制へ』、成文堂、二〇〇九。島の調査によると、慶応三年十月の岩倉具視「王政復古議」に「皇家ハ連綿トシテ万世一系礼学征伐朝廷ヨリ出テ候」とあるのが、文献初出。）

天皇の神格化のために、天皇の学術的研究や言説が統制されていく。急激な近代化により郊外から都市に流入してくる労働者、度重なる冷害や日露戦争などの後遺症とも言える物価高騰に疲弊し、農村を離れ流民となって流入する人々が作り出す、群衆としての〝国民〟が、神格化された天皇に接続される。そして、壮健で国家に役に立つ者と、そうでない者という新たな区分のもとに一つの集合体の中で仕分けされ格付けされ、〝渾然融合〟した〝家〟の中で、各々が自発的に〝家〟の非常時に応じて挺身することが求められる。直接武器を取って戦う兵士でもなく、国力増強のために物資の生産や流通に役立つ都市労働者でもなく、国力増強のための科学技術の発展に寄与する理工系の技術者でもない文学者に何が求められたか。

名は挙げないが、息子が兵士として出征する、そのことによってようやく自身の誉が達成される、文学者としての引け目、負い目が達成される、と喜びを綴った父がいた。報国のために戦場の兵士たちの勇姿を銃後の人々に伝えようと戦場に赴いた文学者がいた。文学を捨てたくない、書き続けたい、という欲求を果たす方便なのだ、詭弁なのだと自らの欺瞞性を見つめたり、そこから目をそらしたりしながら、葛藤し、苦悩する自己を書きつけた文学者がいた。

たとえば高見順は、せめて、国民を勇気づけたり、不安な時代に精神の頑健さを増進させたりする、鼓舞するような文学を書きたい、と望む一方で、〈だが、私にはそうした小説がどうも書けなかった。徒(いたずら)に欲求が衝き上げてくるだけで、それを小説に具体化することができない。そこで、その欲求は充たされないで、私の内に鬱積し、私は一種のヒステリーみたいになっていた〉〈私は戦場へ行ったら、そのヒステリーみたいなのから救われるかもしれないと思った。だが、私には、同朋が生命を賭して戦っているところへ、戦いに加われない丙種の私が行くことは、いかにも「見物」に行くみたいな感じで、どうにも気がひける思いだった〉と記している。（第三回冬の噴水）

結局〈私〉は、〈民衆の群のなかに自分を置きたい〉と思いながらそれもかなわぬまま、世間的には〈劣敗者〉と呼ばれる者たちに共鳴し、その心の綾を静かに見つめ、寄り添うように綴っていく。高見順のこの小説は、雑誌「文芸」に連載されていた時から高い評価を得ていた、というから、当時の文学青年たちも強く共感するものがあったのだろう。

伊東静雄と同様、兵役は丙種であった太宰治は〈私は丙種である。劣等の体格を持って生まれた～劣等なのは、体格だけでは無い。精神が薄弱である。だめなのである。私には、人を指導する力が無い。誰にも負けぬくらいに祖国を、こっそり愛しているらしいのだが、私には何も言えない～一片の愛国の詩も書けぬ。なんにも書けぬ。ある日、思いを込めて吐いた言葉は、なんたるぶざま、「死のう！バンザイ。」〉（「鷗」「知性」昭和十五年一月号）と記している。〈ただ死んでみせるより他に、忠誠の方法を知らぬ〉〈私〉は、しかし同時に〈なぜ私は、こんなに、戦線の人に対して卑屈になるのだろう。私だって、いのちをこめて、いい芸術を残そうと努めている筈では無かったか。そのたった一つの、ささやかな誇りをさえ、私は捨てようとしている〉とも記していた。静雄は〈たった一つのささやかな誇り〉と、どのように向きあっていたのだろう。

*

静雄は、ヒトラーのポーランド侵攻（第二次大戦勃発）の報を受け、自分の精神は耐えられるだろうか、と不安を記しつつ、一方で自分の書く詩は〈依然として、花や鳥の詩になるのだつた〉と記していた。

昭和十三年、「コギト」の一月号に掲載された伊東静雄の「決心」には、次のように記されている。

重々しい鉄輪の車を解放されて、
ゆふぐれの中庭に、疲れた一匹の馬が彳む。
そして、轅は凝つとその先端を地に著けてゐる。
けれど真の休息は、その要のないものの上にだけ降りる。
そしてあの哀れな馬の

見るがよい、ふかく何かに囚はれてゐる姿を。
空腹で敏感になつたあいつの鼻面が
むなしく秣槽の上で、いつまでも左右に揺れる。
あゝ、慥に、何かがかれに拒ませてゐるのだ。

それは、疲れといふものだらうか？
わたしの魂よ、躊躇はずに答へるがよい、お前の決心。

この詩には、『白の侵入』の著者、中村武三郎氏に、という献辞がついている。『白の侵入』は亀井勝一郎が伊東静雄に贈った中村の遺稿詩集である。国文学を修め、静雄と同様教師の道を生き始めた矢先、肺病に斃れ三十二歳で没した中村の詩集を静雄が手にしたのは、奇しくも同じ三十二歳の時であった。〈要のないもの〉は仕事、重責から〈解放されて〉〈真の休息〉を得る、しかしその〈哀れな馬〉は「ふかく何かに囚はれてゐる」……気鬱に囚われているがゆえに、真の安らぎを得ているようには見えない。〈秣槽〉に餌が入っているのかどうか、この詩からは分からない。しかし、〈何かがかれに拒ませてゐる〉のは、〈わたしの餌を摂ること、ではないのか？　言い換えれば、生きること、ではないのか？

魂〉が抱く〈決心〉について、〈わたし〉は答えを記していない。しかし、社会に何の貢献をすることもなく、自らの詩業の追求や完成を果たすことも出来ず、戦時下に死んでいかねばならない……中村武三郎の作品と人生に深く共振して生み出された詩であることを考えると、確実に、理不尽にも訪れる死、その死を、潔く受け入れよう、そう自身に言い聞かせる「決心」ではなかったか。

詩集『夏花』では、「決心」「朝顔」「八月の石にすがりて」「水中花」「自然に、充分自然に」という順で置かれている。「朝顔」は、やはり早世した辻野久憲に捧げられており、〈市中の一日中陽差の落ちて来ないわが家の庭に〉咲いている朝顔が、〈夕の来るまで凋むことを知らず咲きつづけて、私を悲しませた〉という前書きから始まる。本来であれば、朝顔は朝顔らしく、陽が高くなれば夏の陽に照らされ、咲ききって萎れその生を終えるのだが、静雄の庭先の朝顔は、陽が差していることすら知らぬまま、夕方になってようやく、一日が過ぎ去ったことを知るのである。

「八月の石にすがりて」は、己の（死すという）運命を知らぬままに夏の陽に灼かれた石にすがりついて果てる蝶の姿を歌い、そこから雪原の中で飢えながら死んでいく狼の姿に詩想を飛ばしていく詩だった。「水中花」は、まがい物の美しい生を限られた空間の中で生きて居る（かのように見える）水中花をうたう。昼と夜の端境……生と死のはざまのような時間帯に、あらゆるものが美しく自ら光り出すように見える幻影の瞬間……逢いたくてもかなわない人の面影を呼びだし重ね合わせながら、そのことに自ら耐え難くなって水中花を宙に投げ打つ。そのとき、〈すべてのものは吾にむかひて／死ねといふ〉のだ。
「自然に、充分自然に」は、瀕死の小鳥が命を失おうとする瞬間の一瞬の抗いと、その小さな抵抗を突発的な暴力で打ち払おうとする子供との間のやり取りを描いている。子供の行為に一瞬、小鳥は命を取り戻して枝にとまったか……のように見えながら、結局、虚しく宙を落ちて地に横たわる。その最後を見届けるまでの、小品だがドラマチックな作品。〈子供はハットその愛撫を裏切られて／小鳥を力まかせに投げつけた〉（小鳥は、生きているかのように）〈翻り　自然にかたへの枝をえらんだ。／／自然に？　左様　充分自然に！／——やがて子供は見たのであつた、／礫（こいし）のやうにそれが地上に落ちるのを。〉
「水中花」で〈死ね〉と命ぜられるのは、自身の果たし得ない望みへの絶望であると同時に、〈要のないもの〉と烙印を押される風潮に責められる〈魂〉が聴いた〝声〟ではなかったか。
「決心」の最終連は、二年後に発表された「夏の終」の中の〈疲れ〉——呆然と海を見つめている茶屋のお内儀（かみ）さんは、〈疲れ〉からそうしているのかもしれないが、同じようにただ呆然と海を見つめている他はない私は、決して〈疲れてゐるわけでは〉ない、しかし〈心はさうあるよりほかはなかつた〉という一節を思い起こさせるという意味でも興味深い。静雄は中村の詩集を〈一言で言ふなら自分のうちの白と青との争ひを凝視した詩〉だと評している。少し周り道になるが、静雄が「白の侵入」をどのように読み、どのような作品に反応したのか、振り返っておきたい。

## 2　静雄を捉えた〝白〟

「白の侵入」の初出は一九二四（大正十三）年なので、「決心」よりはかなり遡ることになる。二つの詩の間に創作された詩の中から、印象的な〝白〟のイメージを拾い出してみる。

白い住宅
白いテエブル
桃色の貴婦人
白い遠景
青い空

（北園克衛「文芸耽美」一九二七（昭和二）年「白色詩集」11の内1（初出は大十三））

野菜畑で老囚人が働いてゐる

白の衝動が　きつと古い印象を呼び起したのであらう
七月の空をじつと凝視めてゐる
きみ　きみ　われわれのおぢいさんだ

（大江満雄『血の花が開くとき』一九二八（昭和三）年「刑務所の春」から「光・風・夢・」）

白い遊歩場です
白い椅子です
白い香水です
白い猫です
白い靴下です
白い頸です
白い空です
白い雲です
そして逆立ちした
白いお嬢さんです
僕の kodak　です

（春山行夫『植物の断面』一九二九（昭和四）年「ALBUM」）

我が思ふ白い青空と落葉ふる
頭の中で白い夏野となつてゐる
白い靄に朝のミルクを売りにくる
白い服で女が香水匂はせる

（高屋窓秋「馬酔木」一九三二（昭和七）年一月号「白」）

運命（さだめ）？　さなり、
あゝわれら自ら（みづから）孤寂（こせき）なる発光体なり！
白き外部世界なり。

（伊東静雄「八月の石にすがりて」（初出は昭十一年）『夏花』）

万象に侵入しゆく白は那辺（いづこ）よりかきたる
その昔（かみ）の秘苑に堪へし紅熱の沼あり
今その深みに白は弄（たは）むる
わが頸肉のおくがに白が巣くふはかゝるときぞ

（中村武三郎『白の侵入』一九三七（昭和十二）年「白の侵入」（初出は大十三）

海上には幾重(いくへ)にもくらい雲があつた
そして雲のないところどころはしろく光つてみえた

そこでは風と波とがはげしく揉み合つてゐた
それは風が無性に波をおひ立ててゐるとも
また波が身体(からだ)を風にぶつつけてゐるともおもへた

（伊東静雄「夏の終」（初出は昭十五年）『春のいそぎ』）

関東大震災（一九二三年）、治安維持法制定（一九二五年）から、満州事変、〝支那事変〟、やがて〝大東亜戦争〟開戦の直前までの時代に生まれた詩を右に引いたことになる。モダニズム詩、プロレタリア詩が生まれ、内的必然として、あるいは弾圧によって潰えて行った時代でもある。

日露戦争後の農村の疲弊、第一次大戦で資産を拡大したごく一部の人々と、新たな雇用を求めて都市に流入してくる人々との間に開いていく格差。軋みを挙げながら〝列強〟に追いつこうと加速度を上げる後発の〝近代化〟は、世界恐慌一九二九（昭和四）年の煽りを受けて、急速にファシズム的色彩を濃くしていく。垢抜けた新思潮に心躍らせる文化人、劣悪、安価に消費されていく労働者、そこからあぶれるように生まれていく都市群衆。矛盾の中で義憤を滾らせる人々、監視と統制を強めていく権力のありように疲弊を募らせていく人々、現実界への諦念から非時の時空へと傷ついた想念を羽ばたかせようと試みる人々そしてデカダンスの沼におぼれていく人々が、渦巻いていた時代でもあった。一九三二（昭和七）年には五・一五事件が、一九三六年（昭和十一）年には二・二六事件が起きている。

汚れ無き空間を創出しようとする白。時代を白紙に戻して、新たに塗り替えていこうとする白。イメージそのものを刷新していこうとする清新な白、思考を侵食し、感覚を白く麻痺させていく圧力としての白。純粋を守ろうとする、ひとつの美学としての白の静謐と、白濁させ、抹消していこうとする不穏な白の侵入。

伊東静雄は、中村武三郎についてひとつの「感想」を残している。中村の死後、〈亀井勝一郎氏を通じて、その遺稿集『白の侵入』を恵贈された。同詩集は、大正十三年、同氏の山形高校在学中のものから、昭和十一年三十二歳で没する間の作、二十四篇の詩からなつてゐる。それは一言で言ふなら、自分のうちの白と青との争ひを凝視した詩である。このニヒルとの争闘は、あまりにそれが痛烈の故に、反つて愛読者を失ふ種類のものである。こんな詩は段々世上に少くなつて来てゐる〉（「コギト」昭和十五年）

自分とほぼ同年、自分と同様に国文学を学び、教師としての短い生涯を生きた詩人に、静雄は恐らく、共感以上のものを抱いただろう。鈴木亭は「白の侵入」というエッセイの中で静雄がこの詩集と著者のことを〈掌中の秘宝をまさぐるような身ぶりで話されたように思う。そうしてぼくが先生からすすめられた書物といえば、あとにもさきにもこれしかない〉と思い出を記している。静雄も三篇、「感想」の中で中村の作品を引用している。一篇は先の「白の侵入」。不穏な白を歌う詩である。その他、〈はなやかに雪のふる永遠の夜に／発祥の境を彷ふわがかげは／蒼白いひかりのみなぎる中有に／暖かに水のごとく泛べる／月のもとに浄土をみたり〉と死後の世界を憧憬する「浄い情緒」、〈まぼろしの海にうまれいでたかもめであるが／さぎりのまひをまふてくるたそがれにはばたく／回想のつばさに海の花のにほひがながれる〉と歌う「Sea-flower」。いずれも清浄な白を歌う品格ある二篇で、静雄のとらえた〈ニヒル〉や〈白と青との争ひ〉からは遠いが、『哀歌』（昭和十年）の中で〈わが死せむ美しき日のために／連嶺の夢想よ！汝が白雪を／消さずあれ〜あ、かくてわが永久の帰郷を／高貴なる汝が白き光見送り〜〉（曠野の歌）と死後の凜冽とした白を格調高く歌うところから出発した静雄にとって、これは自然な選択であったかもしれない。中村の『白の侵入』から、〈争闘〉の詩も紹介しておこう。

　金で買つたからだであらうとも

くさりかゝつてゐる女よ　うゑたおれのこゝろよ
こゝにもえあがる情熱に何の悔いることがあらう
四つんばひに這ふ恋人よ妹よ姉よ母よ
おれは犬にちかいたましひをもつて
畜生らしくおまへを愛する恋する慕ふ

（うゑたおれのこころよ）

どこへゆくのでもない
白骨のおのれ自身をあしたみるだけだ
あゝ肉よ血よゆめよ
しづけさはたゞつちにのみある
こゝに何のねがふことがあらう
おれのひとみよ　ひらくな
ひかりはやみにすぎない

（どこへゆくのでもない）

われにいのちあらしめたるものよ

われをみちびきたまへ
わがのみくらふものはたゞ虚無(にひる)のみ
われにいのちあらしめたるものよ

わがうめきをきゝたまへ
わがくるしみをあはれみたまへ

われにいのちあらしめたるものよ
わがいのりをきゝたまへ

あゝわれにいのちあらしめたるものよ
われをすくひたまへ

おほぞらに燃えつくす星よ
地上に合掌するたましひよ

（いのり）

あゝ病毒よ　壊滅よ　死よ

（祈り）

己の本性や感覚を肯定し、（病苦も背景にあるとはいえ）燃え尽きるような生への烈しい憧憬、その反語としての死後の安息の希求とを歌う詩が並んでいる。

〈こんな詩は段々世上に少なくなつて来てゐる〉という静雄の言葉を、改めて考える。白は無垢だろうか。無色、無彩色、白無地。白痴、白濁、蒼白、白紙。なにかが、白へと押し戻す、白が迫り、洗い流し、脳髄を白く塗りこめる。ハレーションを起こす白。輝きの内に、あらゆるものを見失わせる白。静雄が、中村武三郎の存在を知らなかった頃に書いた、最初の公刊作品「空の浴槽」の中に流れる性情と同質のものが、『白の侵入』の中に描き留められているのは、単なる偶然だろうか。

〈午前一時の深海のとりとめない水底に坐つて、私は、後頭部に酷薄に白塩の溶けゆくを感じてゐる〉脳内に溶け広がっていく白塩――麻痺させ、白濁させて見えなくさせていく気配――やがて〈白き外部世界〉として静雄を取り巻き、圧倒する白――時代精神（ガイスト）などという言葉を持ち出すのはためらわれるが、「空の浴槽」は静雄にとっての〝白の侵入〟の予見とも言うべき作品であったことがわかるだろう。「八月の石にすがりて」の白い雪原と青く翳る狼の目、「夏の終」の黒い雲と白い光の不穏な対比、明記はされていないが白い波頭と蒼黒い海との闘争。そして、あらゆるものが〈吾にむかひて／死ねといふ〉「水中花」の刹那の美――実は、中村の「白の侵入」は、静雄の「水中花」と同じ「日本浪曼派」の八月号に掲載されていた。しかも静雄の次のページに、中村の作品は置かれていたのだった。

当時、「日本浪曼派」の編集にあたっていた亀井勝一郎も両者に通底するものを感受したのだろう、静雄の「水中花」に続けて、中村の「鮎」と「浄い情緒」、「白の侵入」三篇を掲載している。〈「鮎」他二篇の作者たる中村武三郎君は、私の高等学校時代の先輩であり友人であるが、昨年の春永眠された。その遺稿詩集「白の侵入」が最近刊行されたので、より多くの読者の愛唱をえたいと思ひ、こゝに代表的なもの二三紹介した。いづれも大正十三年廿歳の時の作である。どの作品を読んでも、精神の巧まざる清らかな流れを思はせる。痛々しいまでに清らかである。その底には何かに傷けられ歪められて、まさに崩壊しようとする一種の危機がひそんでゐるが、そうした危機を生きぬく前に彼の肉体は滅びた。美しい一つの想ひ出である。〉という言葉を添えて。（「日本浪曼派」昭和十二年八月号編集後記）

白と黒のコントラストの烈しさ、塗り替え、刷新しようとする果敢な挑戦的意識、いかなる困難が前途に待ち受けていようとも、積極的に抗い、たとえ打倒されようともその中を突破し、潜り抜けていこう……そのように自らを鼓舞しようとする心。ともすれば争闘からの離脱、逃走を求める心をあえて前進へと振り向けていかねば、生きようとする気力を維持できないような状況下で、当時の青年詩人が何を思い、何を考えていたのか。生きようという意志は容易に憂鬱に閉ざされ、死（という解放）への憧憬に反転する。壮健な者は戦場へと駆り立てられ、病弱な者は社会的に価値のない者とみなされ、これから社会に飛び立とうというまさに青春期に個人的な夢や希望を持つことを奪われた青年たちの心を強烈にとらえたのが、日本浪曼派の思想だった。

## 3　浪漫的憧憬とは何か

今までにも何度か触れてきたが、昭和十五年六月の池田勉宛書簡の中で、静雄は〈自分の文学の模索のため〉に隆達や地唄などの古い歌謡を読んでいることを記している。手紙の宛先人の池田勉は、「文芸文化」の同人。「文芸文化」は昭和十三年七月、新進の文芸評論家であった蓮田善明が〈支那事変始まつて以来、国の文学の明らめと興起のために〉同志と刊行し始めた国文学誌（『神韻の文學』跋）である。満州事変後の昭和七年に〈私らは最も深く古典を愛する。私らはこの国の省りみられぬ古典を愛する〉という宣言と共に、保田與重郎らによって創刊された「コギト」と、同思潮にある雑誌と見てよい。「日本浪曼派」（昭和十年〜十三年）の後継を、蓮田は意識していたかもしれない。（「日本浪曼派」の終刊は十三年三月。）

保田與重郎が「コギト」三〇号（昭和九年十一月号）（独逸浪曼派特集号。「哀歌」もこの号に掲載されている）の巻末に載せた「日本浪曼派」広告——「日本浪曼派」が昭和十年に創刊されるまで三号に渡って掲載されたもので、詩人の神保光太郎、評論家の亀井勝一郎、中島栄次郎、小説家の中谷孝雄、緒方隆士六名との連名で発表されたもの——は、〈平俗低徊の文学が流行してゐる。日常微温の饒舌は不易の信条を昏迷せんとした。僕ら茲（ここ）に日本浪曼派を創めるもの、一つに流行への挑戦である。僕らは専ら作家の清虚俊邁の心情を尊び、芸術人の不羈高踏の精神を愛する〉と強烈な批判から始まる。大正から昭和初期にかけて一大潮流となった自然主義文学（プロレタリア文学、民衆詩派文学など社会的、人道的な主張を持ったり、具体的な描写や口語表現の探求）に抗して、〈卑近に対する高邁〉〈流行に対する不易〉を掲げ、〈青春の歌の高き調べ〉を求める、という主張は、現実逃避的、内向的で、青臭い純粋主義の匂いを漂わせてもいる。この広告に対する文壇の否定的反響も激しかった。とりわけ、「日本浪曼派」に〈暗鬱たる現実と格闘する〉真の浪漫精神を期待していた高見順は、（亀井勝一郎の言葉には〈少なくとも今日この世に於けるネオロマンティシズムのにほひはあつた〉と一定の留保を残しつつも）保田與重郎の言葉は〈平穏無事な天上的な雰囲気のなかで、超然乎として為されてゐる〉〈擬浪漫主義（Puseudo-Romanticism）〉であり、〈筆者が期待してゐたやうなプロレタリア文学内に於ける浪漫的動向の結実には非ずして、具体的に言へばその動向の『コギト』的自由主義的浪漫主義への陥没〉である、観念的で足が地から離れていて、浪漫的精神の本質たる〈反抗的精神〉がない、と激しく批判したのだった。（『現代日本文学論争史』中巻）

現実の悲惨や苦悩を写実的に実態に即して語ることによって、文学を愛好する人々、さらには〝世間〟一般に広く直接的に訴えるのか。あるいは耽美的、高踏的な屈折や内向を経て、ある種の普遍性を帯びたものへ昇華するという選択をするのか。後者は、知的欲求の充足を求める少数者による限定的な享受に留まることを受け入れるという選択でもあろう。

平俗低徊という文言は過激だが、大正期に民衆詩派が推し進めた〝詩の伝達性の強化〟の負の副産物でもある詩の弛緩や、プロレタリア詩の一部がもたらした詩の通俗化や散文化などの諸側面であり、保田らの批判が的外れとも言い難い部分があることも否めない。保田らの古典尊重は、萩原朔太郎が『氷島』（昭和九年）の自序において〈近代の抒情詩、概ね皆感覚に偏重し、イマヂズムに走り、或は理智の意匠的構成に耽つて、詩的情熱の単一な原質的表現を忘れて居る〉〈芸術としての詩が〜究極するところのイデアは、所詮ポエヂイの最も単純なる原質的実体、即ち詩的情熱の素朴純粋なる詠嘆に存するのである。

〈この意味に於て、著者は日本の和歌や俳句を、近代詩のイデアする未来的形態だと考へて居る。〉〉と述べた古典回帰的な傾向にも呼応している。朔太郎の〜イズム批判は、昭和初期のモダニズム詩が孕んだ言語遊戯的な詩の形式化や空疎化などの問題、表層的な西欧思想偏重への批判でもある。

背景にあるのは、日本という近代国家が成立する際に不可欠なアイデンティティーの拠るべき論拠を、国学に求めようとする意識である。

明治維新以降の封建的身分制度の崩壊と再編成、地方改良運動（神社統一整理政策や青年団の組織化など）、日露戦争（一九〇四年／明治三十七年）以後の経済不況は、旧来の村落共同体の崩壊を招き、地縁、血縁といった青年たちの帰属意識を曖昧なものにして行った。

第一次大戦（一九一四年／大正三年）や世界的な経済不況、ロシア革命（一九一七年／大正六年）などの不穏な状況下で、旧来の共同体にも都市生活にも馴染めない集団が醸成されていく。急速に進む工業化に伴う労働者の都市への流入や、劣悪な労働環境が生む逸脱者、脱落者らが生まれていく一方、旧制高校や大学に学んだ都市部の青年層たちの中に、現実社会の様々な矛盾や偽善性に対して批判的かつ個人主義的傾向も強い者も現れた。徳富蘇峰が「煩悶青年」と命名し批判した知的エリートたちである。日清・日露の戦勝を経て〝欧米列強に肩を並べた〟ことを誇り、第一次大戦以降の西欧の凋落を目の当たりにした青年たちにとって、西欧的近代は、崇敬の対象から〝超克されるべき〟思想思潮へと変容しつつあった。大正デモクラシー時代に思春期を過ごした、一九〇四年生まれの蓮田善明、一九〇六年生まれの伊東静雄、一九一〇年生まれの保田與重郎らは、まさにこの世代に該当する。

現状を肯定できない青年層が、内的なエネルギーの放出先を見出せないまま凡庸な日々に時を過ごし、秘めた野心と楽観できない未来に鬱屈を持て余すとき、生への意欲はどのような形で現れるだろう。ベクトルがマイナスの方向に向かえば、現世逃避の厭世（ニヒリズム）や頽廃（デカダンス）となるだろう。政治的な態度として現れる場合、それはアナーキズムを志向することになる。プラスの方向（積極的現状変革）へと向かえば、力への欲動を論理で肯定するテロリズムや、革命によってユートピア実現を目指すマルキシズムの実践を志向するだろう。後にナショナリストと批判されることになる保田與重郎や亀井勝一郎も、青年期にマルキシズムに傾倒していた。伊東静雄も例外ではない。しかし彼らは一様に、マルキシズムから離反する経路をたどる。なぜか。

政府の弾圧によるという外的な理由も大きかったにせよ、静雄たちの離反は、マルキシズムが内包するもの――現世における理想の実現のためには権力の掌握が必要であり、そのためには組織的統制が不可欠である、という、全体主義的な強制に陥る危険――を予感していたからではないだろうか。一つの目的のための〝同調〟を強いる見えない圧力に、生理的な忌避感情を抱いていた、と言ってもいい。

保田與重郎ら浪漫主義者は、文学や思想といった個人的、内面的な面においては求道的ともいえるドラスティックな改革を求めるが、日常生活においては良識を守る市民であることを堅持する。知識階級であるがゆえに平俗に堕することを嫌い、地上におけるユートピア実現は既に諦めているがゆえに〝民衆〟や〝人民〟の先頭に立って社会変革をなそうとする実際行動への欲求を持たない。世俗に交わることを好まず孤高の精神を誇り、〝真理〟や〝美〟の果敢な探求と、日々の糧を得る堅実な生活とが、不安定な形ではあるが内面において危うい均衡を保つ。

芸術家としての英雄的探求、その情熱（パトス）を燃え上がらせるものは、現世では容易に手にしえない、それゆえにこそあくなき渇望をもたらして止まない、激しい憧憬である。それは強固な精神的エネルギーの持続を彼らに要求するだろう。その反動、もしくは精神的エネルギー消耗の結果として現れる倦怠、疲労、憂鬱もまた、伊東静雄においては顕著である。

英雄的、というキーワードについても考えておかねばならない。それは、この時代の青年たち、特に「コギト」に寄った青年たちの心を魅了したイメージだった。低迷する経済、世界の中で孤立していく日本の行く末への不安。昭和十二年の盧溝橋事件、昭和十四年のヒトラーのポーランド侵攻と第二次大戦の勃発……押しつぶすように迫ってくる不安と閉塞感の中で、突き抜けていく力、突破する理念、信ずるに足る正義を渇望する青年たちの前に、まるでその心情を汲み上げ、代弁するかのように現れたのが、保田與重郎の「英雄と詩人」「日本の橋」（昭和十一年）、「戴冠詩人の御一人者」（昭和十三年）などの文芸評論である。保田が時代の思潮を牽引したのか、時代精神を抽出する形で、必然的に顕れた思潮であるのか。私はまだ、保田に対する言を持てずにいる。しかし、無謀な戦争、英雄的な死や刹那的な滅亡への憧憬を駆り立てる思潮形成に加担したという側面と、生きることそのものに低迷し、出口を見失い、鬱屈した精神に明日へと突き抜けていく希望を与えた、時代を生きる精神的な糧を与えた、という側面、その双方を慎重に見ていかねばならないだろう。

保田與重郎が理想とし、激しく渇望したのは、神人不分離の神話期の日本であった。〈神人一如の時代〉である古代日本では、神と人とが共に祭祀と農耕を執り行う〈原始共産制〉が敷かれており、神から人へ〈至高至善の神の「絶対意志」の表現〉として通うものが〈言霊〉である。他方、人から神への呼びかけは〈たゞ神は知るらんと歌はれてゐるやうな優にやさしい〉「うた」であった、と保田は述べている。マルキシズムへの憧憬と断念、その反動が背景にある。（「「好去好来の歌」に於ける言霊についての考察」「民族の優秀性について」など）

保田は日本の詩の成立を、ヤマトタケルの悲劇の内に見る。〈武人であり詩人であつた〉尊（みこと）は、〈美しい徒労にすぎない永久にあこがれ、いつもなし終へないものを見てはそれにせめられてゐた〉がゆえに〈言挙しては罪におちた〉。コトアゲ、すなわち、神に真向かって憚るべきことを直言し、神人分離の悲劇を生きることになってしまったのだ、という。神と人とが共にあった幸福な時代、人は直言によって神の怒りを被ることはなかった。ならば、人がうたうべき歌は、神人共生の世の倒言（ほのめかし、象徴的表現、思惟の直接的言明を避けた暗喩的表現）を再生するものではないのか。（「戴冠詩人の御一人者」）しかし、古代を理想化し憧憬する一方で、表現においては雄渾、素朴とされる古代歌謡や万葉よりも古今、新古今の〝みやび〟を重んじる面もあった。日中戦争以降はとりわけ漢籍の影響からの離脱を主張する一方で、〝舶来〟〝外来〟の思想であるはずの独逸哲学や文学に強い親近感と憧憬を抱いてもいた。「コギト」や「日本浪曼派」といった誌名に、その意識（と矛盾）は象徴されているようにも思う。

国文科に学び、古典文芸の美を愛好していた静雄は、和歌や俳諧にも強い敬慕の念を持っていた。同時に、『独逸抒情詩集』を原典からの試訳も含めて熱心に学んでいた頃の静雄が、一九三二（昭和七）年――「コギト」創刊と同年――の時点で次のような言葉を残していたことは、心に留めておきたいと思う。〈人から聞く所によると、新即物主義といふのは、文字通り、なるべく事物に即し、明澄な鏡での様にこの紛雑した世界に対し、それを透徹しようといふのらしい。表現主義のアンティテーゼで、リルケやゲオルゲやの倅であるらしいとのことである。そしたら、僕などにも全然縁の遠いものでもない様である。そしてこの道によつて、現代を生き抜かうと悲壮な決意をせねばならぬ層が、全世界にわたつてあるのも事実だらう〉（「呂」一九三二（昭和七）年「談話のかはりに」（一）より）

〈ライネル・マリア・リルケに『形象の本（ブウフ・デル・ビルデル）』といふ詩集があり、その絶妙な比喩的精神に僕は帽を脱がされる。常々僕は詩が散文と分派する第一歩はこの比喩的精神であると思つてゐる。それにつけていつも思ひ出すのは、日本の和歌、殊に古今集の存在である。万葉集が明治以来多くのエピゴーネンを持つてゐる所以は結局、万葉集がその精神の素朴な表現をなしてゐるからで、その反対に古今集が今の歌壇で重要視されることの少いのは、反省的、意識的なその精神の表現手法が、日本人のさらりとした茶漬的嗜好にあくどく見えたかららしい。素朴といふものが、人間の一度は離れねばならぬ故郷である以上、古今集のあの定型的な比喩や序詞や、枕詞などをも一度勉強し直す歌人の、明治以来少かつたことは、いかにも残念である〉（「呂」一九三二（昭和七）年「談話のかはりに」（二）より）

「コギト」や「日本浪曼派」に触れて、思想的にも強い影響を受けたことは確かだと思われるが、もともと静雄が抱いていた志向が蓮田善明や保田与重郎の文学観に強く共鳴したであろうことも頷ける。小川和佑が「日本浪曼派」や「四季」に寄稿した伊東静雄の作品数と「コギト」掲出作品との比較などを通じて（しばしば四季派や日本浪曼派の詩人、と紹介されるけれども）伊東静雄は「コギト」の詩人であった、と結論付けているが、「コギト」と「日本浪曼派」は強い影響関係を有している。「コギト」の中での伊東静雄の位置や影響関係についてなども含め、日本浪曼派の問題は今後の課題として改めて考えることにして、今は伊東静雄に戻りたい。

＊

朔太郎が〈傷ついた浪漫派〉と呼んだ静雄が初期詩篇において渇望したのは、ドイツ哲学、西欧のロマン派、象徴派の詩に学んだ、明晰で美しく、個であることを痛いほどに自覚せざるを得ない、非現実の境地に到達することであった。その想いが最もよく現れているのが「わがひとに與ふる哀歌」であろう。

太陽は美しく輝き
あるひは　太陽の美しく輝くことを希(ねが)ひ
手をかたくくみあはせ
しづかに私たちは歩いて行つた
かく誘ふものの何であらうとも
私たちの内(うち)の

誘はるる清らかさを私は信ずる
無縁のひとはたとへ
鳥々は恒（つね）に変らず鳴き
草木の囁きは時をわかたずとするとも
いま私たちは聴く
私たちの意志の姿勢で
それらの無辺な広大の讃歌を
あゝ　わがひと
輝くこの日光の中に忍びこんでゐる
音なき空虚を
歴然と見わくる目の発明の
何にならう
如かない　人気（ひとげ）ない山に上（のぼ）り
切に希はれた太陽をして
殆ど死した湖の一面に遍照さするのに

〈太陽〉は何を意味しているのか。それを寓意的（アレゴリカル）に問うことはしないでおこう。詩文から読み取れるのは、〈太陽〉がそこに〝在る〟ものとして提示された直後に、ここには〝無い〟ものとして提示し直される強烈な否定である。そこに〝あらまほしきもの〟が〝無い〟からこそ、それを悲しくも知り抜いているからこそ、なおのこと烈しく願ってしまう切ない憧憬と言い換えてもいい。ここに〝在って〟ほしい太陽は、〈美しく〉輝いている。しかしここで言う美しさは、温厚、柔和さ、優美からは懸け離れている。なにしろ、あらゆるものが死に絶えた（かのような）湖を照らし出す澄明な光、凄絶な輝きなのだ。この〝美しさ〟は、「帰郷者」の冒頭、〈自然は限りなく美しく永久に住民は／貧窮してゐた〉に通じるアイロニーに満ちた美しさでもある。大いなる自然は、その内に生きる私達ひとりひとりのことなど一切顧慮しないのである。一人一人の生死のような〝些事〟には関わりなく、輝かしくそこに在り、それらを遍く照らし出しているのだ。それは、たとえ自然（その背後に居るかもしれない神仏、超越的な力を持つ何者か）に個人的な幸福を願ったとしても、実現するはずもない、その冷酷な事実を〈私たち〉に突き付けるだろう。「曠野の歌」冒頭で〈わが死せむ美しき日のために〉と歌われる時の〈美〉も、同質の冷厳さを備えた〈美〉であるに相違ない。

「わがひと〜」の中の〈輝くこの日光の中に忍びこんでゐる〉〈音なき空虚〉とは、こうした大自然、あるいは宇宙の摂理の中で砂粒一つにも満たない己の存在の卑小さを突き付けられた者に訪れる心の空白、思考停止状態の無音、そのことを知ってしまった者に訪れる空虚ではないのか。〈歴然と見わくる目〉すなわち〝判って〟しまう知性の働きを得たとしても——真実を知りたい、と、あれほど願っていたにもかかわらず——そこには、現世的な幸福は存在しない。幸福が、もしもあるとするならば、それは〈未知の野の彼方〉、死後の非時の空域にしかないのだ。〈私が愛し／そのため私につらいひとに／太陽が幸福にする／未知の野の彼方を信ぜしめよ〉と「冷めたい場所で」に歌わざるを得なかったように。こうした〈野の彼方〉、死後にしか行くことの叶わない広野へと〈私たち〉を〈誘ふ〉憧憬は、永遠に辿り着かないことを知りながらなおも人を駆り立てて止まない、そうした昂揚へと導く生へのエネルギーとして現れる時もあれば、絶対的鎮静、安息をもたらす死への欲動として現れることもあるだろう。こうした憧憬と〈無縁の人〉は、〈鳥々は恒に変らず鳴き／草木の囁きは時をわかたずとするとも〉、浪漫的な憧憬に焼かれる〈わたしたち〉は、〈無辺な広大の讃歌〉を聴くのである。無辺とは、仏教で言う〝無辺世界〟、虚空であろう。虚空に響き渡る讃歌とは、一人一人の生死などとは関わりなく世界そのものを讃える歌であり、それは卑小な人間にとっては無音の空虚として〝響く〟絶望の明示でもある。

だからこそ、〈私たち〉が真実を知ろうとするなら、〈意志の姿勢〉を持たねばならない。自らの意志でその絶望を知る覚悟を持つということは、現世での幸福を諦めてなお、生きる意志を自ら選び取る、という覚悟でもあるだろう。生ある間は永遠に充たされることがないことを知りつつも、なお生に向かっていこうとする憧憬の〈清らかさを私は信ずる〉と明言しているのが、「わがひとに與ふる哀歌」なのだ。そこに広がる〝美しい〟空虚は、〈鳥々は恒に変らず鳴き／草木の囁きは時をわかたずとするとも〉という詩句が偲ばせる、草木国土悉皆成仏という自然観とはまるで異なっている。哀歌を歌う詩人を取り巻いているのは、山の彼方、天の向こうに祖霊たちが集っていて、地上に現れ出たあらゆるものを介して私たちに呼びかける、そんな温もりに満ちた自然ではなく、地上にある生命の生死や運命とは関わりなく、煌々と輝いてあらゆるものを存在させている冷酷で薄情で、壮絶な美しさを持つ自然なのである。

## 4　夢想と抵抗の間

中也、立原亡き後、〈生かしときたかつたのはやはり立原〉と述べた静雄だったが、立原の死を意外なほどあっさりと受け止めている。諦める他ないではないかという、〝思い切る〟意志の強さが働いているのかもしれないが、立原の詩業は長く残り、語り継がれていくだろうという確信があったのかもしれない。昭和十四年の「四季」に寄せた「立原道造君と私」という追悼エッセイの中でも、〈立原君のことを思うて、一番残念なのは、君がも少し生きてゐてくれたら、僕等とほぼ同類の仲間が、立原君を中心にして沢山、にぎやかに、若々しく、出てくるのぢやないかといふ期待であつた〉と記している。立原を筆頭に、静雄が〈僕等とほぼ同類の仲間〉と目している詩とは、どのようなものであったか。それは、現在〝四季派〟と総称される詩群とおよそ重なると考えてよいだろう。思想性と豊かなイメージ、古典や西欧文学の教養を基盤とした品格のある抒情詩。音韻にも気配りを怠らない繊細な感性、美とは、芸術とは、文学とはというメタポエティックな思考も疎かにしない創作態度、とりわけ青春期に濃厚な生きる痛み――将来への不安と背反する激しい憧憬、理想と現実の乖離についての認識、仕事や恋愛における苦悩、取り返しがつかない事態への老成した感慨など――といったテーマを、知的なスタイルと洗練された調べに託して詠う抒情歌、と言ってもいい。それらは観念的、高踏的、雅趣に逃避して実社会へのプロテストに欠ける、といった批判も受ける創作態度でもあった。

先にも触れたが、〈平俗低徊の文学が流行している〉時代に〈芸術人の不羈高踏の精神〉を愛し、〈最も高貴に激烈なものを〉希求し憧憬する、という宣言を掲げた「日本浪曼派」に寄り集った文学者たちが抱えていた不満を、伊東静雄も抱いていたようにみえる。「立原道造君と私」の中で、静雄は次のように記している。〈わたしはこの頃、自分の書くものが、残念ながら非常に少しの人からしか読まれないものであるといふことが、わかつて来てゐた。それは『コギト』の直接の友人と、自分で詩を書く人のうちのほんの一、三人である。しかもその人達は主に東京に住んでゐたので、自分もその人達と一緒に同じ東京で住んでみたいものだと願つてゐた。そしていつもこちらだけの胸の中に、そんな人達の名簿を作つては、大阪生活を我慢してゐた。立原君はその名簿の第一頁の人であつた〉この記述の後、先に引いた、君がも少し生きてゐてくれたら……という文章が続く。萩原朔太郎に、東京での仕事の斡旋を相談していたという事情も、真摯に詩について語り合える仲間が身近に欲しいという詩人としての希望から出た願いだった。

現実から遊離しているという批判を受けたとは言え、保田與重郎は実社会から隔絶した夢物語への逃避を意図していたわけではない。たとえば「コギト」三九号（昭十年八月号）に保田が発表した「有羞の詩」という評論は、〈市民的民衆文学〉が〈浪曼詩と象徴詩の伝統を僕らの青年から掠奪した〉という意識から構想されているが、その中で保田が打ち出した〈有羞〉という概念——含羞、に対するものとして、保田が作り出した造語——は、思う所を内に秘め、語らない、のではなく、鬱屈する心情や怒り、悲嘆といったものをあえて表出している文学のことを差している（ストレートに喚き散らすのではなく、あくまでも理知のフィルターを通して作品化する、という前提のもとに、ではあるが）。保田は北村透谷以来の浪漫主義の系譜を辿りながら、与謝野晶子の「君死にたまふことなかれ」や大塚楠緒子の「お百度詣で」を〈有情有羞の声〉が響く作品として挙げている。（いずれも後世、反戦詩史の筆頭に置かれる作品である。）

一時期はマルクス主義者と言えるほどに傾倒して理想的社会の実現、実効的な変革を意識していた保田與重郎にしても、マルクス主義に理念的には共感しつつも心情的には受け入れきれなかった静雄にしても、社会にまったく背を向けて、隔絶した孤高の域で創作を志していたわけではない。しかし、具体的、個別的な事件や事態に取材するというリアリズム的表現ではなく、時空を跨ぐ俯瞰的な視点に立って、ある種の抽象化を施すことによって、宿命的な本質というべきものを捉えようとする。

たとえば静雄が、昭和九年に「コギト」に発表した「帰郷者」。

自然は限りなく美しく永久に住民は
貧窮してゐた
幾度もいくども烈しくくり返し
岩礁にぶつつかつた後(のち)に
波がちり散りに泡沫(あわ)になつて退(ひ)きながら
各自ぶつぶつと呟くのを
私は海岸で眺めたことがある
絶えず此処で私が見た帰郷者たちは
正(まさ)にその通りであつた

その不思議に一様な独言は私に同感的でなく
非常に常識的にきこえた
（まつたく！いまは故郷に美しいものはない）
どうして（いまは）だらう！
美しい故郷は
それが彼らの実に空しい宿題であることを
無数な古来の詩の讃美が証明する
曾てこの自然の中で
それと同じく美しく住民が生きたと
私は信じ得ない
ただ多くの不平と辛苦ののちに
晏如として彼らの皆が
あそ処で一基の墓となつてゐるのが
私を慰めいくらか幸福にしたのである

## 同　反歌

田舎を逃げた私が　都会よ
どうしてお前に敢て安んじよう
詩作を覚えた私が　行為よ
どうしてお前に憧れないことがあらう

語法が冒頭から屈折している。自然な呼吸で読むなら、〈自然は限りなく美しく〉で切り、〈永久に住民は貧窮してゐた〉と対句的に続けるだろう。一息に〈～住民は〉まで言い切って、ひと呼吸おいた後、おもむろに〈貧窮してゐた〉と収める。切り替えることで、その一語を発する前の〝溜め〟を作っている。

続く詩行、いくども、いくども、烈しく繰り返し、と畳みかけていく語調は、その先にある波の景がまだ現れていないがゆえに、幾たびも繰り返された多世代の人生が、結局、貧窮から抜け出すことが無かった、という無念さを予測させる。波が岩にぶつかり、千々に崩れて散っていく様が歌われ、繰り返し打ち寄せる波の景が現れると共に、潰えていった過去の人々の命のイメージも重なってくる。六行目で波が突然擬人化され、〈各自〉と歌い出されるのも、そこに静雄が、その土地に生まれ、境遇からの脱出という抵抗を幾度も繰り返しながら無残に散っていった人々の命を重ねていたからではあるまいか。

もちろん、こうした試みが、佳品につながるかどうか、ということはまた別問題である。「帰郷者」は静雄の代表作に数えられるものの不自然さが目立ち、多くの人が〝ひっかかり〟を覚える作品だといってもよい。しかし、その屈曲した詩行の隙間から、静雄の言いたかったことが漏れ出している印象も受ける。

伊藤信吉は〈昔の故郷の自然はうつくしかった。「いまは」それが失われてしまった。帰郷者はきまってそう言う。岩礁に打つかって泡になって退いてゆく波が、ぶつぶつという音を残すように、帰郷者はきまってひとりごとにグチを言う。だからといってこの土地に、どれだけ美しいものがあったのか。そんなにも美しく生きた人たちがあったのか〉と解し、〈帰郷者にとって、故郷とは、きまって昔の追懐に過ぎぬ〉と静雄の思いを代弁している。(『詩のふるさと』)

波の〈呟き〉を〈不思議に一様な独言〉として聞いた静雄が、それを〈まつたく! いまは故郷に美しいものはない〉という、故郷の死者たちの声、として聞きとった、という点については、まさに伊藤信吉の読む通りだろう。〈同感的でなく/非常に常識的にきこえた〉という、回りくどい表現になっているのは、自分は到底、同感できない、という静雄の心情がまず最初に現れ、しかし世間一般には、過去の故郷は美しかった、と懐かしく切なく思い出されるべきものであるらしい、という認識が追いかける、という心の動きをそのまま記したゆえのように思われる。

〈美しい故郷は／それが彼らの実に空しい宿題であることを／無数な古来の詩の讃美が証明する〉これも持って回った言い方である。

伊藤信吉の解釈から更に踏み込むとしよう。美しかった〈昔の故郷の自然〉が「いまは」失われてしまった、のではなく、〈美しい故郷〉というイメージがそもそも幻想に過ぎなかったのだ、故郷の海や山野は、かつても今も厳然と〈美しく〉存在している。しかし古来の詩の中で〈同じく美しく住民が生き〉ていたと牧歌的に歌われた〈美しい故郷〉、桃源郷のような理想郷などは、どこにも存在しない。失われた、のではなく、もともと、それは存在していなかったのだ。彼らが死という永遠の平安を得ていること、もう苦しまなくてもよいことが、せめてもの私の慰めなのだ……。

人間の貧窮にはかかわりなく、昔も今も超越的に〝美しい〟自然と、〈多くの不平と辛苦〉に満ちた人生を送った後、波が岩にむなしい抵抗を試みて砕けるようにその生を砕き、散っていった幾世代もの人々の営みを対置する静雄の視点。そこには、幸福に生きる者が見る世界は美しく見え、不幸な生を送る者が見る世界は色あせて見える、という主観的な視点の外に出る、客観的、俯瞰的な視点がある。過去の故郷を追憶の中に美化しようとする心理への抵抗がある。宿命的な苦悩から抜け出し得ない故郷の人々への想いと、そこから解放されるのは、ただ死を迎えた時だけだ、生きている間は〈痛き夢〉から逃れることはできない、という諦観から始まる視点がある。

「反歌」において、田舎から都会に逃げ出したにもかかわらず、結局は自らの居所が見つからない苦悩を歌う裏側には、故郷がその美しさと同様、人々が美しい生を送ることのできる場所であってほしい、という願いが秘められているだろう。詩作に否応もなく惹かれていく自身を受け入れつつも、美しい故郷を実現する行為に憧れながら果たし得ない自己を省みる視点も、そこには歌われているように思われる。

## 5 異常の時代に生れ

大江志乃夫の『徴兵制』（一九八一年）や加藤陽子の『徴兵制と近代日本 1868 ~ 1945』（一九九六年）などを読んでいると、暗澹たる気持ちになる。明治六（一八七三）年の徴兵令では、戸主、嫡子、独子独孫などの免役があった。〝家〟の存続のための措置であるが、逆にいえばこの時はまだ、渾然融合して成立する国家の国民皆兵という意識ではなく、個々の家から軍隊、軍人という階層に、出自や階層にかかわらず〝平等に〟徴兵が行われる制度だった。嫡男以外土地を継げない時代において、武家出身者以外にも開かれた軍隊は、新たに出現した就職先だったということもできる。その後の改正によりこうした免役規定はなくなるが、一九〇〇年以前は同年代の男子の一割程度の徴兵に留まっていた。

韓国併合の頃からその割合は成人男子の二割に上がる。昭和二（一九二七）年には、徴兵令の全文改正の形で兵役法が制定され、〈帝国臣民たる男子は本法の定むる所により兵役に服す〉として、日本国籍を有する満二十歳の男子全員に徴兵検査を受ける義務を課している。

徴兵検査が男子全員に義務化されて以降、検査を終えてようやく一人前、という意識が国民の間に急速に浸透していったことが当時を生きた人たちの回顧録やエッセイなどからうかがえる。兵役法を審議した第五二議会で、〈女子を兵役義務者より除外したるは憲法違反に非ざるや〉という質問が出されているというのも興味深い。この時の議論は特に深められることもなく、提出されただけで終わったもののようだが、〝有事〟に直接、兵士として〝国家〟のために役立つ者と、間接的に役立つ者、そうでない者と〝臣民〟が明確に色分けされていくことになる。

昭和十年代、日中戦争期に至ると適齢男子の五割、太平洋戦争末期には八割近い男子が兵士として徴兵される。昭和十七年二月の兵役法改正では、勅令で恣意的に徴兵年齢を引き下げることが可能になった。その後も十八年三月、十一月と改正が繰り返され、昭和十八年までは四十歳だった上限も……ついに、というべきか、四十五歳に引き上げられることになった。

昭和十八年九月二十一日の静雄の日記には、〈四十歳までの第二国民兵は召集され得る法令出される。自分もその範囲の内の一人だ〉という一節がある。その直前には、映画制作会社の社員として外地に居る弟から〈ブジデキル〉と電報があったこと、台風が吹き荒れたこと、生まれてひと月も経たない長男が下痢で苦しんでいたのがようやく治まり、〈昨日始めて、やはらかい、いい便を夏樹した由、大へん気持のよささうな、和らいだ顔してゐて楽しかつた〉ことなどが記されている。その前後の記載事項を辿ると、ざわざわと波立つ心と鎮静を求める精神、日々を大切に丁寧に過ごして行こうとする心模様が眼に見えるようだ。

昭和十八（一九四三）年〈九月一日　夏樹生れてから暑い日のみ、病室は風あれども暑し。熱のあつた日は、風が吹いても、マッチをすつても、階下で物音がしても夏樹泣きじやくつた。すぐに死ぬこと考へて困つた。赤ちやんが大へんだといふと、まき子（当時七歳）泣く～花子の熱は高い時七度八分。医者も乳もみも産褥熱ではないといつた。しかし、おり物割に多いので気になつた。乳による発熱らしかつた〉妻の花子の産後の肥立ちが悪いことに加えて、残暑が続いていた。妻の発熱は乳腺炎だろうか？　その後、八月二十八日に友人からメロンを頂いたこと、二十一日に詩集の検印を押したこと、二十九日に出産通知を出したことが思い出すように記され、この頃開かれた大東亜文学者大会（八月二十五日から三日間に渡って開かれた第二回大会）のことも併記されている。

八月〈二十一日　前から来てゐた詩集の検印二千学校で捺印して速達。又約束してゐた「読書随想」六百字、大急ぎで書いて、生徒に托して大毎にやる。この日大多忙〉この日の詩集が『春のいそぎ』である。私が古書店で入手したものの奥付を見ると、伊東の判が少し右に傾いでいる。九月刊行で初版は二千部であったから、この日一日で全冊の判を押したのだろう。この時妻は臨月だった。

八月二十七日、長男夏樹が産まれた日の日記には、産気づいた妻の手を引いて病院に行くところから、無事に生まれ〈ひとりでに、ニコニコして、微笑がとまらない。星空〉と喜びをかみしめながら夜空を見上げる父親としての姿、こまめに妻や子を気遣う様子が記され、ほほえましい。泣いたりあくびしたりする息子の様子を記しながら〈赤ん坊はおぎあおぎあとまるつこいふくみ声で泣くものと思つてゐたら、なんだかおこつたやうな、気に入らんといふやうなつよい声でなくのでおどろいた。二、三日後つきそひ婦にきいたら、このごろは皆さうですと云ふ。なぜだらう。世相が母親の神経をするどくしてゐるせいかなと思ふ〉という観察も残している。

現在、全集で読める日記は昭和十三年から昭和二十年の敗戦の日までと、二十二〜二十三年の戦後の生活、それから昭和二十六年、結核で入院している時のものだが、昭和十年代の日記は一年の内、数日を記すだけというような断片的な記載に留まっていた。それが昭和十八年、夏樹が産まれて以降、急に事細かに記されるようになる。昭和十八年は、二月にガダルカナル撤退、五月にアッツ島玉砕と日本が追い込まれていく時期でもある。

新聞などから抜き書きした日々の戦時動静、生まれたばかりの息子の表情などの細やかな記載、世話の詳細、読んでいる本のことなどがつぶさに記されている。今、この時を記しておかないと消えてしまう、という気持ちが日々の詳細な記録へと静雄を駆り立てたのだろうか。〈四十歳までの第二国民兵は召集され得る法令出される〉と記した九月二十一日の日記は、〈広い庭のある田舎の家の座敷で、毎日の日課に、一枚、二枚と小説――といふより、世のさま、家の内、わが感想など書きつぐ仕事したいものだ。昨夜学校の風呂には入りながら、夏樹出生のころといふこと、書いておいて、みせてやりたい、と思つた。この異常の時代に生れたことをどんなに回想するであらう。まき子の時はあんな事情で、何も書いて置けなかつた。一語一語は重く、光つてゐて、全体はさらりと淡泊な、そんな文章書いてみたい〉と締めくくられている。

夏樹が産まれる一週間前に慌ただしく記されたという「読書随想」を読んでみる。〈読書といふものは、丁寧に深切でありたいものだ。一字一字を指で押へて、丁度著者が書いてゆくのと同じくらゐの速度で読みたいと、理想的にはさう願つてゐる、お互に大多忙の時である、しかし読書の時間を見出した時の心構は、そんなにありたい〉と書き始められている。〈わが国の文学の道は、言霊の風雅〉〈それは、文字の隠微なところに宿る〉〈発想法のことは一番根本的で肝腎なことだが〜もう少し軽いことでいふなら、助詞や助動詞のやうな、それだけでは意味のない言葉こそが、名詞や動詞のやうに誰にも明瞭である言葉より大切だ〉〈そのへんのことを腹にしみて悟るために、自分は古来の和歌を毎日二、三首づつ読むことを、忙しい日の読書法としてゐる〉〈さもさも忙しげに、現代の氾濫する本を読みあさる悪弊から救はるればよいと願ふのである〉（大阪毎日新聞、昭和十八年九月十二日朝刊）現在書かれたといってもいいような読み方のアドバイスだ。もう少し踏み込んで言うなら、これは一般的な読書というよりも、詩歌を読む際の心得というべきだろう。あるいは、散文であったとしても〈文字の隠微なところに〉〈言霊の風雅〉を忍ばせているような文章……詩的情趣に富んだ散文の行間を読む、明瞭な言葉の向こう側にあるものを読むような読書こそが、真の読書だと述べているように思われる。実際、静雄が自分もまた徴兵される可能性がある、と記した日に読んでいたものは、中勘助の『銀の匙』であった。その前の十五日には、やはり中勘助の『蜜蜂』を読んだこと、『蜜蜂』は〈自分の近来の心持に云ふに云はれぬ静粛・鎮静の気分を与へてくれる。感謝する。一字一字指で押へてよみたい心持也〉と記載されている。

妻子がまだ入院中の九月一日。朝起きて飯を炊き、出勤。三時半に帰宅、直ちに夕食を用意、夜には病院に行くというあわただしい日常が記されている。折あしく警戒警報のサイレンが鳴り、自分が諸々のことで苛立っているのに〈おばあちゃんがのうのうとして、まるでまき子にも構ひつけないのが癪にさはる〉中、〈まきのモンペ、頭巾探してやるのに大骨折〉、娘の防空の支度を整えてやる、そのさ中に〈病院にとまると泣きせがむ、叱れば、朝早くおこせとなく。よしよしとなだめると、朝早く行つたら病院の戸しまつてゐるだらうと又泣く。実に神経質で（自分によく似てゐて）いやになる。結局ねむる〉と、まさに大わらわ、ぐったりというところか。

弟が出来たことを喜び、淋しいのを我慢して姉らしく振る舞ういじらしさを見せるかと思えば、赤ちゃん返りをしたかのようにぐずったり駄々をこねたりする娘のこと、赤ん坊が初めて〈寝ながら、自由に左右に顔の向きを回転しうるやうになつた〉というような細やかな発見の記載と、〈予備学生として入隊する〉誰それが挨拶に来る、教員室の黒板に誰それの戦死の知らせ、学校の鍛錬行軍のこと、赤ん坊はまだ食べられないのに〈赤ん坊に特配のお菓子一円あつて、まき子喜ぶ。〉というような記載がまさに淡々と記されていく。〈文字書いてゐるのは楽しい。心は重く暗いのに文字書くことのたのしいことはをかしい～つくつくぼうしが中庭で鳴いてゐる。先夜から、家の中で高く、ゆれるやうな声で、よく虫が鳴く。〉

こうした〝異常な〟時代に、平穏で静謐で些細な自然の事象、家族の光景、四季の微細な変化に感応する自身の心を見つめて書き留めるということの意味を考える。異常な日常が平常となれば、何気ない日常が輝きを帯びて見えて来る。その薄明りの中から生まれた詩が、果敢に文学的挑戦を目指していた頃に生れたドラマチックな作品に比してある種の退行を示すように見えたとして、そうした一面をとらえてマイナスとする指摘はあまりに表層的だといえるだろう。

## 6 そんなに凝視めるな

戦後刊行された、自身の詩の総集編ともいえる『反響』の中で、伊東静雄は『夏花』とその頃に書かれた作品を「凝視と陶酔」という章題のもとに納めた。日々刻々と変化する状況の変化を肌で感じながら、対象を見て、観て、見尽くして……変化するもの、移り行くものを超えたところ、静雄の用いた言葉でいうなら〝非時の木の実〟が熟れ、〝永久の帰郷〟を果たす時にようやく辿り着くであろう詩境を、未だ現世にあるまま、一瞬の閃光に照らされるように垣間見る瞬間……いわば脱魂の果てに至る法悦境を陶酔と呼ぶのではなかろうか。

その瞬間を見定め、ひとつの姿勢として示した作品が昭和十四年「知性」十二月号に掲載された「そんなに凝視めるな」である。時期的には『夏花』に収録可能であったにもかかわらず（『夏花』には、昭和十五年の「文芸文化」一月号に掲載された作品も収載されている）その時点ではなぜか採っていない。言葉が思念に傾き、未熟だと考えたのだろうか。あるいは、詩の中で〝発見〟した境地の大切さを、その時点では十分に把握できていなかったのだろうか。

三好達治が詩碑に刻む詩句を採った詩である。若い友人に呼びかける形で――おそらく、若いころ真実を見定めよう、永遠を見通そうとして果たせず、苦悩していた自分自身の姿を若い詩友に重ねながら――優しく呼びかけるようにうたう。

そんなに凝視めるな　わかい友
自然が与へる暗示は
いかにそれが光耀にみちてゐようとも
凝視めるふかい瞳にはつひに悲しみだ
鳥の飛翔の跡を天空にさがすな
夕陽と朝陽のなかに立ちどまるな
手にふるる野花はそれを摘み

花とみづからをささへつつ歩みを運べ
問ひはそのままに答へであり
堪へる痛みもすでにひとつの睡眠(ねむり)だ
風がつたへる白い稜石(かどいし)の反射を　わかい友
そんなに永く凝視(みつ)めるな
われ等は自然の多様と変化のうちにこそ育ち
あゝ　歓びと意志も亦そこにあると知れ

最終行の〈歓びと意志〉とは何だろう。生きる喜び、それを求めて歩んでいく意志の力を〈そこ〉に求めよ、ということだろうか。そこ、は、場所というよりは時間の在処を指している。文法的には〈自然の多様と変化〉が伺われる一瞬、ということになるだろう。詩の描く情景に従えば、鳥が過ぎ去っていったその一瞬、夕陽や朝陽が輝かしい景を創出した一瞬。あるいは爽快な風が吹き抜ける時にキラリと目を射抜く白い稜石の反射、そのようにして私たちを射止め通り過ぎていく夏の日差し。いま過ぎ去り行く美しさを、永遠に留めたい、そう思うそばから、すべては消え去っていく。長く見つめようとすればするほど、一瞬の美は失われるものだという喪失ばかりが心に沁みてくる。文芸への若い情熱も、恋の頂点の高揚もまた、過ぎ去り行く一瞬の美であるかもしれない。耐え難い思いに思わず宙に投じた水中花が描き出す一瞬の生……中空を泳ぐ金魚の幻影、その時だけは死んでいる〝物〟にも命が通っているように見える、そんな一瞬。

〈そんなに永く凝視めるな〉というやわらかな禁止の言葉は、美が永遠に留まることを欲する欲望は、必ずや喪失の悲しみを味わうことになる、だから君たち、そんなに永く見つめなさるな、という呼びかけなのだ、私にはそのように思われてならないのだ。

最終行の〈歓びと意志〉はまた、「わがひとに與ふる哀歌」の中の〈私たちの意志の姿勢〉で聴く〈無辺な広大の讃歌〉を思い起こさせる。〝わがひと〟とかたく手を取り合って歩み入る時の姿勢、〝音なき空虚〟を見分けてしまう目を持ってしまったことを恐れずに決然とふたりで歩み入った先にひろがる、凄まじいまでに〝美しい〟景色……そこには〈殆ど死した湖の一面に〉太陽があまねく光を降り注ぐ景が広がっている。


ヴィトゲンシュタインを描いたデレク・ジャーマンの映画を観た時のことを思い出す。ヴィトゲンシュタインが真っ白い雪原……塩湖であったかもしれない……その、あらゆるものが白く輝き渡るような死の空間に独り歩み入る場面。（あるいは映画を観て私の中にいつのまにか創造された幻の景であるかもしれない。）真実を見定めよう、真理を探求しようとするものが出会わざるを得ない空虚、無生物の無機的な空間の美。「わがひとに與ふる哀歌」の中で、静雄は〈音なき〉讃歌、広大無辺の無人の空間に響き渡る光の音楽を〝観た〟のだと思う。

そして、そうした空域が〝在る〟ということを、自然は様々な事物の生み出す一瞬の美という〈暗示〉を通して、人々に伝えてくれているのだ。その美の世界に歩み入るためには、もちろん烈しい意志の力、決然とした気力が必要となる。

友を失い国を失い、楽ではない家計の中から捻出してようやくそろえたであろう貴重な詩書を全て空襲で失い、家を失ったところから戦後再出発した詩人が、〈くらい野〉を歩みながら見出した〈野の空の星〉。

五月の闇のくらい野を
わが歩みは
迷ふこともなくしづかに辿る
踏みなれた野の径(みち)を
小さい石橋の下で
横ぎつてざわめく小川
なかばは草におほはれて
―その茂みもいまはただの闇だが
水は仄かにひかり

真直ぐに夜(よ)のなかを流れる
歩みをとめて石を投げる
いつもするわが挨拶
だが今夜はためらふ
ながれの底に幾つもの星の数
なにを考へてあるいてゐたのか
野の空の星をわが目は見てゐなかつた
あゝ今夜水の面はにぎやかだ
蛍までがもう幼くあそんでゐて
星の影にまじつて
揺れる光も
うごく星のやう
こんな景色を見入る自分を
どう解いていゝかもわからずに
しばらくそこに
五月の夜(よ)のくらい水べに踞(しやが)んでゐた

「野の夜」『反響』巻頭詩

この時、静雄は実際に五月の野を歩いていたのかもしれない。「座右宝」という雑誌の昭和二十一年九月号に載った詩である。しかし、五月の闇は五月闇という言葉を呼びよせる。梅雨時の、月も星もない、鬱々とした闇夜。その中を小川は仄かに光りながら〈真直ぐに〉流れている。音読みすると、真っ直ぐに世のなかを流れる小川の前に歩みをとめた、とも響く。いつもは石を投げて返る音を聞く——自ら働きかけて対象を知ろうとしていた〈挨拶〉を、その時、静雄はためらったのだ。世界を知るために、能動的に踏み込んでいこうとする〈挨拶〉の仕方を、その時は中断したのだ、と言い換えてもいい。その闇の中で仄かに光る川面に、星が映っている——実際の星なのかもしれないが、五月闇であるならば星すらも雲に覆われて見えない夜だったかもしれない。その中で、蛍が舞い飛んでいるのだ、揺れる光を、星のように川の面に映しながら。その〈野の空の星〉を、今まで自分は見ていなかった——自ら働きかけることをやめ、向こうから呼びかけてくるものに心身を澄ませて向き合うことを始めた静雄に見えてきたもの。

　蛍が舞うにぎやかな水面とは、死者の魂が舞うにぎやかな闇なのかもしれない。あまりにもたくさんの人が死に、期待をかけていた若者たちも戦死や病死、戦災で死に……われ知らず彼らのことを思い、生き残った自分のことを思いながら、静雄はくらい野道を歩いていたのではなかったか。

その次に置かれた『夕映』は、村はずれで無心に遊ぶ幼子を〈明るいひかり〉で照らし出す景に触れている。無機の壮絶な美を照らし出す真昼の太陽の光ではなく、いのちの華やぎを包み込む柔らかな夕刻の光。いま、消えていこうとする光が残していくぬくもり。静雄はその光を見つめながら、窓辺に文字を綴る〈わが行ひ〉も〈あ、せめてはあのやうな小さい祝祭であれよ〉と願う。

仮令(たとい)それが痛みからのものであつても
また悔いと実りのない憧れからの
たつたひとりのものであつたにしても

わが詩作が、せめてそのようなものであってほしい、という祈り。詩人は一方で、「詩作の後」という詩の中で〈目はまだ何ものかを／見究めようとする強さの名残に〉輝いていることを自覚している。「路上」という詩の中でもまだ〈光る繭の陶酔を恵めよ〉と祈っている。それは、かつての不眠の苦しみに苛まれた苦悩の時代を呼び寄せようとするかのような、サディスティックな自己の追い込みでもある。脱魂と陶酔の果てに見出す……かつて〝わがひと〟と共に、凝視の果てに見出した美を、その境地への到達を諦めてはいない。

壮絶な美への歩み入りという能動の姿勢と、超俗の世界から差し入る光を待つという受動の態度。戦後まもない時期に刊行された伊東静雄の『反響』は、その両極の間にひびくものを浮かび上がらせる詩集となったのだった。

# 五章　〈わがひと〉を巡って

## 1　〝ほんとうの恋〟を求める青年

『わがひとに與ふる哀歌』のインパクトの強さのゆえか、伊東静雄に純情一途の青年詩人のイメージを重ねる読者も多いようだが、家庭を持つ以前の静雄は盛んに恋を繰り返す青年だった。思春期の本能的な異性への興味もあったろうが、〝恋愛〟という概念そのものへの関心、あるいは西欧文学における精神の昇華に関わるような、〝憧憬〟の淵源となる未知の力に強く惹きつけられていたことが当時の文章から伺える。「詩へのかどで」と自ら記した若い頃の日記を読むと、イニシャルなどで伏せられた女性たちが次々に現れるのに驚くが、欲望のままに女性遍歴を重ねたというよりも、理想の恋、理想の人を求める心理的な探索であったらしい。初恋の女性への激しい恋慕の情をその愛の性質に到るまで問い、同時に哲学書を読み、これは淋しさふさぎであって、本当の恋ではないのではないか、などと悩んだりしている。ゲーテの『若きヴェルテルの悩み』を、有島武郎の『惜しみなく愛は奪ふ』を、倉田百三の『愛と認識との出発』を読みながら、他者との関係性から立ち上がる「自己」を問い、「人間」とは何かという問題について考えていく時の、重要なファクターの一つが「恋愛」であった。もちろん、プラトニックな関係ばかりではなく、〈放恣なる本能の一日〉というような記述からもうかがえるように、性愛的な関係もまた、重要であったらしいが……。（『伊東静雄日記　詩へのかどで』）

十九歳の頃の〈lover から stranger に、stranger から lover に変転するのが今の若い女の特長である。なまぬるい刺戟では興奮せないほど神経がまひしているのが今の若い女である。自分はそんな関係よりか〝友達〟ということをどんなに嬉しく思うだろうに。M子もやっぱり普通の女だった〉などと記しているのを読むと、早熟の秀才の精神を満たす女性など、そもそも存在したのだろうか、と首を傾げたくもなるのだが、この〝友達〟という言葉に、静雄の求めた愛の形が隠されているような気もする。文学的、芸術的素養を共有し、文学への情熱を理解してくれる存在。精神的な次元で対等に語り合うことの出来る、同志のような存在。

初期の代表作「わがひとに與ふる哀歌」の中で、〈太陽は美しく輝き／あるひは　太陽の美しく輝くことを希ひ／手をかたくくみあはせ／しづかに私たちは歩いて行つた〉と詠われる静雄と想い人（理想の恋人）の姿は鮮烈である。セガンティーニの画集の愛蔵や、やはり初期の代表作「曠野の歌」に現れるイメージを重ねていくと、恋人たちの前に開けている空間は、太陽が燦燦と照り輝き、遠くに雪を被った山稜が連なる広大な原野として見えてくる。〈ひと知れぬ泉〉が湧き、〈非時の木の実〉が熟れる彼岸のような場所でもあるが、そこには全く他の人影がない。

光に溢れ、泉や永遠の木の実が実る豊かな地であるにもかかわらず、手を繋いでこの場所に歩み入る恋人以外、誰一人いない、という孤独こそが〈曠野〉と名付ける他はない所以だろう。日記や書簡などからも、静雄が強烈な孤独感を抱えていたことが知られている。〈佐賀高から京大時代にかけての伊東の姿を通観してあらためて強く印象づけられるのは、そこで圧倒的に支配しているのは「孤独」「淋しい」〝einsam〟だということである〉（山本皓造「伊東静雄の詩的出発」『PO』一一〇号）

その孤独を分かち合い、共に〈曠野〉に歩み入ってくれる存在こそ、静雄が求めていた〈わがひと〉だろう。そして、わがひと、のモデルとも言われる酒井百合子は、日記や、遺された百合子宛の書簡などから顧みるに、静雄の渇望を満たす数少ない存在の一人として恋慕されていたことは確かなようである。しかし結局その恋は実らず、百合子とは〝友達〟、静雄文学の理解者としての関係が長く続くことになる。

## 2　百合子と静雄

酒井百合子の父であり、静雄の佐賀高時代の英語教師であった酒井小太郎は、静雄の郷里諫早出身の俊英だった。（東京帝大でラフカディオ・ハーンに学び、卒業時には優秀な生徒に贈られる八雲賞も受賞している。）小太郎は新潟、広島に赴任した後、義父の介護もあり諫早に帰郷、諫早高等女学校で教鞭をとった。この頃は静雄との面識はなかったが、大正十三年、佐賀高校に赴任することになる。小太郎は佐賀高教授時代、利便もあって佐賀の借家（といっても他家の別荘であったとのこと）に居住していた。〈諫早での小太郎と静雄の家は、本明川を挟んで一キロほどへだたった場所にあり、お互いに面識もなかったが、引越しの手伝いを申してでるのは士族酒井家への礼儀でもあった。〉この頃から静雄は佐賀の酒井家をたびたび訪問するようになる（上村紀元「酒井小太郎とその家族」『伊東静雄　酒井家への書簡』）。

髪は蓬髪、背は低く、ニキビだらけでズボンから下着が見えているという冴えた風貌とは言い難い教え子を、酒井小太郎は温かく歓待した。大正の気風を受けて勉学に励み、とりわけ両親の立身出世の期待を強く背負っていたであろう静雄は、その期待に応えるに足る地道な努力を欠かさぬ地味で熱心な学生だった。その〝訪問〟から始まる交流は、小太郎にとっては優秀な学生の成長を見守る希望と、親のように慕ってくれる学生への情愛、郷里を同じくする者への懐旧の情であったが、前年に長男貞夫を病で失っていた小太郎夫妻にとって、同年代の青年の来訪が慰めや喜びに転じたとしても不思議はない。夫妻の歓待にはそれ以上の意味はなかったが、静雄にとっては垢ぬけた教養文化との遭遇であり、洗練された名家の妙齢の姉妹との出会いであり、激しい片恋の始まりとなった。

〝インテリゲンチア〟階層への参入の期待と自負が、相思相愛への希望を静雄の内で増幅していったのかもしれない。しかし生まれながらに浸透していた階層や〝家〟の感覚は、乗り越えがたい壁として聳え立っていた。静雄の文学的出発はアララギ派の影響を受けた短歌であったが、その多くは同年の安代への想いの中から生み出されたように見える。しかし姉の安代は静雄の想いに気づいたかどうかも定かならぬまま、ふさわしい他家に嫁してしまう。妹の百合子には生来の男嫌いのところがあったというが、それは〈百合子の胸には、好ましい男性の理想像として若くして肺病で逝った兄・貞夫の面影が焼きついていた。貞夫はノーブルな容貌で、すらりとした長身、まるで伊東とは別人種かと思うほどのリファインされた好男子だった〉からでもあった——これは、昭和五十四年に当時六十九歳だった酒井百合子に取材した山本茂の言葉である（『物語の女　モデルたちの歩いた道』）。酒井百合子は生涯独身を通し、両親を看取った後は千葉の九十九里浜に面した小さな町にひっそりと暮らしていた。〈百合子は、その兄の写真を私（山本、筆者注）に示しながら、「兄は肉体を持っていない、他の異性は肉体を持っている、という感じでした。洗練されないで、皆んな脂ぎって見えたものです」〉と語っていた、という。静雄の前には眼に見えない恋敵が立ちふさがっていたわけだが、さらに恋路を隔てていたのは抜きがたい階級意識だった。山本の取材から、興味深いエピソードを引こう。

「百合子しゃんのことは私が一番よく知っとりましてござんす」

と伊東は胸を張ったこともある。

「違うわ、それはお父さんよ！」

と百合子が反発すると、

「それはのまいい、私でござんす」

と一歩も引かない。

平民・伊東は、士族・酒井百合子に対しては最上級の敬語を使っていた。しかし、興奮すると、時にそれを忘れる。

「『のまいい』というのは、『のういお前』の意味で、とても失礼な言葉なんです。それで、ドキッとした。そうしたら、本人も気づいてニガ笑いしてましたが……」

そう百合子がいうように、この若い男女の間には階級意識がつねに介在し、二人の一定以上の接近を妨げるのだった。

そうした関係性への苛立ちやもどかしさもあったのだろうか、あるいは百合子が振り向いてくれないことへの屈折ゆえか、百合子の前では静雄はしばしば批判者として振舞った。静雄の皮肉や憎まれ口に対して、勝気な百合子はしばしば反論したという。もう少し、山本の文章から引こう。

ある日、伊東は呆れたように百合子にいった。

「百合子しゃんは勉強しないなあ」

伊東静雄の重厚で思索的なものは、酒井家の人々にはないものだ、と百合子は思う。父・小太郎も、亡くなった兄・貞夫にも流れているのは、しゃれた文化的な資質だが、あのようにずしんと重いものではない、と。

会えばいつも悪口の投げ合い、というわけでもなかった。時には文学について、いろいろ話してくれることもあったのだ。

「伊東さんに教えられて、私も文学的にふとったんじゃないかと思います。いまは、そのことをとても感謝しているんです」

静雄の青年らしい恋情は、いつしか文学的な理解者への友情に変わっていった。昭和十四年、静雄が三十三歳、百合子が二十九歳の時、共に軽井沢を訪れたこともある。清水文雄の招きで、「日本文化の会」の集まりに参加したのだった。中島栄次郎も同行していたというが、この時、汽車の中で静雄は文学の話ばかりしていたという。

処女詩集『わがひとに與ふる哀歌』の刊行は昭和十年十月五日。ほぼひと月半後、静雄は百合子に手紙を書いている。〈お手紙有難うございました。ご住所お移りなのですね、知らなかつたものですから、昨日奥村さんの方に、「お礼の催促」を出して置いたところでした。あなたこそ、私の第一番に送らねばならぬひとです。私の詩はいろんな事実をかくして書いてをりますので、他人はよみにくいと存じますが、百合子さんはよみにくくない筈です。あなたにもわからなかつたら、もう私の詩もおしまひです。家島のことや姫路のことや本明川のことがどつさり歌つてあるはずです〉真っ先に百合子に詩集を送り、感想を心待ちにしていたのであろう。転居していることを知らず（知らされなかったことに少し恨みがましい調子が滲むような文面ではある）、詩集が転送されるのに時間がかかったものと思われる。百合子たちが一時住んでおり、静雄もしばしば訪れたことのある姫路のことや、百合子の故郷でもある諫早を流れる本明川のことが歌われているという。叙景であると共に、その場で重ねた（あなたとの）記憶も歌いこんだ抒情歌だと告白しているようにも読み取れるが、先にも書いたように、静雄はただ一人の人を想い続けるというタイプではなく、理想の愛を求めて多くの女性に思いを寄せては思索を繰り返す情熱的な青年でもあった。また、思索性の強い第一詩集に秘められた〈いろんな事実〉とは〝単なる片思い〟を〝かくした〟という表層的なことには留まらないだろう。

『哀歌』は早くからヘルダーリンの影響が指摘されてきた。ヘルダーリンがギリシアの青年ヒュペーリオンに託した祖国解放や自由への情熱、人と自然との調和的世界への憧憬、高次の精神的次元の希求と密接に結びつく女性への憧憬……あるいは神との合一のためにエトナ山の火口に飛び込んで死んだ、というエンペドクレスの死の物語のような苛烈なパッション。ヘルダーリンの作品と『哀歌』――〈未知の野の彼方〉があるはずだと願う心と現実を認識する精神との乖離、非情なほどに〈限りなく〉美しい自然と〈永久に〉貧窮している住民、死をもってして初めて安らぎを得るであろう〈わが痛き夢〉を歌う哀歌でありながら、〈誘ふものの何であらうとも〉内なる〈清らかさ〉を信じて〈わがひと〉と果敢に〈無辺な広大〉の地に歩み入ろうとする意志を謳う讃歌でもある詩集――を比較してみれば、酒井百合子（のような現実の女性を媒介としつつも、詩人の心の中で仮構された女性像）や故郷との葛藤が触媒となって生み出されたものであり、耐え難い現実を意志の力で〝超克〟して、そこに確たる詩的世界を構築しようとしたことは自ずから明らかとなるだろう。

## 3　花子との結婚、そして「呂」の創刊

『哀歌』の特質や美点については（そして弱点も含めて）既に多くの論者によって語られてきたので、ここでは特に繰り返すことはしない。同様に〈わがひと〉について、モデルが実在するか否か、という点についても様々な論考が重ねられてきているが、果たして〈わがひと〉は酒井百合子、あるいは酒井家の姉妹のイメージのみが投影された想い人なのだろうか。〈自分は遂に人生詩人でなければならない〉と日記に記した二十歳の頃から、魂にふれるもののみを求める精進者でなければばならない。その情熱の対象として想い続けた酒井家姉妹との交友の中からは、発表するに足ると静雄自身が決意した詩は生まれていない。実際のところ、詩が次々と発表されていくのは、むしろ静雄が結婚してから後のことなのである。

小川和佑の作成した詳細な年譜を見ると、昭和七年、静雄が二十六歳の年の初めに、高等女学校教諭の山本花子との縁談が生じている。その後、二月に静雄の父親が一万円とも言われる負債を残して亡くなる。静雄の実姉、江川ミキの口述によると、親族の借財の裏書きをしたゆえの不幸であったという（「伊東静雄の幼少の頃」堺市立図書館「堺のうた堺の詩歌俳人」第三冊一九九五年十月その他江川ミキの回想など）。この金額は、当時の静雄の月収の百倍近い額だった（住吉高校同窓会室所蔵の伊東静雄資料によると、昭和四年の奉職時、月手当は百十円だった）。弟や妹

の生活の面倒も静雄の肩にかかってきている。この頃、花子との結婚が上手くいかないかもしれない、という不安を、酒井百合子あての書簡に漏らしたりもしている。花子との結婚は四月。そうした困難のもろもろをすべて承知で、花子は静雄と結婚したことになる。花子が仕事を続けたのは金銭的な理由もあろうが、夫と同じ職種ということで、仕事を続けている方がお互いに資するところがあったのではないか。困難な生活を共有し、仕事上の困難も楽しみも理解し合うことができる者同士であり、なおかつ芸術文化に対しても相互に話題を提供し合える関係は、静雄にとって〈曠野〉に手を取り合って進む真の相手を得たことに他なるまい。

負債を負ってはいたものの、静雄の文学への情熱は、結婚後も衰えなかった。むしろ、盛んになったというべきだろう。結婚した年の六月、青木敬麿、原野栄二らと同人誌「呂」を創刊。(「呂」はこの年の末に発行禁止処分を受け、編集者は警察の取り調べを受けた。)翌年、「コギト」に寄稿、盛んに詩を発表し、昭和十年の春には「日本浪曼派」の同人になる。そして同年の秋、処女詩集『わがひとに與ふる哀歌』を上梓するのである。

静雄は当時としては珍しい共働きであったが、「呂」を読むと、当時の進歩的な知識人であることをある種の矜持として自覚していた彼等が、女性に対して、また、いわゆる職業婦人に対して抱いていた共感と理解の一端を知ることができる。竹内てるよの第一詩集『叛く』など、女性詩人の詩集評も積極的に載せている。「呂」の五号(昭和七年十月)には、中学教師と思しき中村倭枝という女性の、「紀元節」という名前の短編小説が掲載されている。紀元節の意義を、尊さを説き続ける校長の話と、バタバタ貧血で倒れる子供たちを対置しながら、何バカなこと言ってるのよ、話が長すぎる、寒すぎる、子供達は（貧困のゆえ）栄養不良、朝から何も食べていない、と批判する内容。まだ、このような文章の発表が許されていたのだ、ということに驚きを覚える程である。

この号に静雄は「事物の詩 抄」という総題で、「母／新月／都会／秋／廃園／朝顔」というモダニズム風の詩を載せている。

### 母

妻よ　晩夏の静謐な日を
糸瓜の黄花(きばな)と蔓とで
頃日(ママ)の僕等の唯一の
幻想である母の
家の門を飾らう

結婚後半年の時期であるので、妻は新妻の花子であろう。しかし、具体的な妻のイメージを越えて、象徴的な〈母〉が呼び出されている。

新月

淡淡しい穹窿をも誘うて
新月の
私の目の前で生々と凝固する夕方に
新月に啓示を拝しつゞける太古の
港を
私は静かに出て行った

現在の私たちにとっても難解な作風だが、当時の「呂」の仲間たちにとっても、それは同様であったらしい。当時の同人たちがコラム欄「ろれつ」に〈伊東静雄、詩人ぶった詩人〉〈彼のシンボリズムはシンボリズム自体に潜む、孤独、独りよがりの道に連なってゐる〉などと、かなり辛辣に記しているのが面白い。〈伊東はうまいなあ、皆は君のものをわからん云ふけれど、そんなこと云ふたら、君はひとりで悦んでしまふだらうから、おれだけは、わかる、云はねばならん。けれど、ほんとは、どうぞも少しわかるように、書いてほしい。きれいな空気を、ひとりきりで貪らずに、ひとりでも多くの人に、わけてほしい。理屈は言はぬ。できるならば、一日でも早く、以前の君に返ってほしい〉この文章は、恐らく「呂」の創刊者でもあり、静雄と親しかった青木敬麿であろう。以前の君、とは、勤務先の住吉中学の校内誌「耕人」に載せた、次のような作品であろうか。

庭をみると
辛夷の花が　咲いてゐる
この花は　この庭のもの

人の世を苦しみといふべからず

花をみる時
私は
花の心になるのである

（「庭をみると」『耕人』昭和六年二月）

のの花を
いけて
ねてみる
よろしさ

ののはなのほそばな
かずしれぬはな

ののはなの
よろしさ
ねてみつつ
おもふ

（「ののはな」『耕人』昭和六年十月）

静雄の詩に出て来る〈花〉は、あるいは意中の女性、のことであったかもしれない。具体的な誰か、ということではないにしても、憧憬の対象として、詩情を掻き立ててくれる女性。結婚前ではあるが、昭和六年、十一月の酒井百合子あての書簡の中に、

私が泉のそばに坐った時
噴水は白薔薇の花の影を写した
私はこの自然の反省を愛した

私が青空に身を委ねた時
縫ひつけられた幾條もの銀糸が光つた
私は又この自然の表現を愛した

さうして　私の詩が出来た

という、読み方によっては、ありとあらゆるものに貴女の姿をみます、と告白しているような短詩を書き記してもいる。この時、つまり昭和六年晩秋の時点で、静雄がのちの妻となる山本花子と知り合っていたかどうかは、定かではない。しかし、昭和七年二月の百合子宛て書簡の中で、山本花子との縁談がなかなかうまく進まないことを案じている旨を記し、三月の手紙では、いよいよ結婚することになった、と百合子に報告している。花子は、満たされぬ愛の〝代わりに〟妻として選ばれた女性なのだろうか？

日記によれば、静雄は今ならさしずめ〝イクメン〟だったらしい。子供の世話ばかりでなく、病に倒れた妻の看病も積極的に行っている。背負ってしまった借金を返済するために、共働きの妻が良かったのだ、というようなことも口にしていたようだが、恐らくは照れ隠しであろう。山本花子は、奈良高等女子師範を卒業し堺市立高等女学校の教師となっていた大柄な美人であった。地理を教えていたという。静雄と親しかった富士正晴が、詩人の小野十三郎や静雄の教え子の斎田昭吉らとの座談会で語った思い出によれば、一歳年下で聡明な花子に歌会で出逢った静雄がひとめぼれし、人を介してなんとか見合いに持ち込んだ、というのが実際のところらしい。それが、昭和六年の秋か冬、縁談が起こるのが昭和七年の一月ごろ、ということになる。

しかし、七年の二月に父が亡くなり、借財を負うなどの困難で、結婚話が一時、頓挫しかけた。先にあげた百合子への手紙で、結婚が上手くいかない、と記している時点で、既に静雄は花子を妻として熱望していたことになる。そして花子は、静雄の困難を共に引き受ける形で伊東家に嫁してきたのである。（小川和佑『伊東静雄論考』他）

花子は、もっと手を抜いてもよいのに、と静雄が思うくらいに、盆の仕度を整え準備するような、律儀でしっかり者の妻であった。教え子の斎田は、戦後の喫茶店で静雄と会った際、〈もう何にもかなえへん言うとりましたね、家のおかあちゃんに。終戦後あの、先生の給料一緒になりましたでしょ（笑）。給料は一緒や、からだは大きい、あいつの方が生徒教えるのうまい言うて、おれ勝つもん何にもないやないか言うて、ものすごもう真剣な顔していましたわ〉と思い出を語っている。出征するかもしれない可能性が出てきた折に（昭和十九年に記された遺言の中で）まず最初に〈花子よ　お前の強さには自分は信頼してゐるこの上は充分に優しい母であつてくれ〉と書き記してもいる。昭和十三年の一月に「むらさき」に寄稿した「虎に騎る」という詩の二連に〈われもまた　五黄の寅の／女をこそ得たれ／無明凡下の是非なさに／獣にあらぬわが妻を／御し兼ねたるぞ哀れなる〉というフレーズがあることもあって〝かかあ天下〟のイメージを持つ人もいるようだが、この詩についていえば花子は明治四十年七月生まれの未年。昭和十三年の寅年に女性向け文芸誌の新年号への寄稿を求められた静雄が、寅に騎り道歌を口ずさむ豊干禅師の絵を念頭に浮かべつつ、私もあんな風に自由に詩を吟じてみたい、と戯れ歌をものしたのであろう。ちなみに、一連は〈うらやまし　天台国の／阿羅漢豊干／人類にはあらぬ尊さは／猛き獣の虎に騎り／詩を吟じて悠然たり〉、全二連の短い作品である。（豊干禅師は寒山、拾得と共に三隠、三聖と呼ばれた唐代の僧で、しばしば虎と共に描かれる。）

実際のところはどうだったのだろう。昭和十年、第一詩集の刊行の年の暮に長女のまきが誕生しているが、その後、花子は重度の腹膜炎にかかり、勤めていた堺市立高女を退職。翌年の冬から大阪府立黒山高等実践女学校（現大阪府立登美丘高校）に赴任するが、その際、静雄は妻の通勤の便を優先して大阪市西成区から堺市東区に引っ越している。静雄夫妻と一緒に銭湯に行った教え子が「お～い、花子、出るよ」と静雄が声をかけ、「は～い」と声が返って来るのを聞いた、という微笑ましいエピソードも残っている。花子は静雄の家を訪れた教え子たちを温かくもてなした。静雄の詩友たちの来客も盛んだった。子育てや家事に加えて共働きで経済面で生活を支えるなど、静雄の詩作を全面的にバックアップするマネージャーの役割を果たしてもいたのではなかろうか。

## 4 「コギト」参加と処女詩集の刊行

雑誌「呂」の創刊の話は、結婚前の昭和六年の三月の時点で既に始まっていたが、静雄は結婚後も同人活動に積極的に参加している。住吉中学の学内誌における趣味的な詩風から一転して、時代の先端を行くような実験的な詩風を試すようになる。（それゆえに「呂」の同人たちに戸惑いや難解の印象を与えたのであろう。）後の「わがひとに與ふる哀歌」にも通じるモチーフ（朝の風の命ずる場所、白い花輪、太陽に近い湖）が現れる「事物の本抄」という詩を発表したのも、「呂」六号（昭和七年十一月）の誌上だった。静雄の新婚時代は、新進気鋭の詩人として新作を世に問う、公刊の意欲の亢進していく時期でもあった。

昭和七年十月に記された百合子宛ての書簡の中で〈詩少しづつ自信が出来てゐます。自分で立派だと思ふものが五十もたまつたら、出版したいと考へてゐます。二百冊位刷つたら二三百円で出来るさうですから、花子に金の工面など、たのみ出してゐます。これが思ふ通りに行つたらと、大変希望をもつて暮らしてゐます〉と記している。

マネージャーとして生活を支え、詩作や文学への情熱に理解を示してくれるしっかり者の妻を得、文学や芸術に関して語り合える異性、同性の友を持ち、新しい詩作に向かう仲間たちに、時には独りよがりの芸術至上主義だ、と批判されたりもしながら、静雄は着々と、『わがひとに與ふる哀歌』への道を歩んでいた。静雄の挑戦を同人誌の仲間たちがなかなか理解してくれない時に、大阪の書店で見かけた「コギト」の創刊号は、いかに眩しく映ったことだろう。

「コギト」はパトロンの肥下(ひげ)恒夫、理論的主導者としての保田與重郎、詩人の田中克己らが創刊した高踏的な詩誌で、詩と評論、ドイツ詩の翻訳などを載せた。同人は、煙草のバットが七銭、タクシーが一円の時代に十円という高額の同人費を納めねばならなかった（復刻版「コギト」別冊、田中克己による解説）。高価なこともあってなかなか売れなかったらしいが、大阪の本屋では必ず一冊売れており、しかも匿名で〈コギトの詩人なかなかよろしい〉との葉書が発行所に届いたという。静雄の詩は「コギト」に向いている、と田中克己や中島栄次郎が静雄を訪ねて行った折に（いわば、スカウトである）、その葉書は静雄が認めたものであることがわかったという逸話が残っている。やがて、静雄は「呂」を離れ、「コギト」の詩人として活動を本格化させていくことになる。（昭和十年二月十三日付けの百合子への手紙の中で、静雄が〈私は『コギト』の同人でもないのです〉と書いていること、また、初めて静雄が「コギト」に登場した十五号（昭和八年八月号）の後書きで、保田が〈伊東に詩の寄稿を得て光彩を加え得たと信じる〉と書いていることなどから、伊東静雄は「コギト」への寄稿者ではあったが同人ではなかった、あるいは同人に準じる参加者だったとみる論者もあるが（小川和佑、田中俊廣など）、田中克己によれば静雄は同人費も負担していたという。昭和十四年十二月の「コギト」九〇号の同人名簿にも伊東静雄の名が記載されている。誌面への発表頻度などから考えても、伊東静雄は「コギト」の同人であったことは間違いない。）

## 5　もうひとりの〝わがひと〟

その頃、静雄の家を訪れたドイツ文学者の大山定一が、〈かれの書架の一段全部に、ぎっしりドイツ語の書物がつまっていて、そのすべてがヘルダーリーンとその文献だったのを、ぼくははっきりと覚えている。ヘルダーリーンの詩は極めて難解だし、当時の日本のドイツ文学者で、ようやく一部の人が注目しはじめた頃の話だ。にもかかわらず、伊東静雄は重要なヘルダーリーン関係の書物を、ほとんど洩れなく集めていた〉と記している。

洋書を買い集めるのは並大抵のことではなかっただろう。借金の返済の傍ら、教職を果たしつつ文学活動を続けることもまた、容易ではなかったはずだ。静雄は自分の給料をそっくり返済に充て、六〜七年で完済したという。その後も（病気で寝込むまで）月給やボーナスを妻には渡さず、生活費は妻花子の八十五円くらいの月給で賄っていたらしい（福地邦樹による聞き書きなど）。母や妹も引き取って暮らしていた上に、決して安いとは言えない（「コギト」などの）同人費、詩集や論考を購入する〝詩人としての経費〟も必要だった。妻の深い理解と支援、何よりも静雄の才能への敬意と詩的情熱への共感がなければ、静雄はこんなにも自由に詩作できなかったに相違ない。

妻花子という、もうひとりの〈わがひと〉を得たことが静雄の詩の飛躍につながっていることを、多くの論者は見落としている。（昭和十七年、八月十八日の日記に記された草稿を下に記す。）

新妻にして見すべかりし
わがふるさとにけふ来つつ
なつかしきこの山と川とに
汝（なれ）とかくむかひてあれば
言はねども同じ想ひか
見やらるる面輪はいつか

新妻にして見すべかりし
わがふるさとに
汝（なれ）を伴ひけふ来れば
十歳を経たり
いまははや　汝（な）が傍らの

げにかたみに老ひしわれらかな

童さび愛しきものに
わが指さしていふ
なつかしき山と河の名

走り出る吾子に後れて
夏草の道往く　なれとわれ
歳月は過ぎてののちに
ただ老の思に似たり

『春のいそぎ』と後の『反響』双方に収められた作品「なれとわれ」である。『春のいそぎ』では、愛妻を失った友のことを想う「秋の海」の後に置かれているので、なおさら印象が強い。ここに、『哀歌』の中の「帰郷者」を、特にその「反歌」を並べてみる。

田舎を逃げた私が　都会よ
どうしてお前に敢て安んじよう

詩作を覚えた私が　行為よ

どうしてお前に憧れないことがあらう

芸術家としての矜持と孤独、生活者への憧憬、故郷を棄てたことへの苦渋は、トーマス・マンの『トニオ・クレーゲル』に通じるものがある。静雄の孤独と葛藤を誰よりも深く理解し、寄り添って共に故郷に立つのは、妻の花子をおいて他にはいない。

〈僅か四年そこ〳〵の病気で～死なせて了った家族の者として色々の後悔が残る。最後まで積極的にあんなに力強く生きようと努めた人であるのに助力者として何といふ怠慢であったことか～せめて今二三年寿命を延ばし得たら作りたいといってゐた美しい小さい詩集、――戦後の優しい作品を二十程もいれて――が出来てゐたのではなからうか。なつかしい長崎へ帰って美しい故郷の山河をどんなにか得意な筆にのせたことであらうに。〉妻の花子の手になる「病床記」より引いた。〈助力者〉――この言葉の意味は重い。

〈わがひと〉とは誰か。研究史を辿ると、静雄の〝初恋の女性〟、たとえば酒井百合子である、と断定するものから、静雄自身の精神的半身、抽象的、観念的存在と解釈するものまで様々な振幅を持っているが、鑑賞記にまで視野を広げると、伊東静雄に禁欲的なインテリ詩人、プラトニックな愛を夢想するロマンチスト……そんな面影を重ねているものが多いように思われる。いわく、内向的で、女性への熱い想いや芸術への激しい憧憬を秘めつつ、それを表に出すことなく高雅な詩文に綴る、青春の痛みを激しく抱え続けた詩人。

しかし、静雄の十七歳から二十三歳までの日記が公開されたことにより、静雄はかなり多数の女性に想いを寄せていたこと、精神的な愛だけではなく、〈当然のことながら〉肉体的な愛も含めての交際であったらしいこと、その都度失望を繰り返しながら、理想の関係を求め続けていたことが明らかになった。わりあい気さくに女性に声をかけ、一緒にお茶を飲んだりするなど、積極的なところもあったらしい。

小川和佑は、『伊東静雄論考』の中で、「哀歌」神話説、静雄悲恋説を強く否定している。この説に従うならば、静雄は〈酒井百合子を熱愛しながら、父の負債返済という、ただそれだけの理由で、山本花子の経済力に眼をつけ、この旧家の娘と結婚し、その生活のすべてを妻の経済力に依存しながら、百合子への熱愛を抱き続け、自分は気楽に詩を書き、その熱愛の詩を含む詩集出版の資金を、愛情の一片ももてぬ妻から引き出そうとする、怪しからぬ詩人になってしまう〉……静雄とはこのような〈卑しい心根の詩人であったのか〉と憤り、手紙や日記なども傍証に引きながら〈わがひと〉を山本花子その人とすら仮定しようと試みる。最終的には、シュトラウスの歌曲「モールゲン」の歌詞が「わがひとに與ふる哀歌」の発想源ともなった史実を示した上で、〈つまり《わがひと》は現実の酒井百合子でもなく、山本花子でもない、静雄の精神の内部において文学に昇華された存在としての《わがひと》なのである〉と結論づけている。私が読んできた限られた範囲ではあるが、小川和佑のこの結論が、私には一番納得のいく「わがひと」像である。

静雄の詩作品、随筆、入手し得る論文。書簡や日記、友人たちの証言などを読み続けているが、静雄像は鮮明な多面体として浮かび上がるものの、なかなかひとつの有機体へと定まろうとしない。涙脆いような人情に厚い面、シニカルな皮肉屋としての面、田舎っぽいざっくばらんな冗談を連発する面、あまりにも素直に人の言葉を受け入れ、信じてしまう面。人生の真を求道者のように求め、他者の差し伸べる手を撥ねつける強さを持ちながら、寂しさに耐えかね、弱みをさらしながら甘えたりもする。照れ屋でありながら高慢、謙虚でありながら強引、辛抱強く思いやりを見せるかと思えば、突然激高する偏屈な教師でもあったらしい。授業は厳しかったが、意欲ある生徒に対しては実に面倒見がよかった。自分で叱りつけておきながら、生徒が泣きだすとおろおろと困惑するような、そんな人間臭いところもあった。

昭和九年、「呂」に掲載された「今年の夏のこと」という静雄のエッセイがある。

今年の夏は、妻、弟、親類の子供、その四人でやつた。妻は私の故郷の盆のさかんな習慣は、きいてゐるだけで、まだ見たことはなかつた。それで故郷にゐる私の母から、祭の次第や、お供へ物のことやを、細々と書き送つて貰ひ、それを台所の壁にはりつけて、それに違はぬやうにしようと骨を折つた〜私達は父の死後、やつと五十日目位にはもう父祖の土地を見捨てて、新しい家族の中心である私の、働いてゐるこの土地にやつて来る仕儀になつた。

「お父さんは、うまくこの家をみつけて来てくれるかな」と私達は冗談のやうな、真剣のやうな心配をした。私達の今のこの家と、父が建て、又そこで死んだ故郷の家とではあまり何百里も遠く、まるきり違つた種類のものであつたからだ〜（故郷での盛大な盆の支度を記した後）

「結局はお盆といふものは、死んだ人の魂のまはりに、生き残つた家族の連中が集り、睦じく話したり、仲よく遊んだりすればいいんだよ」

と私は妻に言つた。然し妻にしてみれば、肝心の死んだ人とは、生前に一度も会つたことは無かつた。その上全く違つた風習のこの町に育つたとはいへ、私の代になつてから、父祖以来の祭の風を、絶やしてはすまないといふ、家の女らしい律儀から壁に貼られた紙のことばかりを気にした〜こんな少人数の家で、妻は台所にばかりゐて、ことことと忙しがつた。

「おい、いい加減にしないか」と私は度々声をかけ、習慣にばかり気をつかつて、一寸も仏壇の前で落ちつくことが、私の気に入るといふことを知らぬ妻を、不本意にまた、あはれんだ。（十五日の夜、新婚の静雄夫妻は、郷里長崎の風習に従って……とはいいつつも、恐らく〝本式〟からはだいぶ簡素に、菓子箱にお供えを詰めて、「精霊流し」に赴く。月影の弱い、暗い夜。うら寂れた海辺の港、嵐に備えて漁舟を係留していく防波堤の蔭で、風の強い晩に、二人は菓子箱を海に流す。）

私たちは、砂地に横はつた材木のかげで、線香と蠟燭をともしたが、すぐそれらは風のために吹き消され、吹き折れた。

「あゝお盆もすんだ」と妻のいふ言葉に、いつのまにか、私は妻と同じ複雑さで同感してゐる自分を発見した。

律儀な妻と、鷹揚な夫。奈良出身の新妻が、まだ一度も訪れたことのない、見聞きしたこともない夫の郷里の盆を、姑に委細を尋ね、誠実に再現しようとしている。必要な道具や材料も、思うように入手できない。そのことで、イライラと静雄に当たることもあっただろう。夫も、初めての家に亡父の御霊を粗相なく迎えるために、妻が必死になっていることを熟知している。それでも妻の律義さや几帳面さに耐えかね、時に癇癪を起す。そんな小さな諍いを重ねながら、故郷の風習通りに「精霊流し」を終え、いつしか、夫婦ともに同じ安堵の心を宿していることに気付く。

文化、風習の異なる環境で育った二人が、ぶつかりながら生活を築いていく一端が見て取れる。妻は自身の役割に夢中になり過ぎてしまう性向があるらしい。そんな妻を、その必死さの由来を納得し、思いやり、時にやんわりと、時に厳しく対しながら、共にひとつの行事を終える姿が描かれている。不穏な海辺の光景の描写は、これから迎える生活の困難を予期しているのであろうか。その不穏な海に精霊舟を流すという〝共同作業〟を行いながら、二人で困難を乗り越えていく意志を固めた盆の行事であったように思われる。（紙幅により省略したが、丁寧な写生的筆致を重ね、控えめに心情を重ねていく情景描写は、それだけで一篇の散文詩とも呼びうる奥行きを有してもいる。）

子どもを設け、共働きで家計を支えた妻は、友人たちが驚き羨ましがるほど美しく、静雄がかなわない、とぼやくほどに授業も上手い才媛であった。疲れのためかしばしば体調を崩す妻を、静雄は実によく面倒みている。

日中戦争開始（昭和十二年）と共に、社会的な統制が強まり、物品や食料の配給切符などが支給されるようになっていく時代である。こうした困難な状況下で子供を設け〝母〟となった妻は、当然のことながら〝強い女〟にならざるを得ない。「今年の夏」に描かれた妻花子の姿は、たとえば『春のいそぎ』の「菊を想ふ」の中で、久しぶりに箏を聴きたい、とせがむ夫の願いを、恐らくはにこりともせずに、この御時世にとんでもない、と拒否する妻の姿としても反復されるだろう。

## 6　花子への想い

日記に記された文字から浮かび上がる、産後や病中の妻、幼い子どもを甲斐甲斐しく世話する静雄。あるいは……静雄の妻との房事——富士正晴が小野十三郎との対談の中で明かしている一節を引く。

小野：あんがい助平やったな、伊東な。
富士：いやいやその位やったらええで、それはまああ見られるわいな。そやけど林富士馬やね庄野ね、島尾ね、あの位、年の隔たったやつと一緒に旅行したりしたら、もう猥談ばっかしや（中略）このごろは嫁さんと一時間かかるてな。何でそんなにかかるかいうたら腹の上にのって世間話するね。こうゆっくりゆっくり何やとか（笑）実際か願望かどっちやかわからへん、（笑）あればっかりや。

（昭和四十一年「日本浪曼派研究」創刊号）

猥談、というよりものろけ話と受け止めた方がよいだろうか。生理的欲望を満たすだけの行為としてではなく、妻とのコミュニケーションの場として捉えていることに、そしてそれを人前で話すということに驚く。閨での一幕を（事実かどうかはともかくとして）若者たちに面白おかしく話して聞かせたのは、富士に言わせれば〈こう猥談したらそれでどっちゃも素裸になって仲ようなれると、こう思うてんねん。サービス精神や〉ということになるのだが、それだけでもないような気がする。若くして戦場に赴く若人に〈かくもよき／たのもしき漢子（をのこ）に／あなあはれ／あなあはれうつくしき妻も得させで……〉（昭和十九年）と酒宴の席の戯歌の態をとって歌いかけた静雄である。機会があれば（戦争に行く前に）とにかく結婚しろ、こんな楽しいことがあるぞ、と呼びかける気持ちもあったかもしれない。

戦後の昭和二十三年、家庭婦人向けの雑誌『家庭と料理』に掲載された散文詩「薪の明り」も紹介しておきたい。寒い冬の朝、傷心の涙を流しながら、薪の火に顔を照らされている女の姿を歌ったドイツの詩を思い出す、と述べた後、静雄は子供時代の想い出を綴る。

子供の時三里はなれた町の中学校に通学していた私もそういう時刻にふと目ざめて、御飯をたいている母や姉の姿を、かまどの明りのなかに度々見た。

そんな時、「もうしばらく寝ていなさい。」と彼らは言つてくれた。

今私は、田舎に罹災疎開したまゝ、まだ都会に帰れずにいるが、曽ての母や姉の代りをしてくれるのは、妻だ。

暗い冬の朝、かまどの前、まきの火の明りの中にうずくまる女の姿ほど、あわれなものはない。

給料の大半を注ぎ込んだかもしれない、洋書も含めた貴重な書籍のコレクションを、静雄は戦災で失った。保管していた書簡も同様だったろう。これは憶測だが、書きかけの詩篇や下書きもあったかもしれない。敗戦国の一市民としての茫然自失。さらに、文学者として、大きな失意を被ったであろう静雄が、静かに母子を見詰めている景が胸に迫る一篇がある。〈疎開地に住みついて〉、という添書きのある、「子供の絵」。

赤いろにふちどられた
大きい青い十字花が
つぎつぎに一ぱい宙に咲く
きれいな花ね　沢山沢山
ちがふよ　おホシさんだよ　お母さん
まん中をすつと線がよこぎつて
遠く右の端に棒がたつ
あゝ野の電線
ひしやげたやうな哀れな家が

手前の左の隅つこに
そして細長い窓が出来　その下は草ぼうぼう
坊やのおうちね
うん　これがお父さんの窓
性急に余白が一面くろく塗りたくられる
晩だ　晩だ
ウシドロボウだ　ゴウトウだ
なるほど　なるほど
目玉をむいたでくのぼうが
前のめりに両手をぶらさげ
電柱のかげからひとりフラフラやつて来る
くらいくらい野の上を
星の花をくぐつて

母子で〝お絵かき〟をしている景を見つめている静雄。〈お父さんの窓〉は、草ぼうぼうの〈哀れな家〉に切られた、狭い窓である。視野を制限される窓。外部から近づいてくる不穏な影は、静雄の目には〈でくのぼう〉と映る。それは、静雄の不安の反映であると同時に、自身の姿を自嘲的に重ねてもいるからではないのか。子どもの描く星の花、それだけが鮮やかに、〈くらいくらい野の上を〉照らしている。これこそ、子どもの真っ直ぐな目が照らし出した真の光景……そう、静雄は感じていたのではないだろうか。

結核で入院した後の日記や手紙には、花子への想いが切ないほどに溢れている。たとえば昭和二十六年十月の日記。〈六日　晴明～夕方、まき、花、大阪での買物の帰りと云つてよる。黒砂糖、チーズ、ジャム、チーズ容器、支那マンヂユウ。果物等沢山くれる。うれし。花子泊る。うれし。七日　晴明。午後花子ひるね。夜も早くねる。東京旅行からずつと大へん疲れてゐるらしい。かはいさう。泊る。よくねむつたらしい。うれし。八日月曜　曇。朝九時半花子帰る。さびしさ身にしむ。午後二時半。たまらぬたまらぬ。花子。花子。花子。　九日　午前十時花子来る。＊＊のただれを洗ふため。うれし～十日　晴、暑し。胸くるし。ソボリンをのむ。花子のことを思ふ～十三日　入院満二年目。台風近く曇、土曜。お午前花、夏来る～三時頃帰る。帰つたあと淋しくてたまらぬ～十五日　台風の余波、暗鬱。十六日　快晴、花子を思ふ～〉かろうじて筆を執ることのできた時期の日記である。十一月一日には〈昨夜よくねむれ、咳も出ず、今朝珍しく快活な気持になる。感謝。花子を想ふ。楽しくあれよ。永く永く生きて楽しくあれよ。花子よ〉と記している。その後の日記は残されていない。

昭和二十八（一九五三）年三月十二日、身を起こすこともままならぬ状態で病臥したまま、伊東静雄は逝った。満四十六歳三ヵ月だった。

〈資料紹介〉『定本 伊東静雄全集』未収録散文一篇 翻刻と解題

## 1 大西溢雄詩集『旅途』序文報告

二〇二一年の五月三十日にあきつ書店（千代田区神田三崎町一―一―四）で入手した大西溢雄（おおにしいつお）詩集『旅途』（ウスヰ書房、昭和十六年十一月二十日発行）に、伊東静雄が「序にかへて」という散文を寄せている。五ページにわたる比較的長い文章で、序文というよりは文学随想に近い異色のものである。伊東静雄の昭和十六年当時（太平洋戦争開戦前）の文学観が伺われる資料であるが、『定本 伊東静雄全集』（人文書院、一九七一〔昭和四十六〕年十一月、以後『全集』と略記）に未収録である（平成元年刊行の第七刷も含む）。管見の限り現在まで拾遺散文として報告が無いので、新資料としてここに転載、紹介したい。*1

なお、大西詩集『旅途』は国会図書館に所蔵がありデジタル化もされている。国会図書館あるいは図書館送信参加館であれば容易に閲覧できるので、書影は省略する。旧漢字は基本的に常用漢字に直して転載した。

＊

## 序にかへて

伊東静雄

志貴皇子の、あの著名な、「さわらびの萌え出づる春になりにけるかも」の懽御歌一首は日頃倭漢朗詠集を愛読してゐる自分には、「岩そそぐたるひのうへの」といふ上の句につゞけて、いつも口についてゐる御歌である。[*2]

この「たるひ」といふところは、古今和歌六帖に一番早く見えてゐて、新古今にもさうなつてゐる。ところが、一番古い万葉には「垂見」となつてゐて、古来の註は、瀧といふ普通名詞とする説と、固有の地名とする説とがある。[*3]

又一首の解釈でも、アララギ風の純写生主義者は、春になつたよろこびを、甚だ新鮮潑剌と表現した秀歌であると鑑賞し、従て、この「たるみ」も地名にとらぬ方が一層写生的で、簡明でよいといふ。

一方、契沖を始め明治以前の国学者達は概ね地名にして、この歌に皇統に関する寓意を求めて、歴史的な解釈を与へてゐる。

六帖、新古今、朗詠集等一連の「たるひ」を契沖は、二、三の証を挙げて、「仮名ニカケル本ナトニ誤有ケルニヤ」と言つて、書写の誤に帰してゐる。

なるほど「たるひ」となると契沖の言ふ固有の地名としての役目は一応無くなつてしまふが、又一首全体はアララギ写生流の鑑賞も甚だおぼつかなくなつて来る程に象徴的で、かへつて契沖流の歴史的寓意の方が痛切に同感される結果になるのが面白い。

「石激」の二つのよみかた、イハソソグ、イハバシルは共に、万葉中には「たるひ」につづいたものは一つもない。この「たるひ」が契沖の言ふやうに単なる誤でなく故意のものであるなら、歌集編者の文学観として面白いし、また、伝承による自然的変移であるなら、それも興味がある。

も一つこのことに関連して、自分のいつも不思議に思ふことは、自分の故郷（長崎県諫早）では――この地は、自分の貧しい語学的素養からではあるが、甚だ古語の旧態を存してゐるものが多いやうに思はれる――「たるみ」といふ語を専ら「つらら」即ち「たるひ」の意味に用ひてゐることである。折々それを思ひ出しては、博識者に質してみたく考へながら、いまだにその機会がない。）（以後、当該書では文字ポイントを落として字サゲ　筆者注）

先日、未知の大西溢雄氏が突然来訪されて、近刊の同氏の新詩集に是非序を書けと言つて、その草稿を置いて行かれた。ところが自分はその翌日から已むを得ぬ旅行に出かけねばならなくなり、昨夜大へん疲労して家に帰つたのである。家に帰つて先づ第一に思ひ出したのは、その序のことである。しかも、その時の同氏のお話では、それは甚だ早急を要するものであつたことを思ひ出した。自分は困却した。この疲労した頭では、到底、ひとの永い間の精進の成果に対して責任あることは書けないと思つた。いま、この詩集と直接には関係のない以上の文字をつらねたのは窮余の一策である。窮余の一策ではあるが、しかしその場当りのものではない。永い間自分の胸中にあつたもので、自分の文学観の本質と無関係なものではない。只残念に思ふのは、大西氏の前途を祝するためのものであるべきこの序が、かへつて、大西氏の詩集の一隅を自分勝手に借用して、著者には或は無用な、一層或は迷惑なものではないかと思はれる点である。

しかし、考へてみれば、それは、まことに目出度い、美しいお歌である。駄文ではあるがそれに就いて書いたことは、前途ある著者の出発にとつては、強ち、時宜外れのものでもないであらう。

昭和十六年八月六日

伊東静雄の詩想、文学観が伺えると共に、正直すぎるほどの〝弁明〟を加えているところに伊東の人柄が偲ばれ、興味深い。

序文が執筆された頃の日記は残されていないが、もっとも近い日付の書簡を拾うと富士正晴宛のものが二通存在する。

昭和十六年の七月七日付け富士正晴宛書簡には、学期試験の後、〈淡路に臨海学舎一週間、それでいよいよ休暇〉とあり、昨日〈めづらしく〉詩が出来たとして「庭の蟬」を書き写している。八月九日付けの書簡には小泉八雲全集を読んでいること、〈八雲をよむと蟬や蝶々が、いままでより一層形而上的感興をひく〉こと、〈夏の夕方はいい〉〈この充溢した季節感は私には大へん必要〉〈夏には、感傷的にはなつても、弱り果てた気持がおこらぬのは、いいことです。物をみつめる気持になれるのも助かります〉と心境を記した後、「七月二日・初蟬」の詩を記している。大西詩集の「序にかへて」が記されたのはこの手紙の三日前にあたる。

＊

## （1）伊東静雄の文学観について

伊東の〝随想〟は、「たるひ」と「たるみ」の相違から書き起こし、古来の説を参照しながら契沖の「たるひ」は「たるみ」の写し間違いであるという説の検証に至る。さらに、「石激」に「たるひ」が続く例が一つもない、と実証的に「たるひ」が元来は「たるみ」であったことを確認した上で、ここから先、伊東静雄の問いは面白い動きを見せる。

なぜ、その〈誤り〉が起こったのか。もし、それが誤りではなく故意に採られた変更だとすれば、「たるみ」という言葉が本来持っていた意味、寓意、あるいは修辞的伝統の読み替えが編者によって行われ、意図的に「たるひ」が採用されたことになる。この誤りが自然発生的に起きたと考えた場合にも、「たるひ」という言葉の持つイメージが言葉本来の意味や歴史的意味合いの伝承よりも強く作用して、誤写を促した、と考えられはしまいか。いずれにせよ、実に面白いではないか……。

「み」と「ひ」の違いという言い方だと捉えにくいが、志貴皇子の歌を春たけなわの奔流となった雪解け水と滝、その飛沫を浴びるみずみずしい若葉を謳う歌と読むか、まだ岩にツララが下がっている早春、日差しを浴びて滴り始めた雫がやがてふくらんでせせらぎとなり、新芽を光らせていく様を謳う歌と読むかの相違ともいえる。伊東はどちらの読みを採るのか。

ここには複数の読み筋に沿って鑑賞し、それぞれの面白さを尊重する伊東の文学的態度の一端を見ることができるのではなかろうか。また、古典テクストの文字を過度に尊重する伝統重視の姿勢ではなく、時代により人により変化する解釈の在り方、受け止め方があるのだと考え、それを見ていこうとする柔軟な姿勢がある。博物館の標本のように古典を保存するのではなく、生きた言葉として今に受け継いでいこうとする姿勢、と言い換えてもいいかもしれない。

さらに伊東は、自分の故郷に古語が保存されている例が多いような気がする、と前置きをしたうえで、自分の故郷では「たるみ」を「垂氷(たるひ)」の意に用いていると書き添える。つまり、古人は「たるみ」と読みながらそこに「つらら」をイメージしていたのではないか。そして氷が解け水が滴り、やがて豊かな雪解け水となる春の呼び声を謳っているという解釈が、伊東の問いのひとまずの着地点であったと思われる。

伊東は言葉の意味の伝承と変化の可能性、言葉の音が呼び覚ますイメージと人為的に付与されてきた意味との差異の可能性、地域により古語から現代語への変化のスピードが異なる可能性までをも視野に入れていたことになる。

伊東自身も〈自分の文学観の本質と無関係なものではない〉と述べているが、こうした作品解釈における伊東の特質は、この和歌の解釈にとどまらず、他の作品においても発揮されたことだろう。

以上に見てきたとおり、かなり風変わりな「序」ではあるが、大西詩集を手に取る読者に対しても、読み方のひとつの促しとなるのではないか、という思いを潜めての「序にかへて」であったろう。読者それぞれの読み筋に沿った多様な読み方の尊重、固定したものではなく変化し続ける言葉という射程の中で現在の作品を読むという姿勢は、伊東の詩句、〈われ等は自然の多様と変化のうちにこそ育ち／あゝ　歓びと意志も亦そこにあると知れ〉（「そんなに凝視めるな」）にも呼応している。

### （2）「なかぞらのいづこより」について

伊東静雄には、大西詩集の「序にかへて」の主題となった志貴皇子の歌に想を得た作品がある。既に小高根二郎などにより和歌との関連が指摘されている詩で、この序に半年ほど先立つ昭和十六年の早春に執筆された「なかぞらのいづこより」である。

昭和十八年刊行の『春のいそぎ』に収められた時には、「七月二日・初蟬」と「羨望」――蟬の声がうるさくて、とこぼす青年の姿が印象的な詩、つまり夏の初めと盛夏とをうたう詩の間に置かれた。これは、早春の実景を謳う写生詩なのか。あるいは雪解けをひとつの象徴として情景を想う詩なのか。

なかぞらのいづこより吹きくる風ならむ
わが家（いへ）の屋根もひかりをらむ
ひそやかに音変ふるひねもすの風の潮（うしほ）や

春寒むのひゆる書斎に　書（しよ）よむにあらず
物かくとにもあらず
新しき恋や得たるとふる妻の独り異しむ

思ひみよ　岩そそぐ垂氷をはなれたる
去年（こぞ）の朽葉は春の水ふくるる川に浮びて
いまかろき黄金（きん）のごとからむ

風当たりの強い三国ヶ丘の家で潮騒のように風が吹き渡る、その音がかすかに変わるのを聞き取る繊細な耳。いつのまにか心の目は空の上から家を見下ろし、春のやわらかな日差しに屋根が照らされて光るのを見つめている。本を読むでもなく、物を書くでもなく、しかし熱に浮かされたように目を輝かせている詩人の様子をいぶかしむ妻。詩人の魂は春先の暗く寒い書斎の中ではなく、春の兆しを見せ始めた谷川のほとりに既に飛んでいる。

ツララが解け、水が滴り、やがて水は豊かにふくれあがっていく。春の日差しを浴びて金に光りながら軽やかに浮かび流れ出す去年の朽葉……冬の間、じっと息を潜めるように凍りついていた朽葉が、自由に溢れ出す瞬間を心は夢想している。

伊東がこの詩を書いたのは、「文学界」昭和十六年四月号掲載という時期から考えて昭和十五年の冬から十六年の春にかけてのことだったろう。作詩の時点では、書斎に居て遠い谷川の雪解けを想っていたことになる。それでは写生詩なのか。太平洋戦争開戦へと傾斜していく時代に、まるで反比例するかのように均整の美や内向する静けさへと向かっていく伊東の創作姿勢を考える。詩語がプロパガンダへ動員されて行こうとする時代に、新古今、古今、万葉とテクストを辿り、様々な時代の解釈を読み込みながら凍てついた心と言葉を解放しよう、解け出させようと努める詩人の姿を見るのは穿ちすぎだろうか。大政翼賛会が成立したのは、「なかぞらのいづこより」の発表に先立つ秋であったことも視野に入れておきたい。[*4]

また、単独で発表した詩篇を詩集に編む時の再解釈についても考えておく必要がある。後に『春のいそぎ』に編む時、伊東は夏を歌う口語詩二篇のリアリティーで挟むような形で、美しい擬古文に整えられた「なかぞらのいづこより」を配置した。真夏のただ中に出現する初春。雪解け、という象徴性が際立つ配置と言える。『春のいそぎ』全体の配置と工夫については別稿で考えたいと思うが、大西詩集の「序にかへて」を書いた時期と重ねると、真夏の蟬のコーラスの中で志貴皇子の歌について思いめぐらしていた夏休みのひと時の姿が浮かび上がる。連想されるのは、八月に真冬の雪原が出現する「八月の石にすがりて」の詩境である。むろん、『春のいそぎ』の配列からそこまで読み込むのは個人的な鑑賞の領域にとどめておくべきことではあるが。

この詩の言葉の選択について、二、三述べておきたい。「なかぞらのいづこより」の三連〈思ひみよ　岩そそぐ垂氷をはなれたる〉は、『和漢朗詠集』の「岩そゝく垂氷のうへのさわらびの」に依拠していることは明らかである。大西詩集の序文の中でも〈愛読してゐる〉と述べているが、大西詩集の発行者でもある臼井喜之介が出していた同人誌「新生」に寄せた「京都」という随筆の中で、伊東は学生時代から『和漢朗詠集』と『新古今和歌集』を愛読していたと記している（昭和十五年一月）。とりわけ、『和漢朗詠集』は伊東にとって〝バイブル〟であった。昭和十二年十二月の酒井ゆり子宛書簡には〈私は聖書をよむことと『和漢朗詠集』といふ昔の本を味ふことを仕事にしてをります。聖書は勿論、私が信者になつたのでは、（決して決して）ありません。ただ漫然と、ところどころ何か思ひ当りながら勝手によんでゐるのです。『和漢朗詠集』は私の詩の勉強です〉と記している。同じ頃、伊東の恩師、潁原退蔵宛書簡の中で〈このごろは、『和漢朗詠集』や芭蕉の初めの頃の紀行文なぞよんで、自分の詩の手本にしてをります〉と記している。愛読しているがゆえに、万葉の「岩ばしる垂水の上の」よりも「岩そそく垂氷の上の」の方が身に馴染んでいたということが一つ言えるかもしれない。

もう一つは、戦後『反響』に再録する際に、「なかぞらのいづこより」の第三連を〈岩そそぐ垂氷〉から〈思ひみよ　氷れる岩の谷間をはなれたる／去年の朽葉は～〉（傍線筆者）と書き換えていることである。伊東は歌の文言をパラフレーズし、直接的な引用を改める形で「たるひ」のイメージを採る選択をしたのだ。この改訂により、伊東の心中の景は滝となって流れ落ちる雪解け水ではなく、凍てついた岩場に流れ始めた雪解けのせせらぎであったことが明確にわかるのだが、この改訂は時期的にみて、蓮田の志貴皇子論にも目を通した上で行われていることが興味深い。

蓮田善明の「志貴皇子」は、（昭和十七年歳暮補稿）の文言を付して『神韻の文学』に収録されている。そこでは〈志貴皇子の「岩激る」の歌は、広野の春でなく、山渓を遡り、川上に尋ね、垂水を飛躍してその上なる岩にはつ〴〵に（或は早春の雪間をやぶつて）萌え出でるさ蕨の春である。この原始に於て春になる心が歌はれてゐるのである。原始からの憧憬である。そしてその直前には白い凍結があるであらう。その凍死的な冬を前に立てゝ歌はれる春である。しかもその春はいかなる凍結をもやぶつて生きてくる春である。さういふ悠久のいのちからのみづ〴〵しい新しさが、この「懽（よろこび）の歌」にはあつて、歌自ら感動に脈うつてゐる〉と読んでいる。元歌から、凍てついた朽葉が黄金に光りながら再び軽やかに流れ出す景を引き出した伊東と、雪解け水が滝となって流れ下る、その生命力の源を思い描く蓮田。優美、解放を求めた伊東と、激しさ、復活する命の漲りを求めた蓮田、と言ってもいいだろう。[*5]両者の資質の違いともいえるが、伊東は初期の激しさや悲壮感を持ったパトスの表出から離れて優美で均整の取れた古典美を目指していたのに対し、蓮田はなおも憧れやまない地点にいる、ということでもあろう。伊東と蓮田は、この時、〝自分の詩の場所〟をどこに置いていたのか。

二〇二〇年、この問題について示唆に富む論考が瀬尾育生氏より提出されている。[*6]瀬尾氏は、復員した富士正晴が〈戦争中ウルトラ右翼だった連中が、戦後たちまち左翼化していることについて非難がましいことをのべると、伊東は、《人民としてそれが当然だといった。世の中が左翼化すれば左翼化し、右翼化すれば右翼化するのが当然ですよ、それが良いのですよと言った》という挿話を引いて、言葉では世の中が変わっても信念を変えないことが正しい、と個的な倫理を普遍的なものに拡大しておきながら、実際には世の中に同調して変容していくような「知識人」の「啓蒙」としての在り方よりも、世の中の変化を自然に受け入れつつも個人の倫理はあくまでも個人のものにとどめている「人民」のありようの方がよほどましだと伊東は言いたいのだと読み解く。そして、〈『夏花』から『春のいそぎ』にかけての時期の、伊東静雄の転回の秘密〉を、〈好戦的から反戦的にかかわったのでもなければ戦闘的から厭戦的にかわったのでもない〉し、〈ある連続する直線上を平明化（あるいは衰退）していったわけでもない。そうではなくて、自分の詩の場所を、ここで語られたような意味での「人民」の位置へ、どこかで決定的に移し替える、ということがあったのだ〉と述べ、その転回点を、詩的直観と思想的考察、実証的な時代考証とを連動させて検証していく。

瀬尾氏の視点は、左記の問題を考える際に重要な示唆を与えてくれるように思う。すなわち、伊東静雄がかつて〈インテリゲンチヤの悩みは、唯物史観そのものの中に理論的矛盾を発見することによつておこるのではなく、頭は唯物史観を肯定しながらもヘルツ（ハート）が云ふことをきかない憂鬱なんですね〉（昭和四年十二月二十一日宮本新治宛）と吐露していた時点では自らを〈インテリゲンチヤ〉の側に置いていたこと、そのころから『わがひとに與ふる哀歌』そして『夏花』に至るまでの時期は、保田與重郎らの「日本浪曼派」や蓮田らの「文芸文化」にも連帯感を抱いていたと推測されること。それが昭和十八年の『春のいそぎ』の時点では〈浅茅がもとの蟲の音〉の位置に〈わがうた〉を定位し、（イデオローグとなった知識人たちの声も含んで）〈神讃むる／くにたみの高き諸声〉となった臣民の声に対置させていること。戦後の『反響』においては、幼子の無心の行為に憧れる位置に自らの詩の場所を求めていること――これらをどう読み解くかという課題である。

「なかぞらのいづこより」の改訂という小さな手掛かりから幾分遠くまで来てしまったので、ここで出発点に戻りたい。今回の「序にかへて」の発見により、古人は「たるみ」と書いたけれども「たるひ」をイメージしていたと伊東は考えていたことが明らかになったように思う。伊東は『和漢朗詠集』の表記と解釈を尊重して、「たるひ」と「つらら」のイメージを採用し、垂氷と記した。また、多くの注釈書が「岩ばしる」と訓ませるのに従わず岩そそぐを採ったのは、既に奔流となった雪解け水ではなく、つららから滴り落ち、今まさに流れ始めようとするせせらぎの段階に意を注いでいたからであろうと思われる。「たるひ」「たるみ」を巡る国文学の議論を辿る中で、「岩激」を平安・鎌倉期には「いはそそく」と訓ませたこと、新古今時代には「いははしる」は滝にかかる枕詞として用いられ、「いはそそく」は水音と結び付けて詠まれる例が多かったことを知った。[*7]「イワバシル」は滝を、「イワソソグ」は谷川のせせらぎを思い起こさせる訓み方ということになる。

伊東は故郷の言葉から古代においては「たるみ」と「たるひ」は同じものを意味していたのではないかと考えたのだが、伊東の〈博識者に質して〉みたいという願いに応えるかのような一説にも出会った。藤原俊成の歌合判詞や俊成歌を手掛かりに、「たるひ」をツララ、「たるみ」はその溶け水、つまり一連の現象の違う側面を言い表す語ととらえていたのではないか、とする説である。俊成は『和漢朗詠集』の早春の候に置かれたことも踏まえてこの歌を早春の詠と解し、歌の情調や内容から垂見を地名とする説を否定。「たるひ」と「さわらび」の響き合いといった音韻重視の姿勢も見せつつ、歌意から意図的に「たるみ」を「たるひ」に書き換えた、というのである。[*8] 伊東はどう応えるだろうか。

## (3) 大西溢雄について

発行者の臼井喜之介が『旅途』跋文で〈大西溢雄君は法城寺閑といふ名で久しく報いられることの少い「生活風景」をひきいてきた詩人〉〈寡言の人〉と紹介している。〈風景それ自体が…ひとつの抒情として甦つてくる〉詩をこつこつと書いてきた人で、静かで明るく、同時に〈若いいのちがのぞいてゐる〉詩は万葉の作品にも通じるものがある、人柄にもそれが現れていると評している。〈伊東静雄氏が期せずして「さわらび」の歌を思ひつかれたのも、自然ななりゆきかと考へる〉と、序としてはかなり風変わりな伊東静雄の序文にフォローともとれる感想を寄せているのが面白い。

大西の詩集後記を読むと、二年前から計画していた第一詩集であり、作品は〈郷土文芸誌「生活風景」にまた「詩文学研究」「昭和詩人」等に発表したものが多い〉。ちなみに、〈未知なこの自分の突然な申出に早々快よく序をお送り下された伊東静雄氏〉への感謝は記しているが、紹介者などへの謝意はない。大西がどのような経緯で伊東宅を訪れたのかは不明だが、おそらく臼井喜之介の紹介によるものであろう。昭和十六年に大西詩集に先立って刊行された臼井喜之介の第一詩集『ともしびの歌』には丸山薫が序文を寄せている。

大西溢雄については、幸い大西が昭和十年に創刊した「生活風景」を二十三冊所持しておられる季村敏夫氏に調査をご依頼することができた。

「生活風景」六号（昭和十五年四月）の通信欄に三月三日に明石市の錦江ホテルで「生活風景」五周年記念会が開かれた報告があり、出席者名に臼井喜之介の名がある。同じ号に臼井が第二集の感想を寄せており、文中に〈生活風景が創刊以来、漸々と進歩のあとをふみ進んできた〉という文言のあることから、臼井は創刊号から大西が発行する「生活風景」を受け取り、交流が始まっていたものと推察される。

以下、季村氏からいただいた私信より大西についての記述を引用、紹介する。

大西溢雄（おおにしいつお一九一三〜八四）
出身地は加古川市。筆名は法城寺閑。結婚後に毛呂溢雄を名乗り姫路市に住む。昭和十（一九三五）年に満州から帰国、水原秋桜子の『馬酔木』に属し、同時に『生活風景』（兵庫県加古郡尾上村口里六六五）を創刊、詩や俳句ときに随筆を発表する。同人の大半は山陽電気鉄道の従業員だった。昭和十六年十一月、伊東静雄の序文のある第一詩集『旅途』を上梓。十二月九日、非常措置により大塚徹（昭和六年検挙）、詩村映二（活弁士、トーキー反対の姫路三館共同争議に関わる）、多田留雄（三菱製紙高砂工場勤務、日本共産党員）ら十名が検挙。二十日には『生活風景』同人の志水伊之助（姫路三館共同争議、福島紡績飾磨工場の争議に関わる）、森田進が治安維持法違反容疑で検挙（※このことは季村敏夫氏の著書『カツベン　詩村映二詩文』みずのわ出版、二〇二〇年六月、に記載されている。）そのため大西は証人として何度か尋問を受ける。同人の検挙の後の亀裂と空白感を抱え、雑誌は昭和十七年二月に廃刊。この言論弾圧は同じ年の三月三日に起こった神戸詩人事件をおもうと現在振り返る者はほとんど居ないが、アナキストや労働争議に参加する異質な存在の抹殺を実行したのか、軍都姫路の片隅で真摯になごやかに詩歌を学ぶ小グループまで蹂躙されたこと、記録し記憶に留めねばならない。なお詩集『旅途』刊行時の『生活風景』の主な同人は大塚徹、小松原死解雄（アナキスト）、米田穣、垣哲也ほか十一名、彼ら以外に出征中の同人が六名も居た。

山陽電気鉄道では運転手として業務に専心、後に網干駅の初代駅長に就任。第一詩集の版元である京都の臼井喜之介が主宰する『新生』『詩想』『岸壁』の同人として関わり、梶浦正之の『詩文学研究』や横山青娥の『昭和詩人』などに寄稿した。昭和二十一年十月には鎌倉文庫の『人間』や筑摩書房の『展望』などの姫路版である総合評論誌『水耀（すいよう）』（姫路市勝原区山戸七四八、後に改め『創建』）を創刊し編集に携わるが、現在この雑誌を知る者はまずいないのではないか。第二詩集『草衣』の原稿を喪失した衝撃で詩作を断念、本格的に句作に励み、久保田万太郎の『春燈』に属する。また敗戦後直ぐに結成された山陽電気鉄道の労働組合の設立に尽力、初代執行委員長に就任、私鉄労連にも関わり、そのことを基礎に姫路市議会議員として政治活動に専心。昭和四十六年四月に山崎為人と共に俳誌『門』を創刊、青焔句会を主宰、山陽句会、春燈姫路句会に関わる。句を引く。

冬の蝶ひかりこぼすは吹かれをり
顔を剃る鏡の中のうめもどき
渓流の音ひびき合ふ青楓
蔓の実のちるいさぎよさ秋晴るゝ

昭和五十九年十月、脳卒中の発作後に病の床に就き、十二月十三日帰らぬ人となった。

季村敏夫氏の簡潔にして情熱に満ちた文章なので、長文で恐縮だが許可を得て引用させていただいた。[*9]

版元の臼井喜之介と伊東静雄との交友がいつから始まったのかは不明だが、臼井のエッセイ「伊東静雄氏を憶う」（「果樹園」一〇九号昭和四十年三月）によれば、潁原退蔵宅で伊東を紹介されたのが最初の出会いだったらしい。その後、二、三度作品の寄稿を受けたが、京都に住んでいることもあり、あまり会うことはなかったという。昭和十三年十一月、立原道造が長崎旅行の途次、京都の臼井の店に立ち寄ったことがある。数日後に臼井の店を伊東が訪ね、会えなかったことを残念がった。「四季」四七号の立原道造追悼号に寄せた「立原道造君と私」の中で、伊東は臼井のことをU君として挙げ、その時のことを記している。

## 2 『定本 伊東静雄全集』刊行以降の拾遺紹介

人文書院から昭和三十六年に（いわゆる戦争詩）七篇無削除の『伊東静雄全集』（小高根二郎・桑原武夫・富士正晴編）が発行されて以降、増補改訂版、定本版と追補が行われてきた。定本版全集が刊行されてからも版を重ね、平成元年の第七刷において、印刷後に判明した追補資料が別刷で添付されているが、遺漏も含めその後の発見資料は相当数にのぼる。これまでに判明しているものをここで一度、整理しておきたい。

### （1）『伊東静雄全集』について[*10]

一九六一年　『伊東静雄全集』（限定一二〇〇部）（『春のいそぎ』自序及び「戦争詩」7篇も収めた無削除版）
一九六六年　増補改訂版　初刷（一八〇〇部）
一九六八年　増補改訂版　二刷（一〇〇〇部）
一九六九年　増補改訂版　三刷（一一六〇部）
一九七一年　『定本 伊東静雄全集』（一五〇〇部）
一九七三年　定本版全集　二刷（四六〇部）
一九七四年　定本版全集　三刷（七〇〇部）
一九七六年　定本版全集　四刷（一〇〇〇部）
一九七七年　定本版全集　五刷（八〇〇部）
一九八〇年　定本版全集　六刷（七〇〇部）
一九八九年　定本版全集　七刷（五〇〇部）最終

政治の季節と連動するように伊東静雄が読まれていたことが興味深い。その前後の他社版も挙げておく。

一九五三年『伊東静雄詩集』桑原武夫・富士正晴編（「戦争詩」削除版）、創元選書239、創元社

一九五三年『伊東静雄集』伊藤信吉解説、全詩集大成 現代日本詩人全集11巻創元社（創元選書本を底本とする・削除版）

一九五七年『伊東静雄詩集』桑原武夫・富士正晴編、新潮文庫72、新潮社（創元選書と同一内容に桑原の解説を付す・削除版）

一九六〇年『現代 Ⅳ』村野四郎解説、現代詩人全集第8巻（角川文庫247・8）角川書店（「曠野の歌」以下、各詩集より23篇を収録した代表詩選）

一九六三年『三好達治・丸山薫・田中冬二・立原道造・富永太郎・菱山修三・伊東静雄』鮎川信夫解説、現代日本名詩集大成第8巻、東京創元社（『わがひとに与ふる哀歌』収録）

一九六四年『伊東静雄詩集』桑原武夫・富士正晴編、世界の詩第16巻、弥生書房（新潮文庫版『伊東静雄詩集』より「拾遺2篇」を除き、『春のいそぎ』の削除詩7篇を加える）

一九六四年『太平洋開戦：12月8日』奥野健男解説、昭和戦争文学全集第4巻（集英社）『春のいそぎ』抄（削除詩7篇に自序および第一日を加える8篇）

一九六七年『現代詩集』篠田一士解説、現代文学大系第67巻、筑摩書房（『わがひとに与ふる

哀歌』収録）

一九六八年『伊東静雄・立原道造・丸山薫』庄野潤三編・解説「日本詩人全集」第28巻・解説、新潮社（創元選書の「戦争詩」削除版を引き継いだ新潮文庫版を底本とした削除版）

一九六八年『三好達治・中原中也・伊東静雄』村野四郎解説、日本文学全集第51巻、集英社（増補改訂版『伊東静雄全集』の詩篇全篇を収録・無削除版）

一九六八年『中原中也・伊東静雄・八木重吉』江藤淳解説・阪本越郎鑑賞、日本の詩歌第23巻、中央公論社（二〇〇一年に中央公論新社よりオンデマンド版）（削除版）

一九七一年『萩原朔太郎・中原中也・伊東静雄・立原道造』現代日本の文学第17巻、学習研究社（二〇一九年に学研プラスより『学研の日本文学　伊東静雄　わがひとに与ふる哀歌ほか』、『学研の日本文学　伊東静雄　反響・拾遺詩篇ほか』オンデマンド版）（『春のいそぎ』は自序を除く全篇）

六〇年代は全集刊行期といえる。また七〇年代の定本版全集に並行して刊行された文庫版等は左記の通り。

一九七三年『伊東静雄詩集』富士正晴編、日本の詩集第15巻、角川書店（全詩篇を制作順に収録・無削除版）

一九七三年『伊東静雄詩集』林富士馬編、旺文社文庫17－1（新潮文庫版に削除詩7篇、全集より初期詩篇13篇を増補。林による各篇ごとの脚注あり）
一九七五年『伊東静雄』小島信一編、「日本の詩」シリーズ、ほるぷ出版（無削除版）
一九七九年『田中冬二・伊東静雄集』川村二郎編、日本の詩第19巻、集英社（三好豊一郎編の「田中冬二集」と併せて抄録した一巻）
一九八〇年『伊東静雄詩集』藤井貞和編、現代詩文庫1070、思潮社（この文庫には、小川和佑が〈非常に均衡の取れた伊東静雄の全貌を伝える最良の流布本。専門家の手に成る類書になかった厳密な校訂は高く評価されてよい。以後の静雄詩入門者はこの流布本をテキストとするべきであろう〉と解説を加えている。）（独自の観点から「久住の歌」「大詔」を本篇に、「わがうたさへや」を解題に収め、自序と4篇の「戦争詩」を割愛している）
一九八九年『伊東静雄詩集』杉本秀太郎編、岩波文庫（自序及び戦争詩7篇削除版）
二〇〇五年『蓮田善明／伊東静雄』新学社近代浪漫派文庫35（無削除版）

**（2）全集刊行以降の新発見資料報告一覧**

定本版全集の最終第七刷には別刷の栞「伊東静雄研究文献目録総覧追加（昭和四十六年十二月～平成元年三月）小川和佑編、一九八九年四月」が付いており、次のような添え書きがある。

＊編集室より（第七刷発行に際して）

定本伊東静雄全集発行以来十九年が過ぎました。その間追加訂正を行ってまいりましたが、さらに第七刷印刷後、次の追加資料ならびに誤植が発見されました。

この栞には杉山平一宛と三島由紀夫宛の二通の書簡が追加資料として掲載され、追加訂正も九か所が示されているが、重版の際に行われた訂正については明示されていないので詳細は不明。また、この時点で判明していた書簡について未報告など遺漏もある。現在に至るまでの資料報告もかなりの数にのぼるので、一覧で整理しておく。なお、二〇〇四年までの調査は碓井雄一氏の「『定本 伊東静雄全集』逸文の紹介、ならびに補説」（「昭和文学研究」四八集、二〇〇四年三月）に多くを負っている。

掲載書誌に続いて◎を付して資料内容を示した。書名は『　』誌名は「　」論文名、題名は「　」で表記。葉書と書簡の別は付さず、宛と記した。

一九七六（昭和五十一）年一月　小高根二郎『詩人、その生涯と運命』国文社

＊　一九六五（昭和四十）年五月　新潮社刊行の『詩人、その生涯と運命』については、近代作家研究叢書78『詩人、その生涯と運命』（新潮社版の復刻）監修吉田精一、解説田中俊廣（日本図書センター、一九九〇年一月）を参照

◎蓮田善明宛狂歌

◎「美しき朋輩たち」梗概等

＊　右二点は小高根の後記に言及がある。

◎「十二月八日近く　思を述ぶ」（〔文芸〕〔コギト〕十二月号、昭和十七年）

＊　筆者確認。新潮社版にも既に記載あり。

一九八四年十一月　小高根二郎「伊東静雄その詩碑と拾遺と」〔文学館〕5

◎唱歌「木枯し」（水野康孝編『新修女子音楽』大阪開成館、昭和十二年九月）

◎昭和七年五月四日　吉田貞子宛

◎昭和九年二月三日　宮本新治、貞子宛

◎昭和九年二月十八日　宮本新治宛

◎昭和十五年九月二十九日　杉山平一宛（一九八九年の栞に掲載）

◎昭和十九年十一月二十一日　三島由紀夫宛（同右掲載）

一九八五年九月　米倉巌『伊東静雄　憂情の美学』審美社

◎昭和十八年春　日付不明　下村寅太郎宛

◎昭和十八年十月二十七日　下村寅太郎宛
一九八七年一月　無記名「当館所蔵の伊東静雄書簡について」［大谷女子大学図書館報］19
◎昭和二十六年一月十五日　小高根二郎宛
＊　伊東花子代筆の昭和二十五年（日付なし）書簡も所蔵ありとのことだが翻刻はなし。昭和二十六年のもののみ掲載。
一九八九年四月　『定本　伊東静雄全集』七刷栞（一九八四年小高根に五通紹介されている書簡のうち、杉山平一宛と三島由紀夫宛二通を転載。）追加訂正のうち、初出の修正は「七月二日・初蟬」が［コギト］昭和十六年七月→不明（のちに［天性］と判明）「庭の蟬」も同様。「夏の終」が〈不明。太平洋戦争勃発前？〉→［公論］昭和十五年十月
一九九四年一月　赤塚正幸「伊東静雄読書目録」［叙説Ⅸ］
◎［呂］3（昭和七年八月）、4（昭和七年九月）、6（昭和七年十一月）、7（昭和七年十二月）掲載の後書き（短文）4篇
一九九五年三月　飛高隆夫「肥下恒夫宛伊東静雄葉書二十通他一通」［四季派学会論集］6
◎昭和十年八月二十二日〜昭和十八年十月十二日までの大妻女子大学図書館所蔵の葉書紹介。「他一通」はコギト発行所宛萩原朔太郎葉書。
一九九五年七年　無署名「館蔵資料から＝未発表資料紹介」［日本近代文学館］146
◎昭和十三年十一月二十日　品川力方海風社宛

一九九六年八月　碓井雄一「伊東静雄の「全集」と「文庫本」・覚書」〔群系〕9
◎〔呂〕4の短文（一九九四年赤塚のあげるものとは別、伊東静雄による前々号掲載作品の字句訂正。今後の作品校訂に必要。）
一九九七年十二月　大塚梓・田中俊廣編『伊東静雄青春書簡　詩人への序奏』本多企画
◎大正十二（一九二三）年～昭和十年三月二十三日までの大塚格宛書簡133通の翻刻紹介と解説。書簡発見の第一報は〔西日本新聞〕一九九三年十月十三日。
二〇〇四年三月　碓井雄一「『定本　伊東静雄全集』逸文の紹介、ならびに補説」〔昭和文学研究〕48
◎散文「二つの詩集」（〔野人〕6　昭和十四年九月）
＊　一九九二年に穀田恵子が「伊東静雄と浜田広介——新見資料を中心にして」〔宮城教育大学国語国文〕20を提出しているが、一九八四年に小高根が報告している唱歌「木枯らし」を新見資料として報告したものであることを碓井氏が二〇〇四年の稿中で指摘している。新見資料報告ではないが、楽曲との関係についての考察など参照すべき点も多い。
二〇一〇三月　柊和典・吉田仙太郎・上野武彦編『伊東静雄日記　詩へのかどで』思潮社
◎大正十三（一九二四）年十一月三日～昭和五（一九三〇）年六月十日までの新発見日記。静雄の佐賀高～京大時代。
二〇一三年一月　田中俊廣「伊東静雄の帰郷「なれとわれ」論——未発表書簡に触れながら——」

『ことばの遠近法』弦書房（二〇〇五年十二月［活水日文］47初出）
◎昭和十年三月　内田健次郎（伊東静雄従弟）宛
◎昭和十七年八月十八二日　山本芳司（伊東花子の兄）宛
◎昭和十七年八月二十二日　内田清三（伊東静雄叔父）宛
◎昭和十七年九月三十日　内田健次郎宛
二〇一三年三月　上村紀元『伊東静雄　酒井家への書簡』伊東静雄研究会
◎大正十五年七月～昭和二十二年十二月六日までの書簡103通の翻刻紹介。二〇〇六年に酒井小太郎親族から諫早市に寄贈されたもの。このうち52通が『全集』で公表されている。残り51通は未公表だった。
二〇一七年五月一日　上村紀元「伊東静雄の走り書き断片――新発見資料紹介」［詩と思想］5
＊遺族から寄贈された伊東静雄蔵書への書き込み。二〇一四年三月二十二日に日経新聞などに発表したものの再報告。
◎大山定一『ドイツ詩抄』に書き込まれた草稿一篇。
◎丸山薫『花の芯』に書き込まれた草稿一篇。
◎三好達治『詩を読む人のために』に書き込まれた短文一篇。
二〇二一年六月二十六日　上村紀元「伊東静雄研究会会報」148
＊伊東静雄が結核で闘病中に友人宛に発信された書簡二通。全文の翻刻を四季派学会論集26拙稿にても

転載紹介している。

◎昭和二十六年六月十二日　木下昇宛

◎昭和二十六年六月二十日　木下昇宛

二〇二二年二月　碓井雄一「伊東靜雄本文整理稿」――『定本　伊東静雄全集』逸文二篇／生前作品集　大東文化大学日本語文学会［日本文学研究］61

◎則武三雄『鴨緑江』序詩（『全集』の「散文　雑」の部に原形と思われる短歌が収載されている）

◎日本ペンクラブ編『現代詩　現代日本文学選　第二巻』（『哀歌』よりの再録に際し付された「作者のことば」）

＊以上、定本版全集以降、詩（草稿含む）六篇、散文一篇、短文その他八篇、日記ノート五冊分、書簡220通が確認されている。今回紹介した大西溢雄詩集の「序にかへて」一篇を散文の項目に加えたい。

◆本稿は「四季派学会論集26集」（二〇二一年）に掲載した「『定本　伊東静雄全集』未収録散文一篇および新発見書簡二通　翻刻と解題」より一部を転載したものである。伊東静雄の晩年、入院中に発出された新発見書簡二通については、伊東静雄研究会会長上村紀元氏発行の「伊東静雄研究会会報」148号（二〇二一年六月二十六日）に翻刻紹介されている。入手しにくい資料ということもあり「四季派学会論集26集」にも再録したので、ここでは割愛した。

＊1　大西溢雄詩集序文について既報告の調査を進める過程で、知遇を得ている範囲で照会を行ったところ、詩人の季村敏夫氏、研究者の中嶋康博氏と碓井雄一氏がこの序文の存在を既に把握しておられたことを知った。古書店の目録にも伊東静雄序文と明記されており、関心のある複数者の目には触れていたと思われる。したがって厳密には新発見ではないが、『全集』逸文であり、また、学会誌や大学紀要等には未発表であるので、ここに報告したい。

＊2　「石激　垂見之上乃　左和良妣乃　毛要出春介　成来鴨」（石灑とある古写本によりイハソソクと訓む説もあると注記）「石ばしる垂水（たるみ）の上のさ蕨の萌え出づる春になりにけるかも」日本古典文学大系5『萬葉集二』岩波書店、一九五九年。

「石そゝく垂氷（たるひ）のうへのさわらびの萌えいづる春になりにけるかな」日本古典文学大系73『和漢朗詠集　梁塵秘抄』岩波書店、一九六五年。

＊3　「岩そゝぐたるみ（ひ）のうへの早蕨（さわらび）のもえ出づる春に成りにけるかな」日本古典文学大系28『新古今和歌集』岩波書店、一九五八年。

＊4　伊東静雄の古典愛好と、ナショナリズムに加担する古典復興あるいは古典擁護とは同一視することはできない。後世、ナショナリストとみなされることの多い蓮田善明にしても昭和十六年十月の時点で〈このような戦の日に優柔な古今和歌集などを随喜するのは錯誤の観があるとの批評に私は伏することはできない〉と述べている（「国風の復興としての古今和歌集」『神韻の文学』一條書房、昭和十八年十月に収載。発行者は臼井喜之介）。「たをやめぶり」や「みやび」を尊重する立場や意見表明を、伊東静雄はいかに受け止めていたのか。伊東の周辺でも、日中戦争開戦と共に戦意高揚的な詩を書き始めた詩人が多数いたが、その時期に伊東は書いていないことなども含め、改めて考えたいと思う。

＊5　〈原始からの憧憬〉や〈悠久のいのち〉へと向かう詩想は、皇国史観に影響を受けた古典復興との関係から考える必要があるのではないか。高村光太郎が文学報国会の詩部会長として新聞に掲載したのは〈萬古をつらぬいて御神はおはす。／いのちのみなもとを知るもの力あり、〉という詩句で始まる「みなもと

に帰するもの」であった。（『軍神につづけ』大政翼賛会文化部編、翼賛図書刊行会、昭和十八年二月）今後の検討課題としたい。

＊6　瀬尾育生「ひとつの時代の終わりについて——伊東静雄の「夏の終」」『日本現代詩歌研究』一四号、二〇二〇年三月。

＊7　武井和人「〈たるみ〉と〈たるひ〉」『中世和歌の文献学的研究』笠間書院、一九八九年、『時代別国語大辞典上代編』三省堂、一九六七年、など。

＊8　趙力偉「『古来風躰抄』における万葉抄出歌の本文異同について——「たるみ」と「たるひ」を中心に」東京大学国文学論集（1）、二〇〇六年五月。

＊9　季村敏夫氏は今回の調査で判明したことを「イリプス」三五号Ⅱnd（二〇二一年十一月十日刊行）に発表。送っていただいた私信はその草稿段階のもの。参考文献などは「イリプス」掲出稿に記載。

＊10　人文書院営業部の佐藤良憲氏に問い合わせたところ、全集企画者で当時の社長であった渡辺睦久氏は故人、定本版全集の担当者であった堀田氏も二十年以上前に退社し、詳細は不明とのこと。

# 終章

書くことは不思議な行為だ。それは、発掘や採掘に似ているかもしれない。作品を読み、資料や関連する論考を読み、予想や仮説を立てて実際に書き始めるのだが……自分はこんなことを考えていたのか、こんなことに気づいていたのか、と自分の書いた文字に驚かされ、その驚きに応じて当初の予定が変わっていく、ということがままある。時には予測していたのとはまるで異なる、思いがけない場所に辿り着くこともある。事前に「書くべきこと」が定められていて、それが見えてくるような気がするときは自分でも書いていて爽快感があるが、その先が見えないときは苦しい。そんな時は資料や他者の言葉を読むのをやめて、ひたすら作品を読み直す。不思議なことに、何度か繰り返すうちに……それまで気にならなかった助詞や単語の意味が、急に揺らぎだしたりする。

漠然と濫読の中で吸収してきたことが、作品という結節点を通過して一つのラインに結び付けられていく。点と点が網目のように絡み合い、ひとつの姿を現し始める。そこまでたどり着けばほっと一息、あとは自分が読み手となって文章を推敲する。

私が初めて伊東静雄の詩に触れたのはいつだったろう。学生時代には西欧美術史や美学を専攻し、卒業後は主婦業を専らとしていた暮らしの中で、詩は私的な楽しみの領域にあるものだった。読んでいたのは主に近代西欧の翻訳詩。〝趣味〟〝生活の潤い〟〝迷った時の心の指針〟など、時々に求める理由は異なっていたが、常に傍らにあったことは間違いない。

私が真の意味で伊東静雄の詩と〝出逢った〟のは、私が四十代に差し掛かった頃。子育ても一段落し、私自身の生き方を探し始めた矢先に遭遇した、東日本大震災の衝撃に茫然としている時だった。直接には、比留間一成講師の通信添削講座を受講した際、霧の中でなんらかの手ごたえを得たい、と藻掻いている私に、伊東静雄を読みなさい、と全詩集を貸していただいたことが契機となっているのだが——全詩集を読み終えてすぐに、その答えに通じるものを伊東静雄の詩は有している、そうした直観が〝やってきた〟のだった。

学生時代に従妹の自死に直面して、芸術などという〝虚学〟を学んでいていいのだろうか、教育学や心理学など〝実学〟を学ぶべきではないのか、と悶々とし、深い霧の中に迷い込んでしまったことがあった。その時は大学時代の恩師の加藤泰義先生の導きとリルケの講読が私を再び明るみの中に連れもどしてくれたのであったが、その時のことも伊東静雄のリルケへの傾倒に重なって思い起こされる。

伊東静雄を読み始めたときの感動と、その時に感じた戸惑い（特に「戦争詩」を巡る過去の評言についての疑問や違和感）について、ようやく、自分なりの考え方を持てるようになった気がしている。当初は〝戦争詩〟の問題など意識せずに読んでいた。しかし、戦後の刊行時に〝削除〟された七篇の問題や、戦後の批評空間における〝戦争詩〟全般についての批判や反省の言説——時には、日本が無謀な戦争に雪崩れ込んだことの検証という冷静かつ正当な批判の域を超えて、友人や知人の命や健康、自らの青春が無残に奪われたことへの憤りが先行したり、〝解放〟や〝聖戦〟という言葉の上皮の影で行われていた蛮行への義憤が噴出して——罵詈雑言の姿を取って表れた〝批判〟にも遭遇し、呆然とすることもあった。

伊東静雄が直接被ったわけではないにしても、たとえば「日本浪曼派」に乱暴に一括りにされるときの、伊東静雄作品全体に兆す影や、伊東静雄作品を愛するがあまり、一部の作品を〝伊東静雄ともあろう詩人が〟〝なぜ、書いてしまったのか〟と無念さを剝き出しにして評するような評言の振幅に素直に従うことができなかった。伊東静雄の詩は低俗安易な「戦意高揚詩」とは全く違う、〝これを書いたからといって何が悪い〟と開き直るような喧嘩腰の論調にも違和感があった。

様々な先学のエッセイや評論を読みながら、危機の時代、とりわけ精神的な激震の中を生きざるを得なかった時代（たとえば学生運動期など）に伊東静雄の作品が読まれ、その思索を探ろうとする道筋が開かれていったことを知った。小川和佑は『伊東静雄論考』の後書きに〈思えば筆者の人生の三分の二以上の時間はこの浪曼詩人の詩的衝撃に憑かれていたといってよい。あの一九四五年の初夏。一冊のアンソロジーで「水中花」と「八月の石にすがりて」を読んだ。その詩的感動はそれまでに読んだどんな詩篇よりも異様にと呼んでよいくらい苛烈であった。その衝撃は極めて危険に満ちた美しさだった。あの退廃し崩壊寸前だった時代にあって、これらの詩は自己に強制される不条理な死さえも、享受することができるといった内的衝迫さえ伴ったのであった〉と記している。同時に〈だからといって、この詩人も同人として名を連ねた『日本浪曼派』の文学運動をも思想的に肯定するのではない。むしろ、伊東静雄という詩人をも含めて『日本浪曼派』を日本の悪霊として否定するべき一人である〉とも記している。この言葉が記されたのは一九八三年。その後、ベルリンの壁が打ち砕かれ、ソ連が崩壊した。

左派の〝理想〟もまた、理念としても現実としても打ち砕かれ、資本主義、自由主義、民主主義の勝利がひと夜の夢のごとく〝先進国〟の人々の間を席巻し……共生の未来を描く総括的理想像を誰もが明確に描き得ないまま（分断、分節化され、〝大きな物語〟を見失ったまま）、欲望の時代が幕を開ける。（私が中学、高校に通っていた頃だ。）大学に入って間もなく、バブル経済が破綻した。その頃刊行された桶谷秀昭の『昭和精神史』では『日本浪曼派』の文学運動は果たして〈悪霊〉であったのか、問い直す方向にギアが切り変わっている。表裏、光陰、その両面から物事を見なくてはいけない、考えなくてはいけない、そう言い聞かせつつ――〝抗いがたい魅惑〟が、危機の時代に為政者に都合よく〝利用〟されることがある、過去にもあった、これからもあるだろう――そんなひりひり焼け付くような危機感を覚える。

高校生の時に、ワーグナーの楽劇に耽溺していた。学生時代、夢中で福永武彦や辻邦生を読んでいた。（たとえば辻が『夏の砦』で描きだそうとしたのは、生と死のぎりぎりの境域で輝き渡る生について、その危険な美しさについて、ではなかったか。私の内なる浪曼的傾向。）

ウクライナ戦争で表出したロシアの民間軍事会社の名が、ワグネル、と知り戦慄した。ワーグナーのロシア語読みだという。またしても〝利用〟されようとしているロマンティークの行方を、その危うさと共に凝視していかねばならない。しかし、どうやって？

「日本浪曼派」自体についての検証も近年、ようやく歴史的次元で冷静に行われる段階に入ってきた感がある。分断が進み、戦前の格差社会や戦後の冷戦構造がイデオロギー抜きに利権と欲望を剝き出しにして蘇ろうとしている今だからこそ、この〝文学運動〟がウルトラナショナリズムにどのような形で〈加担〉したのか、あるいは〈加担〉したとみなされたのはいかなる理由からなのか、これからの未来のために再検討していくべき課題であろうと思われる。（日本では「戦前」「戦後」という言葉が一九四五年を基準点に持つことが〝自明〟である、ということ自体も、日本の特殊性として考えておかねばならない。〝世界〟に〝戦後〟が訪れたことは、未だかつて一度もないのだ。）

歴史的事実を直視することと、作品を愛したり憎んだりすることは別ではないのか。たとえ、直接血のつながる父祖が残虐非道な行為を行っていた（行うことを強いられていた）としても、その罪を正視することが父祖の魂や子孫の精神を穢すことにはならないはずだ。むしろ、そうした事態を認めるか認めないか、という心理的な抵抗の部分に付け込み、歴史修正主義が罷り通る昨今の状況の方が、より深刻な問題ではないのか。

疑問が山積していく中で、私の伊東静雄理解は感動、共鳴から擁護へ、そして再び冷静な評価へ、と揺れた。その揺れの中で、自身が当時の状況下に置かれたらどう考えたか、どのように振舞ったか、そのことをどう理解していくのか、と自らの身に引きつけて考えることが多くなった。過去の検閲や告発ではなく、先行事例として学び、考え、反省材料として将来にどう手渡していくのか、という理性の指示に加えて、状況の渦中に置かれた詩人の葛藤や迷い、躊躇いや良心の動き、詩情への純粋な憧れを読み取りたい、という感性の欲動が加わった。困難の中で選択されていった言葉の足跡の中に、あからさまな反戦や非戦、状況批判といった現象——ポジの面を探すのではなく、ネガの面、あからさまにできない状況への嫌悪や抵抗、戦時下の国民としての素朴な戦勝の念や、滅亡を予測し諦念や葛藤を潜り抜けた後の微かな希望を読み取ることへ、意識が傾いていった。

ある詩人に、なぜ『春のいそぎ』なのか、詩史的に見れば『わが人に與ふる哀歌』だろう、と問われたことがあった。確かに、当時の詩壇に大きな驚きを与えた、という影響力の大きさや、斬新な修辞の展開によって内面のドラマや心象景、思想性を表象するという未踏の表現を模索している点において、『わが人に與ふる哀歌』を代表作と観ることに吝かではない。しかし、それは当時の詩壇における評価や事後の詩史における評価を基準とした、いわば同時代や歴代の詩人たちの中に位置づけるという場面においての評価である。

伊東静雄という詩人の一生を振り返ってみて、また、自身が「戦時」という状況下に置かれたならば、どう振舞うのか、振る舞い得るのか、という視点から見直した時、私には『春のいそぎ』が第一詩集以上に重要な作品として浮上してきたのだった。そして、こうした評言との関係性の問題以前に感じていた、『春のいそぎ』を初めて読んだ時に感じた愛着、心のおののきのようなものを、改めていま、思い起こしている。それは、情景や言葉の響きの美しさ、均衡や抑制を保った古典的洗練の度合いや、家族や友人に向けたまなざし、自己の内面への深化といったことに加えて……激しく〝我〟を照らし出していた光自身が促されていった経緯への共感が大きいようにも感じている。

の峻厳さの自覚から、柔らかく包み込むように詩空間を満たしていた光の発見へと、静雄

クラシック音楽が好きで、美術が好きで、外国文学も日本の古典文学も好きで……時には高踏的と思えるほどに思索を好む一方、気取らず、偉ぶらず、雑談の場においては猥雑の気味も帯びた如才ない冗談も口にする。教師としての職務に律儀すぎるほどに熱心で、子煩悩、家族の面倒も積極的に引き受ける。地方在住の無名の若者の文章に誠実に目を通し、時に必要な助言も与える一方で、名誉欲や功名心に長けた者を毛嫌いする。文学談義の現場では低俗な雑話を嫌い、狷介に言い募ることもあった。偏屈、頑固、身なりにはあまり構わず、野花や朝顔など市井の草花を愛し庶民的な食べ物を好む一方で、「ええとこのぼんぼん」からの頂きものも遠慮せずに受け取った。研究や探求には時に脱力するほどに没頭し――熾烈なほどに詩想を探求する熱い心を持っていた……。

静雄の手紙や日記、作品や随想、研究者や愛読者の評伝やエッセイから立ち上がってきた私なりの伊東静雄像だが、どこか亡き父の姿に重なる部分があった。もちろん、父は歴史教師だったし、ビールよりもウイスキーが好きだったなど「違い」を数え上げればきりがない。しかし、国語教師に徹し、父として家庭に在りながら詩人の道を模索していた伊東静雄の背中に、私は最初に惚れ込んだような気がする。

伊東静雄が低音で吟じたという詩の朗誦を聞いてみたかった。鈴木亭が聞き覚えて歌っていたという調べを、録音でもよいから聞いてみたい。時に甲高い声も張り上げたという国語の授業を、生徒になって受けてみたかった。それは小説の中でなら可能かもしれないが、今は遺された言葉から推測しうる範囲での姿を垣間見ることに留めておきたいと思う。

# 〈伊東静雄〉作品年譜

※刊行詩集4冊及び『定本 伊東静雄全集』収録拾遺詩篇年譜。常用漢字使用。未定稿は省略。
※『全集』掲載事項を修正したものについては、末尾に*を付す。
※作品名（初出 昭和○年△月→s.○.△）
※旧題は「 」、誌名は『 』で示す。
※発行月と号数が異なる場合、月数を優先。

◆わがひとに與ふる哀歌（s.10.10）
晴れた日に『コギト』（s.9.8）
曠野の歌『コギト』（s.10.4）
私は強ひられる――『コギト』（s.9.2）
氷れる谷間『文学界』（s.10.4）
新世界のキィノー『呂』（s.8.7）『コギト』（s.8.9）
田舎道にて『コギト』（s.10.2）
真昼の休息『日本浪曼派』（s.10.4）
帰郷者『コギト』（s.9.4）
同反歌　旧題「都会」『呂』（s.7.10）
冷めたい場所で『コギト』（s.9.12）
海水浴『呂』（s.8.11）『コギト』（s.8.11）
わがひとに與ふる哀歌『コギト』（s.9.11）
静かなクセニエ　不明
詠唱（この蒼空の）旧題「事物の本抄」9連の改作『呂』（s.7.11）
四月の風『呂』（s.9.6）
即興『椎の木』（s.10.4）
秧鶏は飛ばずに全路を歩いて来る『四季』（s.10.4）
詠唱（秋のほの明い）旧題「朝顔」『呂』（s.7.10）

有明海の思ひ出『コギト』（s.10.3）
（読人不知）旧題「秋」『呂』（s.7.11）
かの微笑のひとを呼ばむ『日本浪曼派』（s.10.7）
病院の患者の歌『呂』（s.8.6）『コギト』（s.8.8）

＊

行つてお前のその憂愁の深さのほどに『コギト』（s.10.6）
河辺の歌『コギト』（s.9.10）
漂泊『コギト』（s.10.8）
寧ろ彼らが私のけふの日を歌ふ『コギト』（s.10.1）
鶯『呂』（s.9.2）
（読人不知）旧題「静かなクセニエ抄」『呂』（s.7.12）

**◆詩集夏花**（s.15.3）

燕『コギト』（s.14.7）
砂の花　旧題「小曲」『文芸文化』（s.15.1）
夢からさめて　旧題「古鳥哀歌」『コギト』『むらさき』（s.12.3）＊
蜻蛉『コギト』（s.12.1）
夕の海『コギト』（s.13.5）
いかなれば『コギト』（s.13.9）
決心『コギト』（s.13.1）
朝顔『コギト』（s.12.2）
八月の石にすがりて『文芸懇話会』（s.11.9）
水中花『日本浪曼派』（s.12.8）
自然に、充分自然に『コギト』（s.11.1）
夜の葦『コギト』（s.13.8）
燈台の光を見つつ『コギト』（s.14.6）
野分に寄す『文芸文化』（s.14.1）
若死　不明　昭和十四年？
沫雪『コギト』（s.14.5）
笑む稚児よ……『コギト』（s.12.1）

早春『コギト』（s.13.3）
孔雀の悲しみ『伝統』（s.12.7）
夏の嘆き『四季』（s.10.11）
疾駆『コギト』（s.12.4）

◆春のいそぎ（s.18.9）
わがうたさへや　旧題「讃歌」『文芸世紀』（s.17.4）
かの旅『コギト』（s.18.6）
那智『文芸文化』（s.18.7）
久住の歌『新文化』（s.18.2）
秋の海『文芸世紀』（s.18.2）
述懐　旧題「軍神につづけ」『大阪毎日新聞』（s.17.12.4）＊
なれとわれ『コギト』（s.17.10）
海戦想望『コギト』（s.17.5）
つはものの祈『コギト』（s.17.4）
送別『コギト』（s.17.3）
春の雪『文芸文化』（s.17.3）
大詔『コギト』（s.17.1）
菊を想ふ『日本読書新聞』（s.16.12.1）
淀の河辺『文芸文化』（s.18.1）
九月七日・月明『四季』（s.17.1）
第一日『帝国大学新聞』（s.16.10.27）
七月二日・初蟬『天性』（s.16.8）＊
なかぞらのいづこより『文学界』（s.16.4）
羨望『天性』（s.16.10）
山村遊行『コギト』（s.16.6）
庭の蟬『コギト』（s.16.7）
春浅き『四季』（s.16.5）
百千の『文学界』（s.15.12）
わが家はいよいよ小さし『文芸』（s.16.1）
夏の終『公論』（s.15.10）＊
蛍『天性』（s.15.8）

小曲『改造』（s.15.4）
誕生日の即興歌『文芸世紀』（s.15.2）

◆反響（s.22.11）

――小さい手帖から――
野の夜『座右宝』（s.21.9）
夕映『座右宝』（s.21.9）
雲雀『午前』（s.22.2）
訪問者『女性展望』（s.21.9）
詩作の後『光耀』（s.21.10）
中心に燃える『舞踏』（s.21.11）
夏の終り『文化展望』（s.21.10）
帰路『舞踏』（s.22.3）
路上『改造』（s.22.10）
都会の慰め『光耀』（s.21.10）
――わがひとに與ふる哀歌――
『わがひとに與ふる哀歌』より抜粋につき省略

――凝視と陶酔――
早春『コギト』（s.13.4）
金星『コギト』（s.13.7）
そんなに凝視めるな『知性』（s.14.12）
他は『夏花』より抜粋につき省略
――わが家はいよいよ小さし――
『春のいそぎ』抜粋につき省略

◆『反響』以後
明るいランプ『舞踏』（s.23.1）
小さい手帖から『舞踏』（s.22.9）
野の樫『文芸春秋』（s.23.5）
露骨な生活の間を『新大阪新聞』（s.24.1）
雷とひよつ子『文芸』（s.24.7）
子供の絵『文芸往来』（s.24.7）
夜の停留所で『詩学』十三号（s.23.11）＊
無題　昭和二十四年一月六日（s.24.1.6）

寛恕の季節『大阪毎日新聞』（s.24.3.6）
長い療養生活『文芸春秋』（s.28.2）
倦んだ病人『大阪毎日新聞』（s.28.3.23）

◆拾遺詩篇

空の浴槽『明暗』（s.5.5）
庭をみると『耕人』七号（s.6.2）
ののはな『耕人』八号（s.6.10）
私の孤独を『耕人』九号（s.7.2）
公園『呂』創刊号（s.7.6）
櫻・野茨の花・追憶『呂』（s.7.7）
夕顔・葉は・窓・八月・父祖の肖像・懼・
　並木・湖『呂』（s.7.8）
花咲く『呂』（s.7.9）
ぼくのうた『童謡の国』十一号（s.7.9）
事物の詩　抄―母・新月・都会・秋・廃園・
　朝顔『呂』（s.7.10）
事物の本　抄・静かなクセニエ―幸福な詩
　人達が・花園・秋『呂』（s.7.11）
秋の夜『童謡の国』（s.8.1）
静かなクセニエ　抄―脚韻・軽薄・動物園で・
　飛行機・山中で　三篇『呂』（s.8.3）
VERKEHRSINSEL―銃・停つた馬車の中で・
淡水の中で・Verkehrsinsel・修身・風景・
音楽・川沿ひの公園・散歩・神様に・牧人・
後退・昨日の敵・或る友に・エケード『呂』
　（s.8.4）
四月・泥棒市『呂』（s.8.6）
市中の或る一家―新世界のキィノー・馬用
　水の傍で彼は歌ふ・残された夫・市中の
　或る一家『呂』（s.8.7）
少年N君に―『学芸』二号（s.8.12）
入市者『生理』（s.10.2）
まだ猟せざる山の夢『日本浪曼派』（s.10.11）

拒絶『コギト』（s.10.12）
さる人に『日本浪曼派』（s.10.12）
追放と誘ひ『日本浪曼派』（s.11.1）
疾風『新潮』（s.11.3）
誓ひ『コギト』（s.11.3）
幻『四季』（s.11.5）
睡眠の園『改造』（s.11.6）
墜ちし蝶『作品』（s.11.6）
宿木『むらさき』（s.12.7）
高野日記より『むらさき』（s.12.10）
わが笛『コギト』（s.12.12）
詩一篇『四季』（s.13.1）
虎に騎る『むらさき』（s.13.1）
朝顔『新日本』（s.13.4）
無題『四季』（s.13.6）
稲妻『文芸文化』（s.13.7）
柳　旧題「夜と昼」『コギト』（s.14.6）

ざれ歌『文芸汎論』（s.14.2）
みちのべに『コギト』（s.15.10）
送別『コギト』（s.17.3）
十二月八日近く　思を述ぶ『文芸』『コギト』（s.17.12）＊
うたげ『新女苑』（s.19.2）
二十五周年祝歌『住中新聞』創立二十五周年記念号（s.22.11）
薪の明り『家庭と料理』（s.23.11）

訳詩
ヘルデルリーン（無題）『山の樹』二号（s.14.4）
ケストネル「上流社会の人達」「海抜千二百米」『呂』（s.8.7）
ハイネ「清掃」『呂』（s.9.7）

※『定本 伊東静雄全集』「作品年譜」訂正内容
（富士正晴『伊東静雄研究』、小川和佑『伊東静雄論考』はそれぞれ『研究』『論考』と略記）

・病院の患者の歌／『コギト』（s.8.8）を付加『研究』、『論考』参照・原典確認）

・夢からさめて／旧題付加（『研究』『論考』参照）

・述懐→旧題付加（原典確認）

・七月二日・初蟬／『コギト』7月号→『天性』8月号（『萩原朔太郎　晩年の光芒』2006参照）

・夏の終／不明→『公論』10月号（『全集』第7刷栞「伊東静雄研究文献目録総覧追加（昭和46・12〜平成1・3）参照・原典確認）

・夜の停留所で／『詩学』12月→11月（原典確認）

・十二月八日近く　思を述ぶ／付加（小高根二郎『詩人、その生涯と運命』参照・原典確認）

※『全集』との異同について

・わがうたさへや／『論考』では2月号となっているが、4月号が正しい（原典確認）

・百千の／『研究』『論考』の年譜では『文芸』12月号となっているが、『文学界』（s.15.12）が正しい

・夜の停留所で／『論考』に記載漏れ

・寛恕の季節／『研究』『論考』では新聞名と月数が異なる

# 伊東静雄年譜

＊表記は『書名』「雑誌名」〈作品名〉（掲載誌）。伊東静雄の年譜内の丸カッコは補足事項。文学史的事項の前に数字を置いて月数を示しました。

＊小川和佑『伊東静雄論考』を主に参照、『定本　伊東静雄全集』収載の年表（小高根二郎作成）や小田切進編『日本近代文学年表』、『日本詩人クラブ編「日本の詩」100年』なども参照して作成、諫早市伊東静雄研究会会長の上村紀元氏にも疑問点を照会しました。（その他、岩淵宏子・北田幸恵・長谷川啓編集「編年体近代現代女性文学史年表」（『国文学解釈と鑑賞別冊』）なども参照しました。）付記して感謝申し上げます。

| 年号 | 年齢 | 伊東静雄年譜 | 文学史的事項【歴史的事項】 |
|---|---|---|---|
| 1904（明37） | | | 9島崎藤村『藤村詩集』、9与謝野晶子〈君死にたまふことなかれ〉（明星）【2月、日露戦争〜1905年9月】 |
| 1905 | | | 1大塚楠緒子〈お百度詣〉（太陽）、5石川啄木『あこがれ』、7蒲原有明『春鳥集』、7「婦人画報」（国木田独歩創刊、10上田敏訳『海潮音』 |
| 1906（明39） | 0歳 | 12月10日、長崎県諫早町（現諫早市）に生れる。父・伊東惣吉（旧姓榎並：明1・5・25〜昭7・2・12）、母・ハツ（旧姓内田：明9・7・15〜昭11・2・ | 1伊藤左千夫〈野菊の墓〉（ホトヽギス）、3島崎藤村『破戒』、5伊良子清白『孔雀船』、5薄田泣菫『白羊宮』、 |

| 年 | 年齢 | 事項 | 文学・社会 |
| --- | --- | --- | --- |
| | | 25）の四男。父惣吉は榎並家から伊東家の養子となる。家畜の仲買商を営み、後に木綿糸商に転じた。長兄栄一*（明27・7・14～昭3・9・27）、姉ミキ（江川家に嫁ぐ：明30・9・26～平2・1・26）、次兄潤三（明35・4・8～大6・8・15）、三兄岩蔵（明38・2・14～明治39・1・30）妹りつ（明42・10・3～平7・11・14）弟寿恵男（明45・4・9～平17）。 | 9夏目漱石〈草枕〉（新小説）【堺利彦らが日本社会党結成。婦人参政権運動】 |
| 1910 | | | 3～6漱石〈門〉（東京、大阪朝日）、9川路柳虹『路傍の花』、12石川啄木『一握の砂』【5月、幸徳秋水の大逆事件。8月、韓国併合】 |
| 1911 | | | 1ニイチェ＝生田長江訳『ツァラトゥストラ』、1西田幾多郎『善の研究』、9「青鞜」（平塚らいてう）創刊 |
| 1913（大2） | 7歳 | 諫早尋常小学校入学。学業は優秀であったが作文は苦手、体操が苦手な虚弱児だった。富士正晴がこの年の10月、徳島に生れる。 | 1森鷗外〈阿部一族〉（中央公論）、1北原白秋『桐の花』、4永井荷風訳『珊瑚集』、4田村俊子〈木乃伊の口紅〉（中 |

| 年 | 年齢 | 事項 | 文学事項 |
| --- | --- | --- | --- |
| | | | 央公論)、5平塚らいてう『円窓より』、7島木赤彦・中村憲吉『馬鈴薯の花』、10斎藤茂吉『赤光』 |
| 1914 | | | 4エンマ・ゴルドマン=伊藤野枝訳『婦人解放の悲劇』、4~8漱石〈心〉(東京、大阪朝日)、10高村光太郎『道程』、12白秋『白金之独楽』【7月、第一次世界大戦~18年11月】 |
| 1915 | | | 1鷗外〈山椒大夫〉(中央公論)、11芥川龍之介〈羅生門〉(帝国文学)、12山村暮鳥『聖三稜玻璃』 |
| 1917(大6) | 11歳 | 次兄潤三死去。 | 2萩原朔太郎『月に吠える』、5志賀直哉〈城の崎にて〉(白樺)、7有島武郎〈カインの末裔〉(新小説)【3月、ロシア革命~1923年6月】 |
| 1918 | | | 7「赤い鳥」(鈴木三重吉)創刊、7芥川龍之介〈蜘蛛の糸〉(赤い鳥)、9室生犀星『抒情小曲集』 |

| 年 | 年齢 | 事項 | 参考事項 |
| --- | --- | --- | --- |
| 1919（大8） | 13歳 | 諫早尋常小学校卒業、長崎県立大村中学校入学。汽車で通学する。 | 1菊池寛〈恩讐の彼方に〉（中央公論）、5ゲエテ＝生田春月訳『ゲエテ詩集』、6ホイットマン＝白鳥省吾訳『ホイットマン詩集』、6西條八十『砂金』 |
| 1920 | | | 1志賀直哉〈小僧の神様〉（白樺）、1～6吉屋信子〈地の果てまで〉（大阪朝日新聞）、6有島武郎『惜しみなく愛は奪ふ』、6島木赤彦『氷魚』、10上田敏作・訳『牧羊神』 |
| 1921 | | | 1～8志賀直哉〈暗夜行路（前編）〉（改造）、2小川未明〈赤い蠟燭と人魚〉（東京朝日新聞）、2「種蒔く人」（小牧近江）創刊、3倉田百三『愛と認識との出発』、6高群逸枝『日月の上に』、7佐藤春夫『殉情詩集』、12平戸廉吉〈日本未来派宣言運動〉第1回宣言【11月、原敬首相刺殺事件】 |
| 1922 | | | 1「コドモノクニ」（東京社）創刊（児 |

| | | | |
|---|---|---|---|
| | | | 童雑誌の創刊盛ん）、1福田正夫他編『日本社会詩人詩集』、1～志賀直哉〈暗夜行路（後編）〉（昭12・4まで）（改造）、9野上弥生子〈海神丸〉（中央公論）、12深尾須磨子『真紅の溜息』【3月、全国水平社創立】 |
| 1923（大12） | 17歳 | 3月、大村中学を4年で修了（通常は5年）。4月、佐賀高等学校文科乙類入学。ドイツ語を学び始める。島木赤彦を愛読。 | 1萩原朔太郎『青猫』、2高橋新吉（辻潤編）『ダダイスト新吉の詩』、7金子光晴『こがね虫』、8知里幸恵編・訳『アイヌ神謡集』【9月、関東大震災】 |
| 1924（大13） | 18歳 | 9月、諫早女学校より同郷の先輩酒井小太郎が佐賀高校に英語教師として赴任（酒井はラフカディオ・ハーンの教え子だった）。酒井安代、百合子の姉妹と知り合う。安代は静雄と同年、百合子は4歳年下。この頃より短歌を詠み始める。 | 4宮沢賢治『春と修羅』、6野口雨情『青い眼の人形』（童謡集）、6「文芸戦線」（「種蒔く人」の後身）創刊、7「マヴォ」（村山知義）創刊、11「亜」（安西冬衛、北川冬彦、滝口武士）創刊【12月、第50回帝国議会に婦人参政権建議案、衆院本会議に初めて上程】 |
| 1925 | 19歳 | | 7細井和喜蔵『女工哀史』、8八木重 |

| | | | 吉『秋の瞳』、9堀口大學訳『月下の一群』、10萩原恭次郎『死刑宣告』【4月、治安維持法公布】 |
|---|---|---|---|
| 1926（大15・昭1） | 20歳 | 3月、佐賀高等学校卒業。4月、京都帝国大学文学部国文科入学、青木敬麿方に下宿。7月、帰省の途次に当時姫路在の酒井家に立ち寄る。同志社高等商業学校学生の宮本新治と知り合う（和歌を通じて交友を深める）。 | 1～2川端康成〈伊豆の踊子〉（文芸時代）、4「驢馬」（中野重治、堀辰雄他）創刊、10北川冬彦『検温器と花』、11吉田一穂『海の聖母』、12伊藤整『雪明りの路』【1月、京都学連事件。最初の治安維持法適用】 |
| 1927（昭2） | 21歳 | 1月、帰郷せず、姫路の酒井家で正月を迎える。初めて詩を一篇作る。〈障子を／あくれば／枇杷の木／／障子を／させば／枇杷の影〉（酒井安代宛書簡、未発表）〈2月　火を吹けばたのしかりけり孤居（ひとりゐ）のさびしさもしばし忘れ居しかな〉（4月、酒井百合子　同志社女専入学。）この頃『長塚節選集』に感動する。11月、荻原井泉水「遍路となりて」、前田夕暮の『緑草心理』、ツルゲーネフの『父と子』などを読む。黒谷瑞泉院で行われたアララギ歌会に出席、同席の歌人たちに失望、以後アララギへの | 3リルケ＝茅野蕭々訳『リルケ詩抄』、3龍之介〈河童〉（改造）、7龍之介自殺、8富永次郎刊『富永太郎詩集』、9平林たい子〈施療室にて〉（文芸戦線）【11月、集産党事件】 |

| | | 関心を失う。万葉集の書写に励む。 | |
|---|---|---|---|
| 1928（昭3） | 22歳 | 3月に帰省。弟の寿恵男、佐賀高に合格。4月、京都に転居した酒井家に足繁く訪問。沢潟久孝助教授宅で行われていた研究会に参加、万葉の研究に励む。藤沢古実『国原』などを読む。〈5月　家の外（と）に柿の花咲き／その柿に雀ゐる故／そのことを心にもちて／寂しけど寂しきままに／うらやすの夕の座にゐる（酒井安代宛葉書、未発表）〉9月、長兄の栄一没。10月、映画脚本の懸賞に応募し〈美しき朋輩達〉が一等を獲得する。 | 2窪川（佐多）稲子〈キャラメル工場から〉（プロレタリア芸術）、2八木重吉『貧しき信徒』、3全日本無産者芸術連盟（ナップ）結成（5機関誌「戦旗」創刊）、7「女人芸術」（長谷川時雨）創刊、9「詩と詩論」（春山行夫）創刊、10～翌10林芙美子〈放浪記〉（女人芸術）、11草野心平『第百階級』、12萩原朔太郎『詩の原理』<br>**【2月、第一回普通選挙。3・15事件（共産党員一斉検挙）】** |
| 1929（昭4） | 23歳 | 3月、卒業論文「子規の俳論」が首席通過。大阪府立住吉中学に着任、嘱託で月給110円。6月「戦旗」を読む。マルクス、芥川龍之介、チェーホフ、ツルゲーネフなどを耽読。8月、東京の福田清人・蒲池歓一より同人雑誌「明暗」に誘われる。（福田らは大村中学時代の同級生で、中学の文芸部に所属していた。伊東は中学時代は文芸部には関わらなかった）。 | 2堀辰雄〈不器用な天使〉（文芸春秋）、4安西冬衛『軍艦茉莉』、4～10島崎藤村〈夜明け前〉（中央公論）、5～6小林多喜二〈蟹工船〉（戦旗）、6～11徳永直〈太陽のない街〉（戦旗）、6北園克衛『白のアルバム』、8宮本顕治〈敗北の文学〉が「改造」創刊十周年記念の懸賞評論一席、9小林秀雄〈様々な |

| 年 | 年齢 | 事項 | 文学・社会 |
| --- | --- | --- | --- |
| | | | る意匠〉が二席（改造）、10林芙美子〈九州炭鉱放浪記〉（改造）、12田中冬二『青い夜道』【4・16事件（共産党員一斉検挙）。10月、世界恐慌始まる】 |
| 1930（昭5） | 24歳 | 3月、京大大学院に入学しようと大学と交渉を試みるが実現しなかった。4月、住吉中学嘱託より教諭に昇格、教員免許4級月給115円。モーパッサン、ルナール、トーマス・マンなどを読む。5月〈空の浴槽〉を「明暗」に発表（活字になった最初の作品）。12月、セガンティーニの画集を知り、感動する。 | 1竹内てるよ『叛く』、3「婦人戦線」（高群逸枝）創刊、6「詩・現実」（北川冬彦）創刊、10ランボオ＝小林秀雄訳『地獄の季節』、11永瀬清子『グレンデルの母親』、11「女性時代」（河井酔茗）創刊、11中野重治『夜明け前のさよなら』、12三好達治『測量船』【1月、ロンドン軍縮会議。2月、共産党員大検挙。5月、共産党シンパ事件で三木清、林房雄ら検挙される。11月、浜口雄幸首相狙撃事件】 |
| 1931（昭6） | 25歳 | 4月、弟寿恵男、京大文学部入学。7月、諫早に帰省。途次、姫路の酒井家でリヒャルト・シュトラウスの「モルゲン」を百合子と聴き、深く感動する。11月、京大時代の友人で大谷女専教授の青 | 1小野十三郎他訳『アメリカプロレタリア詩集』、5「セルパン」（堀口大學）創刊、9「文芸汎論」（岩佐東一郎）創刊、11月、日本プロレタリア文化連 |

| | | | |
|---|---|---|---|
| | | 木敬麿より「呂」の同人に勧誘される。 | 盟（コップ）結成（ナップ解散）<br>【9月、柳条湖事件。満州事変始まる】 |
| 1932（昭7） | 26歳 | 1月、この頃縁談起こる。2月、父惣吉病没。約一万円とも言われる父の負債ともども家督を相続。この頃からリルケの詩を訳し始める（訳稿は散逸）。4月、元心斎橋筋の生薬商の子女で奈良女子高等師範卒、堺高等女学校地歴科教諭の山本花子と結婚。6月、青木敬麿と同人誌「呂」を創刊。7月、夏休みで帰阪した「コギト」同人田中克己（東大2年）が中島栄次郎（京大2年）と共に伊東静雄宅を訪問。 | 3月～4月、日本プロレタリア文化連盟（コップ）への弾圧があり、中野重治、ら四〇〇人が検挙。小熊秀雄、一回目の拘留。3「コギト」（保田與重郎）創刊、6「アナーキズム文学」（青柳優）創刊、11「唯物論研究」（戸坂潤）創刊、12竹中郁『象牙海岸』、12丸山薫『帆・ランプ・鷗』<br>【3月、満州国建国宣言。5・15事件。7月、ロサンゼルスで第10回オリンピック開催】 |
| 1933（昭8） | 27歳 | 6月、「コギト」からの原稿依頼に応じて「病院の患者の歌」を送る。以降、「コギト」に参加。夏、軽い神経症に罹患。 | 2月、小林多喜二が築地署で虐殺される（駆け付けた小熊秀雄らは逮捕され29日間拘留（二回目）。5「四季」（堀辰雄）創刊、7尾崎翠『第七官界彷徨』、8高祖保『希臘十字』、9西脇順三郎『Ambarvalia』<br>【1月、ドイツでヒトラー内閣誕生。 |

| 年 | 年齢 | 事項 | 社会 |
| --- | --- | --- | --- |
| 1934（昭9） | 28歳 | 2月、妻花子病臥。10月、「コギト」の発行者、肥下恒夫と大阪二科展で初めて会う。この頃より「呂」を離れて「コギト」に専念。11月号「コギト」独逸浪曼派特集号にのせた詩「わがひとに与ふる哀歌」に対して、萩原朔太郎の賞賛の手紙を受け取る。 | 3月、日本は国際連盟を脱退。6月、共産党幹部の佐野学ら獄中で転向声明】<br>2月、日本プロレタリア作家同盟（ナルプ）解散、6萩原朔太郎『氷島』、9亀井勝一郎『転形期の文学』、12中原中也『山羊の歌』<br>【9月、室戸台風、西日本の被害甚大。東北で大凶作、娘の身売り増加】 |
| 1935（昭10） | 29歳 | 2月、中谷孝雄、亀井勝一郎の薦めにより「日本浪曼派」の同人となる。萩原朔太郎の詩誌「生理」、「文学界」より詩を求められる。4月、詩集出版を計画。小高根二郎、この頃初めて静雄を訪問。「四季」に初めて詩を発表。7月、保田與重郎の推挽で詩集刊行が具体化。この頃、下阪の百田宗治、丸山薫に会う。10月、『わがひとに与ふる哀歌』をコギト発行所より300部、自費出版する。萩原朔太郎の讃辞。11月、富士正晴を訪問、以降、生涯にわたる交友が始まる。11月22日、出版記念会のため | 1～12小林秀雄〈ドストエフスキイの生活〉（「文学界」）、3「日本浪曼派」（保田與重郎）創刊、5「歴程」（逸見猶吉）創刊、6小熊秀雄『飛ぶ橇』、10伊東静雄『わがひとに与ふる哀歌』<br>【2月、美濃部達吉不敬罪で告発される】 |

| | | | |
|---|---|---|---|
| | | 上京。24日、新宿で記念会後、中原中也宅に一泊する。帰阪時、酒井百合子が横浜まで見送る。この頃、レーナウ、ヘッセを愛読。免許3級月給117円。 | |
| 1936(昭11) | 30歳 | 1月20日、長女まき生れる。産後、妻花子病臥。2月25日、母ハツ急逝。3月、第二回文芸汎論賞が『わがひとに与ふる哀歌』に授与される。7月、文芸懇話会より詩の依頼。三日間苦吟の後、「八月の石にすがりて」を送る。8月、堺の栗山理一宅で蓮田善明と会う。12月、第二詩集の刊行を計画。ゲーテの詩を読む。生活に疲れ、短期日諫早に帰省。月末、妻花子の勤務先に近い堺市三国ヶ丘に転居。 | 2北条民雄〈いのちの初夜〉(「文学界」)、4江間章子『春への招待』、6岡本かの子〈鶴は病みき〉(「文学界」)、10保田與重郎〈日本の橋〉(「文学界」)、11左川ちか『左川ちか詩集』【2・26事件。11月、日独伊防共協定成立】 |
| 1937(昭12) | 31歳 | 4月、東京の帝国女専第一病院に入院している辻野久憲を見舞う。8月、高野山遍照光院に、蓮田善明、栗山理一、清水文雄、池田勉らと合宿。9月、伊丹の生家で行われた辻野の葬儀に参列。 | 5立原道造『萱草に寄す』、6~11小林秀雄〈「悪霊」について〉(文芸)、8金子光晴『鮫』、12芳賀檀『古典の親衛隊』、12立原道造『暁と夕の詩』【7月、盧溝橋事件。日中戦争始まる】 |
| 1938(昭13) | 32歳 | 2月、弟寿恵男(映画監督)、撮影のために中国に渡航。7月末、「日本文化の会」の高野山での講演 | 3石川達三〈生きてゐる兵隊〉(「中央公論」)、4中原中也『在りし日の歌』、 |

| 年 | 年齢 | 事項 | 文学・社会 |
| --- | --- | --- | --- |
| | | 会に招かれる。9月、住吉中学にて『神皇正統記』を講義。田中克己『西康省』、保田與重郎『戴冠詩人の御一人者』を読む。10月、出征する蓮田善明を梅田駅にて見送る。11月、京都の臼井喜之介を訪ねる。長崎への旅の途中で臼井の店を訪れた立原道造とは、数日の差で会えなかった。 | 4堀辰雄『風立ちぬ』、8火野葦平〈麦と兵隊〉（「改造」）、9本庄陸男〈石狩川〉（「槐」）【4月、国家総動員法公布】 |
| 1939（昭14） | 33歳 | 2月、「文芸文化」の池田勉、栗山理一らと往来。東京への転職を考えるが実現しなかった。3月下旬、上京。保田與重郎、田中克己に会い、萩原朔太郎を訪問。この上京中に立原道造の死を知る。6月、「ぐろりあ・そさえて」より詩集出版の依頼あり、原稿の整理を始める。8月、清水文雄の招きで「日本文化の会」の軽井沢、木崎湖の旅に中島栄次郎と参加、酒井百合子も同行。8月中旬、「ぐろりあ・そさえて」との意思疎通が悪く、詩集の刊行が中止となる。10月、ソログープの小説『光と影』を読む。10月中旬、大山定一訳のリルケ『マルテの手記』を贈られ、感動する。 | 1〜12高見順〈如何なる星の下に〉（文芸）、3「山の樹」（第一次、鈴木亨）創刊、3「荒地」（第一次、鮎川信夫）創刊、4小野十三郎『大阪』、4中里恒子『乗合馬車』、9萩原朔太郎『宿命』、10保田與重郎〈英雄と詩人の運命〉（コギト）【5月、ノモンハン事件。7月、国家総動員法発動。9月、ドイツがポーランドに侵攻、第二次世界大戦始まる】 |
| 1940（昭15） | 34歳 | 2月、第二詩集『夏花』が文芸文化叢書の一冊として子文書房より刊行される。この頃『上田秋成 | 3伊東静雄『夏花』、8永瀬清子『諸国の天女』、11小熊秀雄病没。 |

| | | | |
|---|---|---|---|
| | | 全集』を読む。3月、河井酔茗下阪、その歓迎会に出席。この頃、林富士馬、大谷正雄らの新雑誌創刊の原稿を依頼される。この月、栗山理一と上京、林富士馬と会う。6月、「天性」創刊、詩を寄稿。 | 【9月、日独伊三国同盟締結。10月、大政翼賛会発足。11月、紀元2600年記念式典】 |
| 1941（昭16） | 35歳 | 4月、富士正晴より贈られた橘曙覧集を読む。5月、「文芸文化」所載の蓮田善明「鴨長明研究」を読み感動。中旬、病臥。6月、『志濃夫廼舎歌集』を文庫本に入れるため熟読（橘曙覧研究に没頭）。7月、「庭の蝉」「初蝉」を創作。『小泉八雲全集』を読む。中旬、住中の生徒を引率して淡路島の臨海学舎に一週間合宿。8月、佐藤春夫の小説『掬水譚　法然上人伝』を読み感動。12月8日、開戦の詔勅に衝撃を受ける。（「大詔」を起草、翌17年1月の「コギト」に発表） | 8高村光太郎『智恵子抄』、8富澤赤黄男『天の狼』、10田中克己『楊貴妃とクレオパトラ』【12月8日、太平洋戦争始まる】 |
| 1942（昭17） | 36歳 | 1月、東南アジアに報道班員として従軍する神保光太郎、田中克己を見送る。3月下旬、春休みに萩原朔太郎の病床を見舞うため上京。萩原家を二度訪問するも、朔太郎には会えなかった。在京の蓮田善明、清水文雄、池田勉らと歓談。5月、朔太郎の死を新聞で知る。同月、田中克己の『楊貴 | 2丸山薫『涙した神』、5高祖保『雪』、7三好達治『捷報いたる』、10新美南吉『おぢいさんのランプ』、11大木惇夫『海原にありて歌へる』【6月、ミッドウェー海戦。5月、日本文学報国会結成。11月、第一回大東 |

| 年 | 年齢 | 事項 | 文学・社会 |
|---|---|---|---|
| | | 妃とクレオパトラ』と共に、『夏花』によって北村透谷賞を授与される。この頃、第三詩集の刊行計画が起こる。8月、志賀直哉の〈暗夜行路〉後編を読み感動。この月中旬、亡母七回忌の墓参のため諫早に妻と共に帰省。10月、桜岡孝治の『東望』に詩的共感を持つ。12月、蓮田善明の評論集『神韻の文学』のために序文を書く。免許2級月給130円。 | 亜文学者大会】 |
| 1943（昭18） | 37歳 | 3月、林富士馬、貴志武彦、春日豊彦、斎藤達雄、庄野潤三ら若い学生たちと貴志の故郷、紀州に旅行。同月、桑原武夫の斡旋で、弘文堂より詩集を刊行する計画が進められる。4月、林富士馬、三島由紀夫の作品に注目。8月28日、夏樹誕生。9月、第三詩集『春のいそぎ』を弘文堂より刊行。15日、桑原武夫の東北大学赴任を知り、送別に行く。この頃、中勘助の〈銀の匙〉〈蜜蜂〉を読む。12月、出征する蓮田善明を大阪駅で見送る。同月、庄野潤三も大竹海平団に入団、送別。この頃、再びリルケに惹かれ、高安国世訳『ミュゾットの手紙』を耽読。谷友幸訳『風景画論』も併せ読む。 | 1杉山平一『夜学生』、2小野十三郎『風景詩抄』3「地球」（秋谷豊）創刊、9伊東静雄『春のいそぎ』、10日本文学報国会『辻詩集』、11「青い花」（太宰治）創刊、12三好達治『寒柝』【2月、日本軍ガダルカナル島撤退。5月、アッツ島玉砕。9月、イタリア無条件降伏】 |
| 1944 | 38歳 | 1月、住吉中学では既に授業がなく、生徒の勤労 | 3片山敏彦『暁の泉』、6三好達治『花 |

| | | | |
|---|---|---|---|
| （昭19） | | 奉仕先の工場などを監督にまわる。2月、斎田昭吉らが同人雑誌の創刊を企画、伊東に誌名を依頼。28日、富士正晴召集令状を受け、翌日、大山定一、高安国世などと共に送別会を開く。3月、詩人志望の少女田中光子を知る。4月、手術で顔面の黒子を除去。5月17日、三島由紀夫が住吉中学に伊東静雄を訪問、休暇中だった富士正晴宅を静雄は三島と共に訪問。22日にも三島が住中を訪れ、静雄は夕食を出す。（この日の日記に、静雄は三島を「俗人」と記した。三島は清水文雄や蓮田善明の推薦により、昭16年に「文芸文化」に掲載した〈花ざかりの森〉を含む処女短編集、『花ざかりの森』の序文を静雄に依頼するが、断られる。）7月〜8月、生徒の勤労動員先の昭和起重機工場の監督、地元でも防火貯水池作り、在京軍人の訓練などで疲労困憊する。この間、ひそかにプーシキンの「オネーギン」を読み続ける。免許1級月給140円。 | 篋』、12竹内好『魯迅』 |
| 1945（昭20） | 39歳 | 3月、妻花子と子供たちを南河内郡平尾村に疎開させる。堺の家には静雄と妹りつが残る。7月10日、堺市空襲によって罹災。平尾村菅生の疎開先に移るも、殆ど住吉の宿直室に居住する。8月15 | 1『金剛』前川佐美雄、8高村光太郎〈一億の号泣〉（朝日新聞）、11「鵬」（岡田芳彦）創刊、12石川達三『生きてゐる兵隊』、12宮本百合子〈歌声よ、お |

| 年 | 年齢 | 事項 | 文学 |
|---|---|---|---|
| | | 日、終戦。大きな衝撃を受け、〈太陽の光は少しもかはらず、透明に強く田と畑の面と木々とを照し、白い雲は静かに浮び、家々からは炊煙がのぼつてゐる。それなのに、戦は敗れたのだ。何の異変も自然におこらないのが信ぜられない〉と記す。11月、長崎に帰郷し、小説を書くことを考える。目黒書店より選詩集出版の申し込みがある。この頃、過労と栄養失調で体力低下。 | これ〉（「新日本文学」創刊準備号） |
| 1946（昭21） | 40歳 | 2月、長崎転勤が不可能となり、落胆。菅生より黒山高等女学校勤務の妻花子の便を考慮して南河内郡黒山村に転居。5月、富士正晴が復員、住中を訪問。8月、蓮田善明の自決を知り複雑な感情に捉われる。この前後、山本沖子の詩に注目する。9月、林富士馬、庄野潤三、島尾敏雄らが同人誌「光耀」を創刊。次号に詩を求められて、ようやく創作意欲を取り戻す。教え子の斎田昭吉のガリ版刷りの詩誌「舞踏」に「中心に燃える」を発表。11月、教え子の斎田昭吉の詩集に序文を書く。 | 1～埴谷雄高〈死霊〉（近代文学）、2河上徹太郎〈終戦の思想〉（人間）、4坂口安吾〈堕落論〉（新潮）、4永瀬清子『星座の娘』、6小田切秀雄〈文学における戦争責任の追及〉（新日本文学）、10平林たい子〈かういふ女〉（展望）、12小林秀雄〈モオツァルト〉（創元） |
| 1947（昭22） | 41歳 | 5月、毎日新聞社に井上靖を訪問。田中克己と再会。6月、ぐろりあ・そさえて再建の相談に応じ、 | 1小野十三郎『大海辺』、2鮎川信夫「死んだ男」（純粋詩）、3北村太郎「孤独 |

| 年 | 年齢 | 事項 | 文学・社会 |
| --- | --- | --- | --- |
| | | 新詩集『誰が胸に熱れむ』を同社より刊行のため編集に着手。7月、新詩集を『反響』と改題して創元社より出版することとなる。母校佐賀高校に転任の希望があったが実現せず。8月、「炉」の年間詩集のために詩三篇（「夏の終り」「中心に燃える」「路上」）を送る。この頃再びリルケに熱中する。11月1日、住吉中学25周年記念祭の行事の一つとして、小野十三郎と詩についての対談を行う。『反響』上梓。大阪にて富士、島尾、大山、斎田、江口美奈子らによって『反響』出版記念会が開かれる。 | への誘い〈空白はあったか〉」（純粋詩）、3立原道造『優しき歌』、5小熊秀雄『流民詩集』、5丸山薫『水の精神』、5「女神」（内山登美子）創刊、6原民喜〈夏の花〉（三田文学）、7光太郎〈暗愚小伝〉（展望）、8西脇順三郎『旅人かへらず』、11伊東静雄『反響』、11福田恆存『近代の宿命』 |
| 1948（昭23） | 42歳 | 2月、桑原武夫の斡旋で三好達治と創元社社長宅で再会、会食をして和解。4月、学制改革により、住吉中学より新制阿倍野高校に転任、精神を消耗。8月以降、慢性の胃腸障害。 | 2大岡昇平〈俘虜記〉（「文学界」）、4「山河」（浜田知章、長谷川龍生）創刊、7福永武彦、中村真一郎ら『マチネ・ポエティク詩集』 |
| 1949（昭24） | 43歳 | 4月、診断の結果肺浸潤が判明、病臥。6月、次第に病状悪化、学校を病気欠勤。7月、咳と微熱に苦しむようになる。病床で創元社より刊行予定の田中光子詩集の添削をする。9月、健康状態の不調を考え、二学期以後休職することを考える。清水文雄編の『中等国語三下』に収録する詩を求め | 5三好豊一郎『囚人』、7三島由紀夫『仮面の告白』、10『きけわだつみのこえ―日本戦没学生の手記』【7月、下山事件・三鷹事件。8月、松川事件。11月、湯川秀樹ノーベル賞受賞】 |

| 年 | 年齢 | 事項 | 社会・文学 |
|---|---|---|---|
| | | られ、〈夏の終り〉を自薦。10月13日、国立大阪病院長野分院に入院。11月、桑原、富士の斡旋により『伊東静雄詩集』を創元選書の一冊として刊行する計画が立てられる。 | |
| 1950（昭25） | 44歳 | 8月、東京から大阪に戻った斎田昭吉の詩誌「舞踏」が再刊、病床で短い散文を口述し、同誌に寄稿。 | 4檀一雄『リツ子・その愛　リツ子・その死』、4、5伊藤整訳『チャタレイ夫人の恋人　上下』、11高見順『樹木派』【6月、朝鮮戦争始まる】 |
| 1951（昭26） | 45歳 | 4月、病臥のまま春を迎える。この月、毎日新聞の求めに詩〈倦んだ病人〉を書いて送るがすぐには新聞に載らなかった。パスの服用により病状一時回復。〈しっとりと段々美しくなり、目がねもよく似合ひ、話も上手になり、こんないい、又永年なじんだ花子さんを残して、さうやすやすとは死なれぬと決心しました〉（5月30日伊東花子宛書簡）6月、病室内を少し歩く。この頃、庄野潤三が見舞う。11月、再び病状悪化。胃腸障害などの副作用も起こる。12月、庄野の計らいで、朝日放送「明るいベッドの時間」で伊東静雄の詩数篇が朗読さ | 3加藤周一『抵抗の文学』、4林芙美子『浮雲』、7『原民喜詩集』、8荒地同人『荒地詩集』、9峠三吉『原爆詩集』【9月、サンフランシスコ講和条約調印】 |

| | | れる。 | |
|---|---|---|---|
| 1952（昭27） | 46歳 | 8月、新薬ヒドラジッドの服用により、病状一時回復。再び朝日放送より〈野の夜〉〈帰路〉などが放送される。 | 2〜11壺井栄〈二十四の瞳〉（ニューエイジ）、3「列島」（関根弘、福田律郎、木島始、菅原克己、井手則雄、木原啓充）創刊、3三好達治『駱駝の瘤にまたがって』、6谷川俊太郎『二十億光年の孤独』、8吉本隆明『固有時との対話』【4月、対日平和条約。日米安全保障条約発効】 |
| 1953（昭28） | 47歳 | 1月、やや体力を回復し「文芸春秋」の求めに応じて〈長い療養生活〉を書く。2月12日、突然大喀血、急速に衰弱する。3月12日、午後7時42分逝去。享年満46歳。13日、病院にて仮葬、22日、諫早にて本葬を行う。郷里広福寺に葬られる。戒名　文林院静光詩仙居士。（23日、〈倦んだ病人〉が絶筆として大阪毎日新聞に掲載される。）7月30日、創元選書の一冊として桑原武夫・富士正晴編『伊東静雄詩集』刊行される。 | 1高群逸枝『招婿婚の研究』、5木島始『木島始詩集』、5「櫂」（茨木のり子、川崎洋）創刊、7「伊東静雄追悼」（祖国）、9吉本隆明『転位のための十篇』、12飯島耕一『他人の空』、12谷川俊太郎『六十二のソネット』【5月、スターリン没。7月、朝鮮戦争休戦協定調印】 |

| 1954（昭29） | | 11月23日、諫早在住の詩人上村肇の尽力により諫早城址に伊東静雄の詩碑が建立された。選辞、揮毫、三好達治。<br><br>手にふる、野花は<br>それをつみ<br>花とみづからを<br>ささへつゝ<br>歩ミをはこべ<br><br>＊『定本 伊東静雄全集』の年譜及び小川和佑の『伊東静雄論考』の年譜では、伊東静雄の長兄は「英二」となっているが、「英二」は通称で「栄二」が正しい。 | ＊【3月、第五福竜丸被曝】 |
|---|---|---|---|

# 参考文献


### ◆単行本

#### ◇詩集、日記、書簡

『定本 伊東静雄全集』桑原武夫・小高根二郎・富士正晴編／人文書院 1971（1961 初版・増補改訂版）（詩篇、散文、日記、書簡、作品年譜、年表、詳細な編注。別添研究書誌一覧あり。）

『日本詩人全集 第28巻 伊東静雄・立原道造・丸山薫』庄野潤三編・解説／新潮社 1968

『日本文学全集 第51巻 三好達治・中原中也・伊東静雄集』村野四郎解説／集英社 1968

『日本の詩歌 第23巻 中原中也・伊東静雄・八木重吉』江藤淳解説・阪本越郎鑑賞／中央公論社 1968

『伊東静雄詩集』林富士馬編・解説／旺文社文庫・旺文社 1973（新潮文庫版詩集に削除詩7篇 補遺13篇を増補、詳細な編注。）

『伊東静雄詩集』藤井貞和編・解説／現代詩文庫 1017・思潮社 1980（詩の他に卒業論文「子規の俳論」以下、主要な散文を収める。厳密な校訂、解題、年譜、橋川文三や吉増剛造などの散文も収載。）

『伊東静雄詩集』杉本秀太郎編・解説／岩波文庫・岩波書店 1989

『伊東静雄詩集』桑原武夫・富士正晴編（桑原武夫解説）／新潮文庫・新潮社 1994（底本 創元選書 1953、新潮文庫 1957）

『伊東静雄青春書簡 詩人への序奏』大塚梓・田中俊廣編／本多企画 1997（16歳〜23歳までに大塚格に宛てた書簡一三三通）

『伊東静雄日記 詩へのかどで』柊和典・吉田仙太郎・上野武彦編／思潮社 2010（静雄17歳〜23歳までの日記。詳細な註あり。）

『伊東静雄 酒井家への書簡』上村紀元編・解説／伊東静雄研究会／私家版 2013（伊東静雄生誕百年にあたる二〇〇六年に、酒井小太郎親族から諫早市に寄贈された一〇三通の書簡。伊東静雄が大正十五年から昭和二十二年にかけて酒井小太郎並びに姉安代、妹百合子に出状したもので、永年百合子によって保管されていた。このうち五十二通は小高根二郎の「果樹園」（その後、『伊東静雄全集』）で公表されているが、残りは未公表だった。）

江川ミキ「忘れられない伊東静雄のことば」『諫早文化』第5号 1975.1
江川ミキ「わが弟　伊東静雄のこと」『諫早文化』第14号 1984.1

**◇評伝**
小高根二郎『詩人・伊東静雄』／新潮選書・新潮社 1971
林富士馬・富士正晴『苛烈な夢　伊東静雄の詩の世界と生涯』／現代教養文庫749・社会思想社 1972
小川和佑『伊東静雄　孤高の抒情詩人』／講談社現代新書・講談社 1980
杉本秀太郎『伊東静雄』／講談社文芸文庫（1985筑摩書房版）・講談社 2009

**◇研究書**（鑑賞も含む）
一柳喜久子編著『伊東静雄詩がたみ―光と影』／宝文館出版 1970
富士正晴編『伊東静雄研究』／思潮社 1971（生前の批評、追悼文（「祖国」静雄追悼号全篇含む）等、百篇を越える集成。杉本秀太郎、菅野昭正、桶谷秀昭、磯田光一、江藤淳、北川透、大岡信、饗庭孝男等の戦後の静雄論も収載。詳細な書誌一覧、年表あり。）
小高根二郎『詩人、その生涯と運命―書簡と作品から見た伊東静雄』／国文社 1976（新潮社 1965 初版・増補改訂版。年譜あり。）
清水和子『朔太郎と静雄』／JCA出版 1978
菅谷規矩雄『近代詩十章』／大和書房 1982（「美しい詩の詩人　伊東静雄」所収）
三宅武治『伊東静雄―その人生と詩』／花神社 1982
小川和佑『伊東静雄論考』／叢文社 1983（『伊東静雄論』五月書房 1973と『伊東静雄』講談社現代新書 1980に訂正、補筆を加え、新たに書き下ろした書誌研究篇を加えた増補版。）
安永武人『戦時下の作家と作品』／未來社 1983（伊東静雄「春のいそぎ」所収）
米倉巌『伊東静雄　憂情の美学』／審美社 1985（新発見書簡、略年譜を付す。）
鈴木亨『現代詩鑑賞―20人の詩人たち』／桜楓社 1987（伊東静雄「自然に、充分自然に」所収）
高橋渡『雑誌コギトと伊東静雄』／双文社出版 1992
櫟原聡『夢想の歌学―伊東静雄と前登志夫』／雁書

館 1995
野村聡『伊東静雄』／審美社 1996
縄田雄二『ヘルダーリン―予め崩れる十九世紀近代伊東静雄における受容との関連にて』／西田書店 1996
米倉巌『『四季』派詩人の詩想と様式』／おうふう 1997（「伊東静雄　詩人の詩想と述志」「昭和十年代の伊東静雄」所収）
溝口章『伊東静雄　詠唱の詩碑』／現代詩人論叢書11・土曜美術社出版販売 1998
高橋渡『詩人その生の軌跡―高村光太郎・釈迢空・浅野晃・伊東静雄・西垣脩』／現代詩人叢書13・土曜美術社出版販売 1999
長野隆『抒情の方法―朔太郎・静雄・中也』／思潮社 1999
岡本勝人『ノスタルジック・ポエジー―戦後の詩人たち』／小沢書店 2000（「伊東静雄　戦後と成熟」「現代詩のはじまり　伊東静雄と戦後詩人たち」所収）
久世光彦『花筐―帝都の詩人たち』／都市出版 2001（「水中花」「八月の石にすがりて」「若死」所収）
永藤武『伊東静雄論・中原中也論』／おうふう 2002
山本皓造『伊東静雄と大阪／京都』／ソフィア叢書5・竹林館 2002
田中俊廣『痛き夢の行方　伊東静雄論』／日本図書センター 2003
大谷正雄『萩原朔太郎　晩年の光芒―大谷正雄詩的自叙伝―』／てんとうふ社 2006（「天性誌の中の伊東静雄」、伊東静雄書簡他所収）
中村不二夫・川中子義勝編『詩学入門』／土曜美術社出版販売 2008（溝口章「伊東静雄」所収）
日原正彦『ことばたちの揺曳―日本近代詩精神史ノート』／ふたば工房 2008（「主意のひと　伊東静雄というまなざし」所収）
中路正恒編『地域学への招待改訂新版』角川学芸出版 2010（中路正恒「伊東静雄のポジション」所収）
飛高隆夫『近代詩雑纂』／有文社 2012（「伊東静雄「水中花」」「伊東静雄の語法」所収）
田中俊廣『ことばの遠近法―文学／時代／風土』／弦書房 2013（「伊東静雄と立原道造の〈風景〉」「伊東静雄の帰郷「なれとわれ」論」「伊東静雄と「コギト」」「『伊東静雄日記―詩へのかどで』を読む」所収）
澤村修治『敗戦日本と浪曼派の態度』／シリーズ知

の港2・ライトハウス開港社 2015（「「治者」の発見―伊東静雄」所収）
近藤洋太『ペデルペスの足跡―日本近代詩史考』／書肆子午線 2018（「このかさのひらかずば―伊東静雄」所収）
花潜幸『詩学入門―詩作のためのエスキース、抒情の系譜に学ぶ』／土曜美術社出版販売 2022（「伊東静雄と花筐の抒情」所収）

**◆雑誌特集号**（富士正晴編『伊東静雄研究』以降の特集号。四季派特集などは省略）

『ユリイカ　詩と批評』「増頁特集　伊東静雄」10月号／青土社 1971
『国文学　解釈と鑑賞』「現代の抒情〈中也・静雄・達治〉」3月号／至文堂（原子朗「伊東静雄主要研究文献目録」あり）1975
『四次元　詩と詩論』「特集　伊東静雄」第6号／矢立出版 1978
『現代詩読本10　伊東静雄』思潮社 1979
『焔』「小特集　伊東静雄」第6号／福田正夫詩の会 1987
『イロニア』「特集　伊東静雄」第7号／新学社 1995
『堺のうた堺の詩歌俳人〈詩人　伊東静雄〉』第参冊／ふたば工房 1995
『四年坊』「それぞれの伊東静雄」第3号（住吉中学第二十期生中心の同人誌）2000（伊東静雄が昭和十九年八月に記した遺言が転載されている）
『現代詩手帖』6月号「特集　戦後関西詩　現代詩のもう一つの風景」2003（鈴村和成「空隙―伊東静雄の詩語の変遷」／樋口覚「地の利」に関する『亜』の同人と伊東静雄）／宇佐美斉「伊東静雄の京都」所収）
『関西文学』「特集　没後五十年　伊東静雄」第37号／澪標 2003
『PO』「特集　伊東静雄」110号／竹林館 2003
『詩と思想』「特集　伊東静雄」5月号／土曜美術社出版販売 2017

**◆関連書**

『日本浪曼派』復刻版（創刊号昭和10年3月～昭和13年8月　通巻29号終刊迄）中谷孝雄編／雄松堂書店 1972（別冊『日本浪曼派とはなにか』新田満夫編）
『ユリイカ　詩と批評』「特集　日本浪曼派とはなに

か」10月号／青土社 1975
『コギト』復刻版（創刊号昭和7年3月～昭和19年9月　通巻146号終刊迄）臨川書店 1984（別冊『解説並びに著者別書目索引』解説田中克己）
今村冬三『幻影解「大東亜戦争」』葦書房 1989
桶谷秀昭『昭和精神史』文芸春秋 1992
橋川文三『日本浪曼派批判序説』講談社文芸文庫 1998（初版 1960 未來社、1985 年筑摩書房『橋川文三著作集1』に基づく）
坪井秀人『声の祝祭―日本近代詩と戦争』名古屋大学出版会 1997
瀬尾育生『戦争詩論 1910-1945』平凡社 2006
子安宣邦『「近代の超克」とは何か』青土社 2008
石川公彌子『〈弱さ〉と〈抵抗〉の近代国学―戦時下の柳田國男、保田與重郎、折口信夫』講談社選書メチエ 2009
『季刊　びーぐる』「特集　「風立ちぬ」の時代と詩歌の功罪」22号（高階杞一「吉本隆明「「四季」派の本質」の本質」所収）澪標 2014
徐戴坤「日中戦争勃発後の日本詩壇研究」『日本語文学』（83）2018.11
井口時男『蓮田善明―戦争と文学』論創社 2019
坂元昌樹『〈文学史〉の哲学―日本浪曼派の思想と方法』翰林書房 2019
田中綾『非国民文学論』青弓社 2020

◆**研究論文**：著者名「論文名」『掲載誌名』巻号（号数）刊行年月

※小川和佑『伊東静雄論考』1983年の「伊東静雄書誌研究」（1伊東静雄論の形成　2伊東静雄書誌一覧・解題　3研究文献目録・総覧）に詳細が尽くされており、その後も『定本伊東静雄全集』第七刷の栞「伊東静雄研究文献目録総覧追加（昭和46・12～平成1・3）」などで補完されているので、ここでは1989年以降のものを挙げる。新聞記事などは省略。
※研究動向もうかがえるので、◇研究書の項で挙げた書籍に所収されている論文も挙げている。

赤塚正幸「伊東静雄論：「春のいそぎ」序説」『北九州大学文学部紀要』（40）1989.1
野村聡「伊東静雄論：昭和二十年八月十五日の日記から」『弘前大学近代文学研究誌』（3）1989.6
米倉巌「昭和十年代の伊東静雄」『日本文学』（日本

文学協会）38（10）1989.10
福地邦樹「伊東静雄の明暗」『大阪商業大学論集』(85) 1989.12
和田茂俊「「わがひとに与ふる哀歌」の方法：伊東静雄・虚構をめぐる虚構」『文芸研究：文芸・言語・思想』（123）1990.1
永藤武「「わがひとに与ふる哀歌」序論：その構成と意味」『青山学院大学文学部紀要』（32）1991.1
先田進「伊東静雄の「譬喩的精神」：短歌から詩への転機」『新潟大学国語国文学会誌』（34）1991.3
鈴木信義「伊東静雄「わがひとに与ふる哀歌」：詩教材としてのテクスト解釈をめぐって」『語学文学』（29）（北海道教育大学語学文学会）1991.3
杉山平一「戦後関西詩壇回想―2：伊東静雄の処世術」『現代詩手帖』34（8）1991.8
永藤武「伊東静雄『春のいそぎ』考：〈公〉への促しと〈わがいのち〉と」『明治聖徳記念学会紀要』(5) 1991.10
川島晃「イロニーとしての詩とその隘路：伊東静雄論・序」『日本文藝學』（28）1991.11
永藤武「伊東静雄「夏花」の耀き」『青山学院大学文学部紀要』（33）1992.1
首藤基澄「わがひとに与ふる哀歌：伊東静雄」『國文學：解釈と教材の研究』37（3）學燈社 1992.3
永藤武「伊東静雄『わがひとに与ふる哀歌』の終曲」『青山語文』（22）1992.3
穀田恵子「伊東静雄と浜田広介：新見資料を中心にして」『宮城教育大学国語国文』（20）1992.3
永藤武「伊東静雄「反響」の音色：小さい手帖からの賜物」『青山学院大学文学部紀要』（34）1993.1
涌井隆「伊東静雄と三島由紀夫」『言語文化論集』14（2）（名古屋大学言語文化部）1993.3
吉田正勝「伊東静雄とドイツ文学」『言語文化研究』（大阪大学大学院言語文化研究科）（19）1993.3
溝口章「日本的抒情の行方：伊東静雄ノート」『詩学』48（4）1993. 4
田中俊廣「『反響』論・伊東静雄の戦後の詩法」『近代文学論集』（日本近代文学会）（19）1993.11
赤塚正幸「伊東静雄読書目録」『叙説』(9) 花書院 1994.1
庄野潤三「文学交友録―3―伊東静雄」『新潮』91（3）1994.3
守中高明「抒情・イロニー・自然：伊東静雄と保田与重郎のあいだ」『現代詩手帖』37（9）1994.9

福地邦樹「伊東静雄の象徴」『大阪商業大学論集』（100）1994.12
永藤武「伊東静雄・晩年の詩境：『反響』以後」『青山学院大学文学部紀要』（36）1995.1
角田敏郎「伊東静雄「夏花」論」『学大国文』（38）1995.2
飛高隆夫「肥下恒夫宛 伊東静雄葉書二十通他一通」『四季派学会論集』（6）1995.3
溝口章「伊東静雄ノート：「夏花」・屈折と転位の第二詩集」『日本文學誌要』（51）1995.3
田中俊廣「伊東静雄『春のいそぎ』論：ことばの成熟と崩壊」『活水論文集』（38）1995.3
野村聡「伊東静雄「わがひとに與ふる哀歌」論：抒情の原理」『弘前大学近代文学研究誌』（4）1995.8
福地邦樹「伊東静雄の「わがひと」」『大阪商業大学論集』（103）1995.12
永藤武「伊東静雄・「空の浴槽」からの脱却」『青山語文』（26）1996.3
福地邦樹「伊東静雄の晩年の詩想」『大阪商業大学論集』（106）1996.12
吉田正勝「再考 伊東静雄とヘルダーリーン」『大阪樟蔭女子大学論集』（34）1997.3（「再考 伊東静雄とヘルダーリーン補遺」前掲論集1998.3）
長野隆「伊東静雄と危険な抒情：『春のいそぎ』の方法」『現代文学』（弘前大学）（56）1997.12
碓井雄一「『詩集夏花』期の伊東静雄―〈茫漠・脱落の戦略について〉」『日本文学論集』（23）（大東文化大学大学院日本文学専攻院生会）1999.3
萩原健次郎「夏の詩人」（伊東静雄論、継続中）『海鳴り』（12）～（編集工房ノア）1999～
藤原克己「古今集歌の詩的本質と普遍性について：伊東静雄とリルケと古今集歌」『國文学：解釈と教材の研究』45（5）2000.4
庄野潤三「一篇の詩 伊東静雄「野の夜」」『新潮』98（2）2001.2
田中俊廣「反転する〈故郷〉―伊東静雄論」『活水論文集』（44）2001.3
田中俊廣「伊東静雄〈初期詩篇〉考：私を超ゆる言葉はないか」『近代文学論集』（27）2001.11
和田茂俊「故郷の喪失と仮構、または虚構という営みについて：太宰治・伊東静雄・谷川俊太郎と『東京ラブストーリー』」聖和学園短期大学紀要』（39）2002.3
小川由美「伊東静雄『詩集夏花』論：萩原朔太郎『氷

島』の後継として」『清心語文』（4）2002.8
鈴村和成「空隙　伊東静雄の詩語の変遷」『現代詩手帖』46（6）2003.6（特集：戦後関西詩　同じ号に宇佐美斉「伊東静雄の京都」、樋口覚「『地の利』に関する『亜』の同人と伊東静雄」も所収）
中里弘子「伊東静雄の詩の中の「朝顔」と「蟬」」『静岡大学留学生センター紀要』（3）2004.2
碓井雄一「資料紹介『定本伊東静雄全集』逸文の紹介、ならびに補説」『昭和文学研究』（48）2004.3
碓井雄一「伊東靜雄参考文献目録稿（1）単行本・雑誌特集号・没後作品集」『近代文学資料と試論』（3）2004.11
田中俊廣「伊東静雄の帰郷「なれとわれ」論：未発見書簡に触れながら——」『活水日文』（47）2005.12
渡部満彦「「子規の俳論」の伊東静雄」『大妻女子大学紀要』文系（37）2005.3
碓井雄一「伊東静雄初期詩法論：『わが人に与ふる哀歌』まで〔付「伊東静雄参考文献目録稿」・増補〕『近代文学資料と試論』（4）2005.6（小川和佑、原子朗以降2003年までをつなぐ書誌研究、文献目録）
渡部満彦「ドイツ文学の伊東静雄」『大妻女子大学紀要』文系（38）2006.3
竹内清己「室生犀星に映す茂吉・静雄・辰雄・迢空・道夫の死の射影：昭和二十八年の文学往来」『東洋学研究』（東洋大学東洋学研究所）（44）2007.3
中里弘子「「小さい手帖から」「『反響』以後」の詩法」『静岡大学国際交流センター紀要』（1）2007.3
渡部満彦「伊東静雄のリルケ体験」『大妻女子大学紀要』文系（39）2007.3
林浩平「伊東静雄論：「吾にむかひて死ねといふ」のは誰か：「愛国詩」とはなにか」『三田文学』87（94）（夏季号）2008.7
渡部満彦「伊東静雄　青年期の読書体験」『大妻女子大学紀要』文系（40）2008.3
大澤聡「詩人のイロニー／批評家のイロニー：伊東静雄と保田與重郎のメディア的相互投射」『言語態』（東京大学言語態研究会）（8）2008.7
碓井雄一「林富士馬・資料と考察（6）伊東静雄と響き合う詩想」『近代文学資料と試論（9）2008.12
渡部満彦「伊東静雄生誕から就職まで：編年体的備忘録」『大妻女子大学紀要』文系（41）2009.3
田中俊廣「混沌を透視することばの試行：『伊東静雄日記』を読む」『現代詩手帖』53（5）2010.5
中路正恒「ある日の伊東静雄：「モルゲン」と「哀歌」」

『京都造形芸術大学紀要』（14）2010.10
竹島千寿「萩原朔太郎、伊東静雄の見た子規」『國文學：解釈と鑑賞』75（11）2010.11
大山襄「大山定一が愛した詩人：伊東静雄をめぐる文献展望」『アリーナ』（中部大学）（13）2012.4
永野悟「昭和の哀傷と傷痕：小林秀雄・保田與重郎・伊東静雄・逸見猶吉にみる時代」『群系』（33）2014.7
原明子「伊東静雄論：詩集『反響』の「小さい手帖から」を中心に」『福岡大学日本語日本文学』（25）2015.3
青木由弥子「伊東静雄ノート1～12」『千年樹』（64）～（75）2015.11～2018.8
青木由弥子「伊東静雄『春のいそぎ』考」『詩と思想』3（354）2016.9
野坂昭雄「伊東静雄とワーズワース：「ある少年」受容の可能性をめぐって」『山口国文』（40）2017.3
青木由弥子「『定本伊東静雄全集』未収録の「戦争詩」について」『詩と思想』3（361）2017.5
碓井雄一「伊東静雄『春のいそぎ』試論：自己の「限定／解放／充足」という詩法」『日本文学研究』（大東文化大学日本文学会）（57）2018.2
湯淺かをり「詩的流れとロマンチシズム：伊東静雄の中のヘルダーリン」『帝塚山派文学学会紀要』（2）2018.3
福島理子「詩人の観照：潁原退蔵の芭蕉研究と伊東静雄」『帝塚山派文学学会紀要』（2）2018.3
青木由弥子「凝視と陶酔：伊東静雄を読む1～10」『千年樹』（76）～（85）2018.11～2021.2
永野悟「伊東静雄をめぐる人々―同時代の作家・詩人の奇しき縁」『群系』（42）2019.6
青木由弥子「白の衝迫―伊東静雄を巡る断想」『ネメシス』（2）2020.2
瀬尾育生「ひとつの時代の終わりについて：伊東静雄の「夏の終」」『日本現代詩歌研究』（14）2020.3
下定雅弘「伊東静雄の詩：『わがひとに与ふる哀歌』から『夏花』以後への「変化」について」『帝塚山派文学学会紀要』（4）2020.3
御館博光「詩と詩人（1）伊東静雄から立原道造へ向かって：「人生は一行のボードレールにもしかない」（芥川龍之介）」『流砂』（19）2020.11
青木由弥子「『定本 伊東静雄全集』未収録散文一篇および新発見書簡二通　翻刻と解題」『四季派学会論集』（26）2021.3

田口麻奈「日本語から日本語へ：伊東静雄「夏の終」をめぐって」『文芸研究：明治大学文学部紀要』（144）2021.3
御館博光「詩と詩人（2）伊東静雄から立原道造へ向かって：「誰しも人は『夭折』するものである。」（船木亭）」『流砂』（20）2021.4
青木由弥子「伊東静雄について考える　水島英己さんとの対話（一）」『ネメシス』（4）2021.4
青木由弥子「伊東静雄つれづれ1～5」『千年樹』（86）～（91）2021.5～2023.2
青木由弥子「伊東静雄：戦時中の抒情を考える」『PO特集：抒情詩』（182）2021.8
花潜幸「詩学入門　詩作の為のエスキース（9）伊東静雄　花筐の抒情」『詩と思想』3（411）2021.11
青木由弥子「伊東静雄について考える　水島英己さんとの対話（二）」『ネメシス』（5）2021.11
碓井雄一「伊東静雄本文整理稿：『定本　伊東静雄全集』逸文二篇／生前作品集」『日本文学研究』（大東文化大学日本文学会）（61）2022.2
陶原葵「伊東静雄における中原中也の受容」『日本現代詩歌研究』（15）2022.3

# 『伊東静雄――戦時下の抒情』初出一覧

序章…「伊東静雄――戦時中の抒情を考える」「PO」一八二号　二〇二一年八月

一章…「伊東静雄『春のいそぎ』考」「詩と思想」二〇一六年九月号

二章…「伊東静雄ノート1～12」「千年樹」六四号　二〇一五年十一月～七五号　二〇一八年八月を改稿

三章～五章、および終章…「凝視と陶酔―伊東静雄を読む1～10」「千年樹」七六号　二〇一八年十一月～八五号　二〇二一年二月、「伊東静雄つれづれ1～5」「千年樹」八六号　二〇二一年五月～九三号　二〇二三年二月、「白の衝迫―伊東静雄を巡る断想」「ネメシス」二号　二〇二〇年二月、「伊東静雄について考える　水島英己さんとの対話（一）」「ネメシス」四号　二〇二一年四月、「伊東静雄について考える　水島英己さんとの対話（二）」「ネメシス」五号　二〇二一年十一月掲出稿を改稿

〈資料紹介〉…『四季派学会論集』26集　二〇二一年三月掲出稿より抜粋

# 謝辞

長崎県諫早市で刊行されている「千年樹」誌上で伊東静雄について連載を開始したのは、二〇一五年の秋でした。以来、たどたどしい歩みを温かく見守り、励まし、読者からの感想やご意見、ご批評を伝達してくださった岡耕秋さんの支えがなければ、ここまで書き続けることはできませんでした。また、問い合わせや資料照会などに真摯に応えてくださり、諫早市立図書館で開催されている研究会の席上で、拙稿を基に合評の機会をたびたび設けてくださった上村紀元さんにも大変お世話になりました。読書会や書評研究会などの場でも、畏友、詩友の方々に多くの示唆をいただきました。

一書にまとめるにあたって、「詩と思想」編集長であり所属同人誌「ＥＲＡ」の代表でもある川中子義勝さんから、懇切なアドバイスを受けることができました。土曜美術社出版販売の高木祐子社主は読みやすいレイアウトや装丁に細やかな心遣いを注いでくださいました。ひとかたならずお世話になりました校正の宮野一世さん、美しい写真作品を提供して下さった詩人の紫衣さん、装丁家の木下芽映さん。ここまで伴走してくださったすべての方々に、心より感謝を申し上げます。

二〇二二年十二月十日

青木由弥子

著者略歴
**青木由弥子**（あおき・ゆみこ）

1972年　東京生まれ
2015年　第24回詩と思想新人賞受賞

詩集　『星を産んだ日』（土曜美術社出版販売　2017年）
　　　『il』（私家版　こんぺき出版　2018年）
　　　『しのばず』（土曜美術社出版販売　2020年）
　　　　　　　　第23回小野十三郎賞特別賞
　　　『空を、押し返す』（私家版　2022年）

所属　「千年樹」「ERA」同人
　　　「Rurikarakusa」発行

住所　〒146-0085　東京都大田区久が原2-7-15

伊東静雄——戦時下の抒情

発行　二〇二三年三月十二日

著者　青木由弥子
装丁　木下芽映
発行者　高木祐子
発行所　土曜美術社出版販売
〒162-0813　東京都新宿区東五軒町三—一〇
電話　〇三—五二二九—〇七三〇
FAX　〇三—五二二九—〇七三二
振替　〇〇一六〇—九—七五六九〇九
印刷・製本　モリモト印刷
ISBN978-4-8120-2743-1　C0095